dtv

Gretel

Deutschland in den frühen fünfziger Jahren. Aus den Transistorradios erklingen Schlager wie die »Capri-Fischer«, die Frauen tragen Tellerröcke aus Fallschirmseide, echter Kaffee erzielt auf dem Schwarzmarkt Höchstpreise. Die Menschen haben die Hoffnung auf neue Zeiten im Herzen, aber den Krieg noch im Kopf. Karl, Anfang 30, trifft in seiner Heimatstadt seinen Jugendfreund Theo wieder und auch die storchenbeinige Viola. Theo studiert Jura, macht Karriere und heiratet Viola, die für das städtische Theater Kostüme näht und Billie Holiday hört. Eine ungewöhnliche Freundschaft zu dritt entsteht. Gemeinsam entdecken Viola, Theo und Karl das Leben neu, teilen, was sie haben, feiern übermütige Feste. Und Karl verliebt sich in die Frau seines besten Freundes. Dann kommt der Tag, an dem die drei mit ihrem neuen Käfer in die Ferien fahren. Am Ende des Sommers ist Viola schwanger. Sie ahnt, von wem …

Dörthe Binkert, geboren in Hagen/Westfalen, wuchs in Frankfurt am Main auf und studierte dort Germanistik, Kunstgeschichte und Politik. Nach ihrer Promotion hat sie dreißig Jahre lang für große deutsche Publikumsverlage gearbeitet. Seit 2007 ist sie freie Autorin und lebt heute in Zürich. Bei dtv sind von ihr außerdem erschienen: ›Weit übers Meer‹ (dtv 25324), ein Bestseller der Frauenunterhaltung, und ihr Segantini-Roman ›Bildnis eines Mädchens‹ (dtv 21317).

Dörthe Binkert

Brombeersommer

Roman

dtv

Ausführliche Informationen über
unsere Autoren und Bücher
www.dtv.de

Von Dörthe Binkert
sind bei dtv außerdem erschienen:
Bildnis eines Mädchens (21317)
Weit übers Meer (dtv großdruck 25324)

MIX
Papier aus verantwortungsvollen Quellen
FSC® C019821

Ungekürzte Augabe 2015

Umschlagkonzept: Balk & Brumshagen
Umschlagfoto: gettyimages/Donna Day
Satz: Greiner und Reichel, Köln
Druck und Bindung: Druckerei C.H.Beck, Nördlingen
Gedruckt auf säurefreiem, chlorfrei gebleichtem Papier
Printed in Germany · ISBN 978-3-423-21593-0

If my heart could only talk
Billie Holiday

Karl stand auf und hob das Sektglas, während die Glocken im Radio das Jahr 1952 aus- und das Jahr 1953 einläuteten.

Theo rückte seine schwarze Fliege zurecht. Die Kristallgläser klangen. »Prosit Neujahr! Uns allen das Beste!«, rief er.

Sie lachten und tranken.

»Und eine neue Frau für Karl«, sagte Viola feierlich.

»Nun stochere doch nicht immer in alten Wunden rum«, sagte Theo. Er nahm Karl am Arm und zog ihn mit sich. »Komm, Karl, wir machen die Gulaschsuppe warm. Lass du dir nur Zeit mit einer neuen Frau.«

In Karls Schlafzimmer gab es nicht nur zwei getrennt an den Wänden stehende Betten und einen Kleiderschrank, sondern auch einen Herd und ein Küchenmöbel, das allerdings weitgehend leer war. Karl besaß nur einen Suppenteller, der andere war kaputt gegangen, aber Viola goss die dicke, rötlichbraune Suppe einfach in Teetassen und drückte jedem einen Löffel in die Hand. »Da, das macht stark fürs neue Jahr. Und jetzt, Karl, mach die zweite Flasche auf!«

Karl öffnete das Mansardenfenster, griff ins Dunkel hinaus, das nur noch selten von Feuerwerk aufgerissen wurde, und holte die Flasche herein, die er draußen, der Kühle wegen, sorgsam mit Draht angebunden hatte. Theo stellte die Suppe ab, nahm die Flasche entgegen, lockerte den Korken. Der knallte gegen die abgeschrägte Decke, als wolle er direkt durchs Dach Richtung Mond fliegen, und die drei sahen zu, wie er oben abprallte und dann Viola, die auf dem Bett saß, in den Schoß fiel. Theo und Karl setzten sich zu ihr, und das neue Jahr begann.

So hielt es der Selbstauslöser der Kamera fest.

1

Die Kamera war ganz neu.

Theo hatte alle Register gezogen, um den Kauf zu befördern, als Karl und er einige Tage vor Silvester durch die Stadt gebummelt und vor Arnolds Fotoladen stehen geblieben waren. »Mensch, Karl, nun kauf das Ding endlich. Die Rollei ist dir treu, die hält ein Leben. Spiegelreflex. Stativ. Selbstauslöser.«

Karl fand sie bildschön. Das feste graue Schutzgehäuse mit Umhängeriemen, dazu der Belichtungsmesser.

»Und?«, drängte Theo. »Bist du so weit?«

Die Rollei wurde gekauft. Karl liebte sie von dem Moment an, als sie zum ersten Mal um seinen Hals hing, obwohl er sich ein bisschen angeberisch damit vorkam.

Eigentlich hätte Karl sie in Raten bezahlen müssen, aber Theo schien zu wissen, dass diese Tatsache den Kauf in letzter Minute vereiteln konnte. »Wir zahlen bar«, sagte er deshalb zu dem schnöseligen Verkäufer, als der den Preis berechnet hatte. Schulden, das hatte es bei Karls Familie nie gegeben, egal, wie knapp das Geld war, und es war immer knapp gewesen.

Der Lackaffe von Verkäufer betrachtete Theo daraufhin fast schon mit Anerkennung und rieb das graue Gehäuse, nachdem er den Fotoapparat darin verstaut hatte, noch einmal an seinem weißen Kittel blank. Dann überreichte er das gute Stück Theo, der es wortlos an Karl weitergab.

»Jetzt stehe ich in deiner Schuld, Theo. Ich weiß nicht …?«

Sie traten vor die Ladentür. Sacht fielen ein paar vereinzelte Schneeflocken auf den neuen Fotoapparat und verschmolzen mit dem hellen Grau der Hülle.

»… wie du das wiedergutmachen kannst? Geht nicht. Musst du zurückzahlen, mein Lieber.«

Das erste Bild des ersten Films, der Verkäufer hatte ihn noch eingelegt, zeigt den lachenden Theo vor Arnolds Fotoladen in der Mittelstraße. Den Kragen des Wintermantels, Pfeffer und Salz, hat er hochgeschlagen, eine Hand ist in der Tasche vergraben, mit der andern zieht er den Hut zum Gruß. Seine Miene scheint zu sagen: Nun mach schon, es ist kalt.

Viola würde ganz anders dastehen, später. Der Winter passte nicht zu ihr. Sie würde das Gesicht in die Sonne halten und ihm – auf einem Storchenbein stehend, die Arme ausgebreitet wie im Flug – ironisch zublinzeln.

Nachdem Karl Theo versuchsweise auf Zelluloid gebannt hatte, machte er die ersten Fotos bei sich zu Hause.

Alle fanden die Mansarde gemütlich, von Anfang an. Und Karl selbst wollte an keinem anderen Ort mehr leben. Zwei Zimmer mit Dachschräge und ein eigenes Bad. Das Bad ohne Fenster, aber mit Wanne und einem mit Holz beheizbaren Badeofen, der das Bad mitheizte, während er das Badewasser wärmte.

Die ganze Häuserzeile war neu hochgezogen worden, nur das Eckhaus war stehen geblieben und zeigte angekratzten Jahrhundertwendecharme. Die neuen Häuser waren einheitlich grau, Parterre, drei Stockwerke und die Mansarden, nachkriegsfunktional und für alle, die einzogen, ein großes Glück.

Karl hatte die Stadt kaum wiedererkannt, als er zurückgekommen war. Noch kurz vor Kriegsende waren die Bomben gefallen und hatten das Zentrum so gut wie ausgelöscht. Man wusste kaum mehr, wo man war, selbst wenn man sich eine ganze Kindheit und Jugend lang das Netz der Straßen in den Kopf eingeschrieben hatte.

Es war nicht leicht gewesen, die Wohnung zu bekommen. Edith war alle zwei Tage zum Wohnungsamt und zu den Baugenossenschaften gerannt. Sie gab nicht so schnell auf, wenn sie etwas wollte. Und das wollte sie nun wirklich: endlich raus aus der Wohnküche bei seiner Tante. »Tante Gertrud ist ein Drachen«, sagte sie, und die bedrohliche Falte erschien zwischen ihren geschwungenen dunklen Augenbrauen, die sie, das Gesicht ganz nah am Spiegel, mit einer Pinzette in Form zupfte, seit sie das in einer Frauenzeitschrift gesehen hatte. »Du solltest mal den ganzen Tag hier sein und miterleben, wie sie die Türen knallt!«

Edith. Dass sie sich wiedergefunden hatten! Schon lange vor Kriegsende hatten sie nichts mehr voneinander gehört. Das Chaos war einfach zu groß gewesen. Karl an der zusammenbrechenden Front im Osten, Edith im zunehmend eingekesselten Ostpreußen. Er hatte inständig gehofft, dass es ihr gelingen würde zu fliehen. Was ihr von den Russen geblüht hätte, wusste er besser als die Zuhausegebliebenen, denn er war in Russland und sah, was die Deutschen mit den Russen machten.

Im Juni 1945 hatte Edith an seine Eltern geschrieben und nach ihm gefragt. Sie war tatsächlich in den Westen gelangt. Die Adresse, die Karl ihr gegeben hatte, stimmte zwar nicht mehr, aber das Einwohnermeldeamt in Hagen hatte die neue Unterkunft der Osterlohs vermerkt, und der Brief wurde weitergeleitet. Er selbst war damals noch interniert gewesen, aber seine Mutter hatte Edith zurückgeschrieben. Ja, Karl lebe und werde bald entlassen werden.

Noch bevor er Edith wiedersah, die Frau, mit der er sich während des Krieges, vor Urzeiten, wie es ihm schien, verlobt hatte, traf Karl seinen Jugendfreund Theo wieder. Das war im Sommer 1946 in der Arztpraxis von Hermann Gronau. Den kannten sie beide aus den Jahren vor dem Krieg.

Kaum hatte Karl das Wartezimmer betreten, war ein großgewachsener, dunkelhaariger junger Mann von seinem Stuhl aufgesprungen und hatte gerufen: »Mensch, Karlemann, du!«

»Theo!«

Da lagen sie sich in den Armen. Wunderten sich nicht, dass sie sich wiedergefunden hatten. Aber dass sie es beide zurück nach Hause geschafft und überlebt hatten!

Karl, dem nie die Tränen kamen, außer wenn er glücklich war, musste sehr an sich halten.

»Heulsuse.« Theos vertrautes Grinsen machte die Sache noch schlimmer. »Bist ja wie deine Schwestern …«

»Marie …«, begann Karl.

»Ich weiß«, antwortete Theo und lachte nicht mehr. Marie, Karls jüngere Schwester, war bei einem Bombenangriff ums Leben gekommen. »Ich bin schon eine Weile zurück. Ich habe deine Mutter mal besucht. Da warst du noch im Lager.«

»Und deine Eltern?«, fragte Karl.

»Ich wohne bei ihnen«, entgegnete Theo.

Da wurde die Tür zum Behandlungszimmer aufgerissen. Die Patienten zuckten zusammen, aber mit einem gewissen Gleichmut. Der Doktor tat immer so, als gelte es den Feind mit einem Überraschungsangriff zu überwältigen. Aber jetzt war er selbst überrascht.

»Ihr?«, donnerte er, als er Karl und Theo entdeckte, »und gleich alle beide?« Er sah in die Runde und schien blitzschnell seine Patienten abzuschätzen. Dann verkündete er: »Kommen Sie rein, Frau Wiebe. Aber danach ist die Praxis für heute geschlossen. Und ihr«, er wandte sich an Karl und Theo, »ihr geht schon mal vor in die Altstadtklause. Ich komme gleich nach. Das Wiedersehen müssen wir feiern. Ihr könnt mir dann dort erzählen, wie krank ihr seid.«

Die Patienten warfen den beiden böse Blicke zu, wagten aber nicht zu protestieren. Der Doktor war eben so. Entweder man nahm ihn, wie er war, oder man suchte sich einen anderen. Dafür behandelte er einen, wenn er gerade da war, mit schlafwandlerischem Gespür. Notfalls kam er auch nachts nach einem sehen.

»Ich hab's an den Nieren«, sagte Karl zu Theo. »Kannst du dir vorstellen, wie einem da nach Feiern zumute ist?«

»Da wird er dich mit Bier durchspülen«, sagte Theo. »Bringt bei mir nichts. Ich habe mich geschnitten, die Wunde heilt nicht ab.«

»Dann wirst du wahrscheinlich mit Korn desinfiziert«, erwiderte Karl.

2

Hermann Gronau war ein paar Jahre älter als sie und schon Fähnleinführer gewesen, als sie noch Pimpfe im Jungvolk waren. Karl und Theo bewunderten ihn unglaublich, weil er so viel über Flugzeuge wusste. Sicher war es Hermann zu verdanken, dass sie beide später unbedingt zur Luftwaffe wollten, fliegen oder wenigstens irgendwie damit zu tun haben. Dabei stach keiner von ihnen bei den sportlichen Wettkämpfen, den ewigen Angriffsspielen hervor. Wahrscheinlich war es genau das, was Karl und Theo zusammenbrachte: ein gewisser Mangel an Forschheit. Dennoch schien Hermann sie aus irgendeinem Grund zu mögen. Begeistert von der großen Sache waren sie ja.

Karl sah als Junge aus, wie der Führer sich seine Jugend nur wünschen konnte: Schlank und blond, die glatten Haare fielen ihm über die Stirn bis in die blauen Augen, und blitzend weiße Zähne hatte er, ein überaus gewinnendes Lächeln. Theo wäre auch gern blond gewesen, aber Karl hatte ihm gesagt, er fände dunkle Haare männlich. Theo war als Kind ein bisschen pummelig, deshalb nannte Karl ihn den »Dicken«. Karl war der Einzige, der das sagen durfte, ohne dass Theo sauer wurde. Aus seinem Mund klang es so vertraut, als riefe ihn seine Mutter vom Spielen rauf, nur dass Theos Mutter das nie tat. Mit dem Stimmbruch war Theo dann plötzlich in die Höhe geschossen und hatte allen Kinderspeck verloren.

Als Jugendliche waren Karl und Theo beim Bann, in der Abteilung Kultur. Theo spielte die Posaune und machte bei Theateraufführungen mit, Karl malte mit schwarzer Tusche in deutscher Fraktur Buchstabe für Buchstabe an der Chronik des HJ-Banns 138 »Mark«. Er hatte eine Engelsgeduld und schob, wenn er mit dem Pinsel Tusche in die Feder strich, die Unterlippe vor. Karl machte zu dieser Zeit bereits eine Lehre als Gebrauchsgrafiker in einem Atelier und ging in Wuppertal auf die Gewerbeschule. Die Typografie hatte es ihm besonders angetan Er kannte alle möglichen Schriften, aber die deutsche Fraktur war beim Bann Ehrensache. Karls Chef war mit der Aufgabe betraut, die Bannchronik zu gestalten, und Karl, sein Lehrling, verpatzte nicht ein Wort. Darauf konnte man sich verlassen.

Wie gern hätte Theo seine Familie gegen Karls Familie eingetauscht. Nicht nur wegen Karls Schwestern, aber auch. Karl war sozusagen eingebettet zwischen der älteren Elisabeth und der Jüngsten Marie, bildschönen Mädchen, die nacheinander eine Verkäuferinnenlehre im Textil- und Modehaus Löwenstein machten und dort gelegentlich Kleider vorführen durften. Auf Fotos waren sie in duftigen Sommerkleidern und großen Strohhüten zu sehen, die die Augen beschatteten und der Schönheit der Mädchen etwas Geheimnisvolles gaben. Manchmal brachte Elisabeth Bonbonnieren von der Confiserie Höfer nach Hause, die aufmerksame Kunden ihr im Laden verehrt hatten und von deren Inhalt auch Karl und Theo kosten durften. Die Pralinenschachteln von Höfer hatten so üppig breite

Schleifen aus Satin wie die, die Karls Mutter ihren Töchtern ins Haar gebunden hatte, als sie noch klein waren. Elisabeth hatte dunkle Haare, ein herzförmiges Gesicht und tiefblaue Augen, Marie war blond und helläugig wie Karl, ein leises, bescheidenes Mädchen, das der älteren Schwester grundsätzlich den Vortritt ließ.

Die drei Kinder der Osterlohs waren wie am Schnürchen auf die Welt gekommen, jeweils mit exakt zwei Jahren Abstand. Theo hingegen war ein Einzelkind. Er besuchte das Gymnasium, eine Selbstverständlichkeit für den Sohn eines Lehrers.

In seinem Denken war der alte Schulze in der deutschen Vergangenheit verwurzelt, und da vor allem in dem doch eben erst unter Bismarck und dem Kaiser erblühten National-, Militär- und Beamtenstaat. Er hielt rein gar nichts von den Versuchen der kränkelnden Weimarer Republik, demokratisches Denken in deutsche Köpfe zu pflanzen. Theos Vater war von Anfang an ein Nationalsozialist gewesen, überzeugt, dass nur eine starke Führung und nicht die linken Verräter, die den Versailler Frieden unterzeichnet hatten, das in den Staub gezwungene Deutschland wieder aufrichten konnten. Mit dieser Meinung hielt Ludwig Schulze nie hinter dem Berg, und er verbreitete sich auch gern am Sonntagmittag darüber, sodass sich das Essen hinzog. Theo bemühte sich zuzuhören, während er mit der Zunge die zwischen den Zähnen verkeilten Fasern des Sonntagsbratens zu lösen versuchte.

»Wir haben es ja erlebt«, sagte sein Vater, und es war, als säße man jeden Sonntag in der gleichen Predigt, »was es geheißen hat, als im November 1918 der sozialistische

Arbeiter- und Soldatenrat unsere Stadt verwaltete. Offene Gefechte zwischen den Roten und dem Freikorps Lichtschlag alle Tage. Was, Käthe? War doch, als ob der Krieg gar nicht aufgehört hätte.«

Theo streifte verstohlen eine Fleischfaser am Stuhlbein ab.

»Das hätte ich euch gleich sagen können, dass die Reichswehr dem Gerangel hier kein Ende macht«, fuhr Ludwig Schulze fort, »egal, wie gründlich sie im Frühling 1920 die rote Ruhr-Armee niedergeschlagen haben. Eine schwache Regierung hat eben stumpfe Waffen.«

Theo kannte jedes Wort auswendig. Gleich würde sein Vater auf die Ruhrbesetzung durch die Franzosen kommen.

»Guck nicht aus dem Fenster, wenn ich mit dir rede!«

Theo gab sich einen Ruck.

»1923. Vergiss dieses Datum nie, Theo. Da sind die Franzosen in deine Heimat einmarschiert. Wollten unsere Ruhrkohle beschlagnahmen, weil wir die blutsaugerischen Reparationsforderungen nicht erfüllen konnten. Aber der Führer, die deutsche Jugend und auch du«, er zeigte mit dem Finger auf Theo, »wirst die Schande der Ruhrbesetzung und die von Versailles eines Tages tilgen.«

Der Bogen zur Gegenwart war geschlagen. Theo nickte erleichtert. »Ja, Vater, das weiß ich. Darf ich jetzt zu Karl?«

Theos Geburt war kompliziert gewesen. Käthe Schulze solle besser keine weiteren Kinder bekommen, meinte der Arzt, obwohl sie damals blutjung war, gerade mal einundzwanzig. So suchte sie sich andere Betätigungsfelder, engagierte sich in der NS-Frauenschaft und war eine begeisterte Turnerin. Dass Theo nicht besonders sportlich war, sondern sich mehr für Musik interessierte, enttäuschte sie. Theo langweilte sich zu Hause, seit er denken konnte. Darum ging er so oft wie möglich zu Karl und seinen Schwestern. Außerdem konnte Karls Mutter die leckersten Reibekuchen machen.

Selma Osterloh, Karls Mutter, nähte. Sie nähte fast immer, für fremde Leute wie für die eigene Familie. Sie saß an der Nähmaschine in einer Ecke der großen Wohnküche, und zum Rattern der Nadel, die eilig und ungeduldig in den Stoff stach, zum Auf und Ab der schwarz beschuhten Füße, die das gusseiserne Pedal traten und so das Schwungrad in Bewegung hielten, schmetterte der Kanarienvogel. Oft sang Selma Osterloh auch selbst, wenn der Vogel nicht gerade vor sich hin trillerte, und verstummte mit einem Lächeln, wenn jemand zur Tür hereinkam.

»Na, meine Jüngsken«, sagte sie, wenn Karl und Theo den Raum betraten, »hungrig und müde?«

Oft ging Theo gleich nach der Schule zu Osterlohs und machte an dem großen Esstisch mitten in der Küche Schulaufgaben, bis Karl vom Atelier nach Hause kam. Karls Schwester Elisabeth war schon in der Lehre, aber Marie saß oft am selben Tisch mit Schulheften, die so säuberlich eingeschlagen wie ihre Kleider gesäumt waren. Sicher hatte sie die hübschesten Kleider von allen in der Klasse. Manchmal saßen sie auch zu dritt vor ihren Heften, wenn Marie ihre Freundin Viola mitbrachte. Viola war lebhaft, zu lebhaft für die stets peinlich aufgeräumte, von Fleiß erfüllte Küche. »Nun halt schon still!«, sagte Marie manchmal. »Ich verwackele ja die Buchstaben.«

Weder Karl noch Theo schenkten Viola Beachtung. Sie nannten sie das Storchenbein, weil sie so lange Beine hatte und so dünn war. Karl interessierte sich eigentlich noch gar nicht für Mädchen, und Theo schwärmte für Karls Schwester Elisabeth, die hohe Absätze trug, zierlich wie ein Püppchen war und nach Kölnisch Wasser duftete. Der unerbittliche, perfekt gestärkte Kragen ihrer weißen Bluse ließ Theo jedes Mal erschauern. Er wartete insgeheim darauf, dass sie gegen Abend in die Wohnung schwebte und verzögerte deshalb unter verschiedenen Vorwänden den Aufbruch, zu dem Karl, der von Theos Anbetung für seine Schwester nichts wusste, eilig drängte, wenn sie zu irgendeiner HJ-Veranstaltung wollten. Hermann Gronau hatte ihnen immer Karten für die Abendveranstaltungen besorgt, zu denen sie eigentlich noch nicht hätten gehen dürfen.

Und mit genau diesem Hermann Gronau saßen sie im Sommer 1946 in der Altstadtklause bei Bier und Korn.

»Die Rechnung geht auf mich«, rief Hermann dem Mann am Tresen zu. Er stand auf und kramte das Geld aus der Hosentasche, in der Münzen und Noten lose durcheinanderfielen. »Karlemann kriegt gleich in der Praxis noch eine Spritze, damit die Nierensteine nicht so rumpeln. Was, mein Lieber?«

Er riss die Kneipentür auf, schob die beiden hinaus auf den Gehweg und hakte den leicht gekrümmten Karl unter. »Und du«, nickte er Theo zu, »kannst auch gleich mitkommen, wenn du willst.«

3

Seit Ende des Krieges wohnte Theo wieder zu Hause. Das Haus seiner Eltern war nur wenig beschädigt, die Eltern hatten beide überlebt. Er war vierundzwanzig Jahre alt, als er in sein ehemaliges Kinderzimmer zurückkehrte.

Die Möbel waren unversehrt, nur stand jetzt ein weiteres Bett darin. Käthe Schulze war doch noch einmal schwanger geworden und hatte im Jahr 1940 einem weiteren Sohn das Leben geschenkt – was sie fast das eigene gekostet hätte. Der kleine Siegfried aber war wohlauf, und sein Kinderbettchen wurde in Theos Zimmer aufgestellt. Theo wusste nicht viel mit dem Nachzügler anzufangen, er hätte fast sein Vater sein können, neunzehn Jahre älter, wie er war.

Sonst hatte sich in seinem alten Kinderzimmer nicht viel verändert. Einige Fotos, die er als Junge an die Wand gehängt hatte, waren verschwunden. Andere, vor allem die Aufnahmen verschiedener Flugzeugtypen, hingen noch an ihrem alten Platz. Theo stand vor den leeren Stellen seiner Bilderwand und konnte die Lücken problemlos mit seinen Erinnerungen füllen.

Da war Goebbels Besuch im Sommer 1932; Goebbels war damals Berliner Gauleiter der NSDAP gewesen. Der alte Schulze hatte seinen Sohn Theo zur Großkundgebung auf die »Kuhweide« mitgenommen. Die Straßen der Stadt waren schwarz von Menschen, zehntausend hatten an der Veranstaltung teilgenommen. Am Rand der Kundgebung gab es Proteste und Gegendemonstrationen, es kam zu Straßenschlachten. In eine wären sie auf dem Nachhauseweg fast hineingeraten. Nichts, was sich in seinem elfjährigen Leben bis dahin ereignet hatte, war so in Theos Kopf haften geblieben. Das Foto, das Goebbels während seiner Rede zeigte, hatte er aus der Zeitung ausgeschnitten und mit einem Ehrenplatz an der Wand bedacht.

Und dann war da das schöne Foto vom Haus Busch gewesen. Ein kleiner Steppke war er noch, als ihn die Eltern mit zum Besuch bei dem Hauptmann Franz Pfeffer von Salomon nahmen, der dort residierte. Er war ein Parteifreund seines Vaters. Theo selbst konnte sich nicht an den Nachmittag erinnern, er war zu der Zeit nicht älter als vier, fünf, aber die Eltern erzählten bei jeder Gelegenheit davon, denn auch der Führer und Rudolf Hess waren dort schon zu Gast gewesen. Aber nun war augenscheinlich selbst der Anblick der harmlosen Fassade des Hauses Busch ein verräterisches Indiz, das seine Eltern lieber aus dem Weg geräumt hatten.

Theo holte ein Küchenmesser, lockerte mit der Klinge die Reißzwecken, mit denen die verbliebenen Fotos befestigt waren, und hängte auch den Rest der Bilder ab. Die leere Wand in ihrem schmuddeligen gelbbräunlichen Chamois war ihm lieber als die lückenhafte Bildersammlung, die ihn daran denken ließ, dass es nur noch Flicken und Leerstellen gab, eine in Scherben gefallene, zerfetzte Welt, in der nicht einmal mehr die Bruchstücke der Lebensläufe der einzelnen Menschen zusammenpassten. »Irgendwann, wenn es wieder Farbe gibt, streichen wir die Wand«, sagte er zu Siegfried, der ihn nur staunend ansah.

Theo war kurz nach Kriegsende aus der Gefangenschaft entlassen worden, noch vor seinem Geburtstag im Oktober. Es war ein Weg zurück in eine unkenntlich gewordene Heimat. Natürlich, da war der Fluss, an dem man sich orientieren konnte. In der Volme trieben Gerümpel, Halbverkohltes, Zersplittertes. Der Wasserspiegel war angestiegen davon. Das Erste, was er von seiner Heimatstadt wirklich erkannte, war das Rathaus. Nur Reste standen noch und halbe Kirchtürme, tief gefüllt mit Himmel.

Der Frankreichfeldzug war so verlaufen, wie sie sich die Eroberung eines Landes in der Hitlerjugend vorgestellt hatten. Danach kommandierte man ihn ab nach Afrika. Er kam zu Rommels Truppen in Libyen, worum ihn viele Kameraden beneideten. Aber Rommel war weniger beliebt bei seinen Leuten, als es immer hieß. Theo, Funker bei der Flugsicherheit, bekam ihn nie zu Gesicht.

Am 16. Februar 1941 standen die Deutschen in Syrte, am 24. März besetzten sie El Agheila, im April schlossen sie mit Hilfe verbündeter italienischer Divisionen Tobruk ein. Dann begannen die Nachschubschwierigkeiten. Trotzdem hatte Rommel im Juni 1942 Tobruk erobert. Dann wendete sich das Blatt. Die erste Schlacht von El Alamein endete im Juli mit einem Patt, im Oktober 1942 zwangen die Alliierten unter General Montgomery Rommel in der langen, verlustreichen zweiten Schlacht von El Alamein zum Rückzug. Aus Siegen wurden Niederlagen. Theo kam es nun so vor, als seien sie immer nur auf dem

Rückzug, obwohl es aus dem Reich ganz anders klang. Die Nachrichten, die von zu Hause kamen, die Reden und Siegesmeldungen erschienen ihm unwirklich. Generalfeldmarschall Rommel weigerte sich, dem Befehl Hitlers zu folgen und bis zum letzten Mann zu kämpfen. Er zog die Truppen ab. Gewissermaßen verdankte Theo ihm sein Leben.

Die nächste Station war Italien gewesen. Die Achsenmacht Italien wankte. Als die Alliierten im Juli 1943 auf Sizilien landeten, Mussolini abgesetzt wurde und Italien nach der Landung alliierter Truppen auf dem Festland einen Waffenstillstand schloss, erklärte Deutschland den ehemaligen Freund und Verbündeten zum Feind. Theo aber, der mit seiner Einheit längere Zeit in Verona und Ravenna stationiert war, hatte sich mit einem Italiener, Massimo, angefreundet.

Italien. Was für ein Land, selbst im Krieg. Und das Italienische! Da war so viel Wohlklang. Theo sprach die Wörter lustvoll aus, ohne sie zu verstehen. Massimo gab ihm Italienischunterricht, Theo hatte ein gutes Ohr und eine schnelle Auffassungsgabe. Rommel, der die deutschen Truppen in Norditalien führte, hielt nichts von solcher Freundschaft. Er ließ über eine Million entwaffnete italienische Soldaten als »Militärinternierte« zur Zwangsarbeit nach Deutschland schaffen. Theo verlor seinen neuen Freund. Der umarmte ihn, gab ihm die Adresse seiner Mutter und versuchte sich zu den Partisanen durchzuschlagen.

Die Amerikaner und Briten rückten weiter den Stiefel hinauf, seine Einheit wurde verlegt. Rückzug. Weiterer Rückzug. Noch in Italien geriet er in amerikanische Kriegsgefangenschaft. Dort ging es ihm gut, er konnte sich fast frei bewegen. Das Wort Kriegsgefangenschaft passt eigentlich nur zu den letzten wenigen Wochen, wo sie in einem Kriegsgefangenenlager auf die Entlassung vorbereitet wurden. Mit einigen Italienisch- und Englischkenntnissen und ohne jede Verwundung kehrte Theo nach Hause zurück.

In den Turnhallen der Stadt waren kurz nach Kriegsende Ausgebombte und Flüchtlinge untergebracht. Theos Mutter konnte nicht mehr turnen, auch die NS-Frauenschaft gab es nicht mehr. Theos Vater, Mitglied des Nationalsozialistischen Lehrerbundes und Parteimitglied der NSDAP seit 1925, wurde nicht wieder als Lehrer angestellt. Er blieb nach Möglichkeit im Haus, und Käthe sah zu, was sie auf dem Schwarzmarkt oder bei den Bauern auf dem Land tauschen konnte. Die Rationen der Lebensmittelmarken waren ein Hohn, wenn man überhaupt bekam, was daraufstand.

Theo fühlte sich, wie früher schon, zu Hause fremd. Er wollte leben, neu anfangen, er war noch jung und wollte etwas lernen. Sein Vater war damit einverstanden, dass er studierte. Die ersten Züge fuhren, überquellend voll, schon bald wieder auf behelfsmäßig instand gesetzten Schienen, hielten an zerbombten Bahnhöfen oder Ersatzbahnhöfen. Und so fuhr Theo morgens in die nahegelegene Universitätsstadt und kam erst abends zurück.

Die alte Wohnung von Karls Familie nahe den Bahngleisen, in der Theo sich als Junge wie daheim gefühlt hatte und in der er im Winter so ungern aufs Klo im Zwischenstock gegangen war, weil einem bei Kälte fast der Hintern auf der Klobrille festfror, gab es nicht mehr. Eine kümmerliche Trümmerbirke hatte schon in einer Mauerritze der Ruine Wurzeln geschlagen. Doch Theo fand einen Zettel, den Heinrich und Selma Osterloh für alle, die nach ihnen suchten, an der Mauer befestigt hatten. Das Papier war schon ziemlich unleserlich, aber er konnte die Adresse entziffern, wo sie untergekommen waren.

Theo besuchte die Osterlohs im Haus der Witwe Strautkamp, wo sie einquartiert worden waren. Aber es war nicht mehr wie früher. Theo war kein Junge mehr. Karls Mutter nähte noch, aber ein Kanarienvogel sang nicht mehr dazu. Ihr aschblondes Haar war weiß geworden. Theo bemerkte es nicht gleich, weil sie ihr Haar nach wie vor in einem Knoten trug.

»Eine Brandbombe«, sagte sie, als er nach Karl und seinen Schwestern fragte. Sie wollte weitersprechen, schüttelte dann aber den Kopf. Tränen stiegen ihr in die Augen.

Er legte die Hand auf ihren Arm.

»Der Großangriff vom 2. Dezember 44«, sagte sie schließlich. »Es waren Hunderte von britischen Maschinen in der Luft. Ich weiß nicht, wieso es keinen Voralarm gab, was mit unserer Luftverteidigung los war. Gleich Vollalarm, ohne Vorwarnung. Abends um halb neun. Wir rannten los, Marie und ich, Richtung Bunker, aber da fielen die Bomben schon. Alle rannten, die einen wollten zum Bunker, andere versuchten, in irgendwelche Hauskeller zu kommen. Aber beim ersten Großangriff waren die Kellerausgänge oft von den Trümmern der Häuser verschüttet worden, und die Menschen kamen dann nicht mehr raus. Marie und ich schrien uns zu, dass wir lieber bis zum Bunker wollten. Dann wurden wir getrennt, ich stolperte, fiel hin, blieb zurück. Die Stadt war feuerrot erleuchtet von den Kaskaden der Zielmarkierungen. Die Brandbomben fielen wie Hagel. Von unserer Flakabwehr keine Spur.« Sie verstummte, aber Theo hatte längst verstanden.

Dann sagte sie, als wolle sie die Geschichte nun doch zu ihrem schrecklichen Ende bringen: »In der Marienkirche haben sie die Toten gesammelt, Menschenreste, Leichenteile lagen da in langen Reihen. Die Polizeibeamten nahmen die Personalien auf, wenn ein Angehöriger jemanden wiedererkannt hatte.«

Theo schwieg.

»Zinkblechwannen voller Leichenteile brachten sie herein«, sagte Karls Mutter so leise, dass Theo sie fast nicht mehr verstand.

Er lehnte sich weit zu ihr vor.

»Wenigstens habe ich sie gefunden. Sie ist von den Trümmern eines einstürzenden Hauses getroffen worden. Nicht weit vom Bunker entfernt. Ich habe ihr Kleid erkannt. Das Kleid, das sie unter dem Mantel trug. Das hatte ich ihr doch genäht.«

Als er sich verabschiedete, umarmte sie ihn.

»Viola hat uns vor kurzem besucht«, sagte sie, als sie schon an der Tür standen. »Sie wollte nach Marie fragen. Die beiden hatten sich so lange nicht gesehen. Viola, Maries Schulfreundin, erinnerst du dich noch?«

Ja, Viola. Das Mädchen mit den Storchenbeinen. Er erinnerte sich.

4

Im Sommer 1945 war Viola bei den Osterlohs erschienen, um nach Marie zu fragen. Sie wusste, dass Marie gleich nach der Lehre im Modehaus Löwenstein – im Jahr 1939 musste das etwa gewesen sein – einen Mann kennengelernt und sich mit ihm verlobt hatte. Danach hatten sie sich aus den Augen verloren. Jetzt, da der Krieg vorbei war, dachte Viola wieder häufiger an Marie. Hatte sie geheiratet, war sie in der Stadt, lebte sie noch? Es war am einfachsten, nach den Eltern Osterloh zu suchen. Und sie machte sie ziemlich schnell ausfindig.

Ja, Marie hatte noch geheiratet, erfuhr sie, eine Kriegshochzeit wie so viele, das gab eine kleine finanzielle Unterstützung. Ihr Mann hatte überlebt, einer seiner Kameraden hatte Ende 1945 Maries Eltern aufgesucht und berichtet, dass er wohl bald aus der amerikanischen Kriegsgefangenschaft entlassen werden. Die Nachricht vom Tod seiner Frau hatte er allerdings schon erhalten.

»Und was machst du?«, hatte Maries Mutter gefragt.

»Ich habe eine Schneiderlehre gemacht.« Viola blickte auf Selma Osterlohs Nähmaschine. »Im Moment arbeite ich bei der Bahnhofsmission in Dortmund. Es herrscht ein solch unbeschreibliches Chaos. Heimkehrende Soldaten, Flüchtlinge aus dem Osten, Evakuierte, die wieder heimwollen und entdecken, dass sie kein Zuhause mehr haben. Alle sammeln sich bei uns. Daneben übersetze ich hier und da für die Engländer. Sprachenlernen fällt mir leicht, das macht mir richtig Spaß. Langsam verstehe ich immer mehr. Wir brauchen die Besatzer, wenn wir die Leute irgendwie versorgen wollen.«

Maries Mutter drückte schweigend den Rücken durch.

»Ich glaube, ich muss dann mal wieder«, sagte Viola unsicher.

»Möchtest du etwas Stoff mitnehmen?«, fragte Maries Mutter und erhob sich, ohne Viola noch zum Bleiben aufzufordern. »Ich habe noch Fahnenstoff. Nimm ruhig was mit. Näh dir ein Kleid daraus.«

5

Karl war nach seiner Rückkehr aus der Gefangenschaft bei Tante Gertrud untergekommen, der Schwägerin seines Vaters. Seit Theo und Karl sich in Hermann Gronaus Wartezimmer wiederbegegnet waren, trafen sie sich regelmäßig. Sie versuchten, die zerrissenen Fäden wieder aufzunehmen.

»Weißt du noch? ›Wir sind geboren, für Deutschland zu sterben‹«, sagte Theo.

»›Nun lasst die Fahnen fliegen in das große Morgenrot, das uns zu neuen Siegen leuchtet oder brennt zum Tod‹«, antwortete Karl darauf. So ging das Lied der Hitlerjugend. Natürlich hatten sie an die Siege gedacht, für die sie sterben wollten, und nicht an ein Leben in der Niederlage. Aber darüber sprachen sie jetzt nicht.

»Kannst du dich eigentlich noch an Viola erinnern?«, fragte Theo eines Tages.

»Welche Viola?«, fragte Karl zurück.

»Na, die Schulfreundin deiner Schwester.«

Karl dachte nach. Aber er sah nur Marie vor sich. Die kleine Marie, wie begeistert sie war, wenn er sie mit nach draußen nahm und sagte, sie dürfe mit ihm und den Größeren spielen. Dabei hatte er sie nur an ein Plätzchen gesetzt, wo sie keinem im Weg war und er sie im Auge hatte. »Pass schön auf unsere Murmeln auf«, hatte er ihr eingeschärft. »Dass keins von den Schröder-Blagen kommt und sie klaut.« Und dann saß sie brav da, im schütteren Gras, durch das man den bröckeligen graubraunen Untergrund sah, mit ihrem gesmogten Hängekleidchen und der großen Schleife im Haar. Sie winkte ihm mit ihrem weichen Kinderhändchen zu, während er mit den anderen Jungen spielte.

Natürlich hatte Mutter ihr das Hochzeitskleid genäht. Marie hatte ihm ein Foto ins Feld geschickt. Richtig elegant hatte sie ausgesehen und sehr glücklich. »Zwei Tage nach der Hochzeit musste Ernst schon wieder zurück an die Front«, hatte sie in ihrer Schulmädchenschrift geschrieben. »Aber das geht ja allen so, die jetzt heiraten.«

»Viola hat mal deine Mutter besucht, kurz nach dem Krieg, und hat nach Marie gefragt. Die Viola, die mit den Storchenbeinen«, setzte Theo Karl auf die Schiene. »Deine Mutter sagt, sie hat sich sehr gemausert.«

»Hieß sie nicht Matussek?« Karl kramte den Nachnamen aus dem Dunkel seiner Erinnerungen hervor.

»Ja, genau. Matussek hieß sie.«

»Und wie kommst du jetzt gerade auf die?«, fragte Karl.

»Ich weiß nicht. Einfach so.«

Karl grübelte. »Sie hatte braune Augen«, sagte er schließlich.

6

Als Viola Matussek am 22. Mai 1923 geboren wurde, hatte sie, wie alle Neugeborenen, noch blaue Augen. Sie hatte auch sonst keinerlei Ähnlichkeiten mit den violetten Zuckerveilchen, für die ihre Mutter eine Schwäche hatte, sondern zeigte eher einen Gelbstich, wie Kinder ihn haben, die mit einer Gelbsucht auf die Welt kommen.

Violas Mutter, Helene Matussek, war etwas gekränkt, dass das Baby nicht so aussah, wie sie es sich während der Schwangerschaft ausgemalt hatte. Sie blieb aber bei dem festen Entschluss, es Viola zu nennen, obwohl sie ihren Mann nicht von der Schönheit des Namens zu überzeugen vermochte. Sie hatte einen Roman gelesen, dessen Heldin Viola hieß. Roman und Heldin hatten ihr außerordentlich gefallen, ja, sie hatte das an den Rändern schon speckig gewordene Buch während ihrer Schwangerschaft mit sich herumgeschleppt wie andere Frauen Schokolade, für den Fall, dass Gelüste sie überkamen.

Der Vater des Kindes, Willi Matussek, hatte eher an einen Namen wie Sigrid oder Herta gedacht, an etwas Gebräuchlicheres eben. Aber Helene kämpfte. Auch der Name Viola, meinte sie, habe ja nur fünf Buchstaben, so wie Herta. Das Ehepaar einigte sich darauf, dass ein weiteres Kind nach Willis Wünschen getauft werden sollte.

Und so bekam Viola, allerdings erst nach Jahren, eine Schwester, die Gerda genannt wurde.

Helene Matussek, Violas Mutter, hatte es ihrer Leselust zu verdanken, dass sie keine verbitterte Ehefrau und Mutter wurde. In einen Bäckerei- und Konditoreibetrieb hineingeboren, war sie mit Zuckerwaren aufgewachsen. Die kleinen Törtchen und Torten waren ihre Leidenschaft. Schon mit sechs Jahren wusste sie, dass sie Konditormeisterin werden wollte. Helene wollte ihr Leben den kleinen, wunderhübschen Dingen widmen, die den Menschen das Leben versüßen, und all ihre Fantasie gebrauchen, um ihre Kunden immer wieder zu entzücken.

Leider hatte ihr Vater ganz andere Vorstellungen von ihrer Zukunft. Sie würde erstens heiraten, und zweitens sollte ihr Bruder Walter die Konditorei übernehmen. Für sie war die Rolle der Verkäuferin im Laden vorgesehen. So wandte sich Helene Dieckmann, wie sie damals noch hieß, dem Lesen von Romanen zu. Wie andere Leute süchtig nach Zucker sind, war sie, die verhinderte Zuckerbäckerin, süchtig nach Liebesgeschichten. Das wahre Leben war nicht so. Aber Helene bestand darauf, dass es immerhin so sein könnte, und ihrer Tochter wollte sie alle Voraussetzungen für ein solches, immerhin vorstellbares Leben mit auf den Weg geben.

Sie hatte einen Bergmann geheiratet, der auf der Zeche unter Tage Kohle abbaute und wie die andern Kumpel nach der Schicht mit ein, zwei frischen Pils im Bauch als Mann mit Kohlestaub in Lungen und Wimpern und schwarzumrandeten Augenlidern wieder auftauchte. Keine Wäsche, keine Dusche in der Kaue auf dem Werksgelände brachte das weg. Das trug er von der Zeche heim, ein Erkennungszeichen, das ihn einer Welt zuordnete, die den Frauen unzugänglich war. Hinter dem Zechentor lebte Willi Matussek ein ihr verborgenes Leben, wie sie es umgekehrt in ihren Romanwelten tat.

Sie bewohnten die Hälfte eines Doppelhäuschens in der Kolonie, hatten eine Bergmannskuh und, von Beginn weg, Brieftauben. Gegen einen Kaninchenstall hatte Helene sich lange gewehrt. Aber die Zeiten waren schwer, und sie sah ein, dass es eine gute Sache war, ein paar Karnickel zu halten. Wenn Willi schlachtete, ging sie mit Viola und der kleinen Gerda spazieren oder Besuche machen. Und wenn sie sich die Frage gestellt hätte, ob sie glücklich mit Willi sei, hätte sie ohne Zögern, aber auch ohne Begeisterung Ja gesagt.

Willi, obwohl katholisch, wählte sozialdemokratisch wie viele Kumpel. Helene war das Politische fremd, aber die mehr und mehr werdenden braunen und schwarzen Uniformen missfielen ihr.

1934 war die Familie Matussek an den südlichen Rand des Ruhrgebiets gezogen, wo die Häuser ähnlich grau, die Luft aber besser war. Willi Matussek wurde Hausmeister. Weil er eine Staublunge hatte, war Schluss mit der Arbeit unter Tage. Das war ihn schwer angekommen. »Den Kohlenstaub hustet man morgens doch raus«, wehrte er sich, aber der Arzt erklärte ihm, es sei nicht der Kohlenstaub. Es sei der Steinstaub, und der bleibe drin. So hatten sie ihr Häuschen verlassen. Willi Matussek hatte Heimweh nach dem Pütt, behielt dieses Gefühl aber für sich. Und dass er die Tauben vermisste, sagte er erst recht niemandem. Die

Ziege war ihm egal. Immerhin ging er samstags auf den Fußballplatz, wie er es immer getan hatte, falls er nicht auf Schicht war.

Viola hatte in der neuen Schule rasch Freundinnen gefunden. Marie mochte sie am liebsten. Marie war so ordentlich und verständig und schon sehr weiblich, anders als Viola, die lebhaft war und manchmal aneckte. »Viola ist ein ungestümes Mädchen«, stand in ihrem Zeugnis.

Bei den Nachbarn und Verwandten hieß es: »Der Willi sollte seine Tochter besser an die Kandare nehmen, sonst macht die ihrem Mann mal keine Freude.« Und: »Im BDM wird die schon erzogen.«

Willi änderte seine politische Einstellung nicht, als die Nationalsozialisten 1933 an die Macht kamen. Das fiel aber nicht weiter auf, weil er sich auch zuvor nicht aktiv politisch betätigt hatte. Trotzdem wusste Viola, dass sie in der Schule und im Bund Deutscher Mädel nicht über die Gespräche zu Hause reden durfte. Es war lästig, sich immer auf die Zunge zu beißen. Sie sah so vieles anders als die Mädchen um sie herum. Selbst Marie schwamm mit im breiten Strom der braunen Begeisterung, obwohl sie sich in Massenansammlungen nicht wohlfühlte. Aber dieses Unbehagen legte sie sich selbst zur Last, die schöne, stille Marie. Wenn sie anfing, ängstlich und unregelmäßig zu atmen, hakte Viola Marie wortlos unter und brachte sie in den Hintergrund des Geschehens, in die Nähe eines Fensters oder einer Tür.

7

Am 15. Oktober 1946 ging Karl zum Bahnhof, um Edith abzuholen mit allem, was sie noch besaß. Er hatte einen Handwagen organisiert, weil sie etwas von drei Koffern geschrieben hatte und er nicht wollte, dass sie einen tragen musste. Natürlich freute er sich. Er sagte sich das immer wieder: Sie ist meine Verlobte. Ich habe sie gefragt, ob sie mich heiraten will, Anfang 1941 in Neuhausen in Ostpreußen.

»Edith, ich muss an die Front«, hatte er gesagt, als sein Einsatzbefehl kam. »Was hältst du davon, wenn wir uns verloben?« Und er sah wieder vor sich, wie sie bei Ediths Eltern auf der Gartenbank vor dem Haus saßen. Er hatte den Arm um sie gelegt, beide strahlten und zeigten ihren Verlobungsring. Edith hatte ihm das Foto mit der Feldpost geschickt. Ein bisschen hatte es gelitten, weil er es im Krieg immer bei sich getragen hatte.

Sie wird jetzt dünner sein, dachte er, wie wir alle, immer hungrig. Damals hatte sie entsetzlich mit ihrer pummeligen Figur gehadert, egal, wie oft er beteuerte, er möge sie so. Das Foto hatte er bei sich. Als könnte er sie womöglich nicht erkennen.

Er war zu früh am Bahnhof, blieb in der Halle stehen, stellte den Mantelkragen hoch. Der Regen war durch das leck geschlagene Gewölbedach gedrungen und bildete eine große, trübe Pfütze auf dem Boden. Hätte es nicht ein schöner, warmer Spätherbst sein können? Ein goldener Tag, der Edith in ihrer neuen Heimat empfing? Er fühlte nach dem Foto in der Brusttasche seines Hemdes, sah auf die Uhr, erschrak, als eine Hand seine Schulter berührte.

»Karl«, sagte jemand mit einem dunklen Lachen. »Du bist doch Karl, nicht? Karl Osterloh! Da könnt ich drauf wetten ...«

Sie war fast so groß wie er. Hellbraune, glatte Haare, nachlässig im Nacken zusammengeschlungen, eine gute Figur, das sah man durch den Mantel. Erstaunlich elegant, der Mantel. Fahnenstoff, aber er saß perfekt, körperbetont. Nur konnte er das Gesicht nirgendwo in seinem Gedächtnis unterbringen.

»Ich sehe schon, du erkennst mich nicht wieder. Aber du bist Karl, oder?«

Er lächelte zerstreut, nickte, sah nervös wieder auf die Uhr. Edith kam erst in zwanzig Minuten.

»Jedenfalls duzen wir uns wohl«, erwiderte er unbeholfen und sah ihr endlich voll ins Gesicht.

»Das wär auch noch schöner, wenn wir uns plötzlich siezen würden.« Sie zog lächelnd ein Knie hoch und stand auf einem Bein. Sie verlor fast das Gleichgewicht dabei, weil sie eine schwere Tasche trug.

Karl griff automatisch nach ihrem Arm, um sie zu stützen. Endlich dämmerte es ihm, aber auch nur, weil Theo von ihr gesprochen hatte. Er ließ ihren Arm wieder los. »Das Storchenbein, Viola Matussek!« Er lachte. »Mein Gott. Das ist eine Ewigkeit her.«

»Ja, das war in einem andern Leben.«

»Du siehst gut aus. Früher …«

»… war ich ein hässliches Entlein willst du sagen?« Sie sah ihn herausfordernd an.

Karl schüttelte den Kopf. »Nein, nur früher …«

»… hast du dich rein gar nicht für mich interessiert, schon klar.«

Früher hätte Karl sich das Haar aus der Stirn gestrichen, aber jetzt trug er die glatten blonden Haare nach hinten gekämmt, mit einem Ansatz von Geheimratsecken. Dass er ausgerechnet jetzt an sein Aussehen dachte! »Ich habe mich zu der Zeit überhaupt nicht für Mädchen interessiert«, sagte er entschuldigend. Er lachte sein warmes, jungenhaftes und ein bisschen scheues Lachen.

»Theo hat mir neulich erzählt, dass du meine Mutter besucht hast«, sagte er.

Sie stellte die schwere Tasche ab. Offensichtlich war sie nicht in Eile. »Das ist aber auch schon wieder eine ganze Weile her. Wo wohnst du? Als ich bei deinen Eltern war, warst du noch nicht zurück.«

Obwohl es unhöflich war, sah Karl noch mal auf die Uhr.

Sie bemerkte es und nahm die Tasche wieder auf. »Du hast es wahrscheinlich eilig«, sagte sie. »War schön, dich zu sehen.«

Sie hatte tatsächlich braune Augen, mandelförmig. Ihm war die Situation unangenehm. »Ich wohne bei einer Tante …«, sagte er. »Entschuldige, ich würde mich gern mit dir weiter unterhalten. Ich bin nur so unruhig, weil ich gleich jemanden abholen muss. Wo wohnst du denn? Vielleicht können wir uns mal treffen …«

»Meine Eltern wohnen in der Franzstraße 3. Bei Kupsch.«

»Wir treffen uns sicher wieder.«

»Wäre schön«, sagte Viola und sah Karl nach, der eine Bahnsteigkarte kaufen ging.

Der Bahnsteigschaffner knipste die braune Pappkarte, Karl rannte, so gut es ging, die Treppe hinauf zu Gleis 2, behindert von dem sperrigen Handwagen, den er nicht unbeaufsichtigt unten an der Treppe stehen lassen wollte.

Die Dampflok des Zuges, in dem Edith mit Passierschein von der amerikanischen in die englische Zone gereist war, zischte beim Bremsen, die elend mitgenommenen Wagen waren schmutzig und kamen mit einem Quietschen zum Stehen, das durch Mark und Bein ging.

Karl wurde plötzlich von Freude durchflutet, dann von Angst. Er merkte, dass er schwitzte. Was sollte Edith von ihm denken? Viola hat wirklich braune Augen, schoss es ihm durch den Kopf, hat sich gemausert, wie seine Mutter es nannte.

Karls Herz schlug bis zum Hals hinauf. Der Handwagen störte ihn, er war nicht der Einzige auf dem Bahnsteig, der auf jemanden wartete, er wurde geschubst und vorwärtsgestoßen, aber er wusste ja nicht, ob Edith vorn oder hinten im Zug war und wo er am besten auf sie wartete. Er legte die Hand wieder auf die Brust, an die Stelle, wo das Foto war. Am liebsten hätte er es herausgeholt, aber was sollte Edith von ihm denken, wenn sie das Foto sah? Lächerlich, er würde sie augenblicklich erkennen, er hatte jahrelang von ihr geträumt, obwohl er ihren Körper noch gar nicht kannte, nur von den Umarmungen und Küssen.

Edith war ja erst fünfzehn gewesen, als sie sich kennenlernten. Sie hatte aber älter ausgesehen, mindestens wie siebzehn. Er war achtzehn damals. Vielleicht hätte er sie gar nicht angesprochen, wenn sie wie fünfzehn ausgesehen hätte.

Aus den schmalen Zugtüren quollen die Menschen. Manche blieben zögernd auf den Metalltritten stehen und schauten sich um. Aber andere drängten nach. Koffer, Taschen, Bündel. Begrüßungen.

»Nun machen Sie doch mal Platz. Küssen können Sie sich zu Hause«, sagte neben ihm eine ältere Frau zu einem Paar, das sich eben in die Arme gefallen war.

Edith, dachte Karl, hatte keinen kussfreudigen Mund. Sie entspannte die Lippen nicht richtig beim Küssen. Dabei war ihr Mund doch ausgesprochen hübsch. Aber es war immer, als lägen die Dinge noch nicht so, dass man sich dem Küssen unbekümmert überlassen könnte.

War das nicht Edith, die da vorn einen Koffer auf den Bahnsteig fallen ließ und sich mit einem weiteren abmühte, der sich in der Tür querstellte?

Karl kämpfte sich mit dem Handwagen zu der Stelle durch, aber es war nicht Edith. Endlich entdeckte er sie. Sie stand schon auf dem Bahnsteig, mit allen drei Koffern, hilflos und verloren. Sie hatte immer noch das runde, weiche Kinn und die dunklen Locken, die sie aus der Stirn und aufgesteckt trug.

»Edith!«, rief er. »Edith!« Sie sah in seine Richtung. »Bleib stehen, ich bin gleich da!« Seine Stimme war heiser vor Nervosität.

Sie fing an zu weinen, schaute hinunter auf ihre schwarzen, geschnürten Schuhe. Da nahm er sie schon in die Arme. Sie sah ihn überhaupt nicht an, als fürchte sie sich vor dem Augenblick, und drückte nur ihren Kopf gegen seine Brust und gegen das Verlobungsbild, das unter seiner Jacke steckte.

»Komm«, sagte er, »wir laden die Koffer auf den Handwagen, aber wir müssen sie dann gleich die Treppe hinuntertragen.« Und während er das sagte, dachte er, warum sage ich nicht: Edith, da bist du. Wie schön! Lass dich ansehen! Stattdessen sagte er: »Wir müssen nach Emst rauf. Das ist ziemlich weit.«

Da hob sie den Kopf, und erst jetzt sahen sie sich in die Augen.

8

Karl fand, es sei ein Glück, dass sie bei Tante Gertrud untergekommen waren. Aber Edith sagte, es sei schlimmer, bei missgünstigen Verwandten als bei bösen Fremden zu wohnen. Tante Gertruds Sohn war vermisst, ihr Mann in den letzten Tagen des Krieges gefallen. Sie hatten ihn noch ganz zum Schluss zum Volkssturm eingezogen, obwohl er im Ersten Weltkrieg schwer verwundet worden war und die linke Hand kaum gebrauchen konnte.

Man hätte ihr vom Wohnungsamt auf jeden Fall Leute in die Wohnung gesetzt, meinte Edith, es sei ja keine Gnade, dass sie ihren Neffen und seine Verlobte aufgenommen hatte. Tante Gertrud führe sich aber auf, als müssten sie beide vor Dankbarkeit immerzu die Augen niederschlagen.

Es sei eben schwer für die Tante, ein gesundes junges Paar vor Augen zu haben, erwiderte Karl, da sie selbst Kriegerwitwe und der eigene Sohn vielleicht tot sei. »Möchtest du jeden Tag die Suchmeldungen des Deutschen Roten Kreuzes hören und dabei zusehen, wie ein junges Paar sich küsst?«, fragte er.

»So oft küssen wir uns nun auch nicht«, antwortete Edith gereizt, »und andere Leute warten auch auf Nachricht von ihren Angehörigen. Weiß ich denn, ob mein Vater noch lebt?«

Karl fand ihre Bleibe trotzdem gemütlich, wenn man sie mit anderen Behausungen verglich. Immerhin hatten sie ein ordentliches Bett, in dem vor dem Krieg Tante Gertruds Sohn geschlafen hatte. Sie hatten das Bett mit einem Bettlaken vom Rest der Wohnküche abgeteilt, die natürlich auch von Tante Gertrud benutzt wurde. Sicher, sie stand enorm früh auf. Dann öffnete sie geräuschvoll die Tür, riss als Erstes das Fenster auf und kochte sich Zichorienkaffee oder was gerade so zu haben war. Sie war gewiss keine zurückhaltende Person, aber am Morgen hantierte sie besonders laut. Aus Schikane, behauptete Edith. Weil sie ein Morgenmensch ist, besänftigte Karl.

Das Wohnzimmer war tabu, kleinbürgerlich noch im Untergang, wie Edith anmerkte. Aber an dem großen Küchentisch, den sie und Karl die meiste Zeit des Tages benutzen konnten, malten sie Postkarten, die sich erstaunlich gut verkauften oder eintauschen ließen. Eigentlich hatten sie viel Spaß dabei. Das musste Edith zugeben. Karl schrieb Verse in Kunstschrift, und Edith malte mit Wasserfarben eine Bildvignette dazu. Eine Rose zum Beispiel oder einen Blütenzweig.

Edith liebte Heckenrosen. Die malte sie am häufigsten. Wenn sie die blassrosa Blütenblätter aufs Papier tupfe, die zarten Staubgefäße, sei es, so vertraute sie Karl an, als ob der Duft ihrer Kindheit diese fremde, zerstörte Welt zur Seite dränge und die vertrauten Zeiten wiederauferstehen. Die weite, in sanften Wellen dahinfließende Landschaft, die in der Sonne brütete, unter dem weiten Himmel, den sie hier vermisse. Das lichtbesprenkelte Pflaster der Alleen, zitternde Schemen, Stämme aus Birkenweiß. Sie höre die

Pferdewagen über die Wege rumpeln und den Wind, der durchs Korn ging. Höre die Kufen der Pferdeschlitten über den angefrorenen Schnee gleiten und den Pfiff der Kleinbahn, mit der sie zur Schule nach Königsberg gefahren war.

Wenn Tante Gertrud nicht gerade die Türen ins Schloss fallen ließ, ein Geräusch, das Edith wahnsinnig machte, genossen sie und Karl diese Stunden, die ein Gefühl von Frieden über sie brachten.

Einmal malte Edith das braune Huhn, das sie als Kind im Puppenwagen spazieren gefahren hatte. Es gackerte dabei, als wolle es im Korbwägelchen ein Ei legen, und Edith hatte ihre Mutter bekniet, dass es nie, nie geschlachtet werde. Aber die Postkarte mit dem Huhn kaufte niemand. »Vielleicht hättest du ein weißes Huhn malen sollen«, meinte Karl und stellte die Karte auf das Küchenregal, von wo sie eines Tages ins Abwaschwasser segelte. Die Farben zerflossen im Nu in der schmutzigen Brühe, und Edith weinte, weil das Huhn nun tot war und sie nie wieder, die Badesachen im blauen Stoffbeutel, mit der Kleinbahn nach Cranz fahren würde, um in der Ostsee zu baden und, auf dem Rücken im feinen Sand liegend, Wünsche in den dicken weißen Wolken zu verstecken.

Eines Tages brachte Karl eine Landkarte mit, die er auf dem Schwarzmarkt gegen eine Zange eingetauscht hatte, die in Tante Gertruds Keller hinter eines der leeren Regale für Eingemachtes gefallen war. Er hatte seinen Fund unterschlagen, weil er Edith ein Geschenk machen wollte. Und tatsächlich hatte er dieses Glanzstück gefunden, dem nur die linke Ecke fehlte. Der Osten aber war unversehrt, und Karl befestigte Ostpreußen an der Längswand hinter ihrem Bett, dank des vorgehängten Bettlakens unsichtbar für Tante Gertrud und andere Augen.

Als Edith am Abend beim Schlafengehen das Tuch anhob und die Landkarte entdeckte, sagte sie gar nichts. Sie stieg ins Bett, drehte sich weg von der Wand, kehrte der Karte den Rücken zu, und als Karl dazu kam, sagte sie nur: »Leg dich nach hinten, ja?« Er legte sich hinter sie und umfing sie mit beiden Armen. Sie sagte noch immer nichts, und er wusste nicht, welche Bilder sie vor sich sah, während sie sich liebten.

Bevor er einschlief, dachte er an die alte Backsteinkirche in Neuhausen, wo er Edith zum ersten Mal begegnet war. Eigentlich hatte er am Anfang nur ihre dunklen Korkenzieherlocken gesehen, denn Edith saß oben auf der Empore und spielte Orgel. Er hatte sich in eine Kirchenbank gesetzt, der einzige Besucher im Raum, und hörte zu, bis der rauschende Orgelton stockte und schließlich abbrach. Er fand es überraschend, dass da oben nicht ein Mann, sondern ein rundliches Mädchen saß. Große, dunkle Augen hatte sie, und er sprach sie an, als sie, die Noten unter dem Arm, von der Empore herunterstieg. Sie ging noch zur Schule, auf das Gymnasium in Königsberg, und es war ganz klar, dass sie Pianistin werden würde.

Das war Ende 1939 gewesen. Karl absolvierte, zusammen mit Theo, die militärische Grundausbildung auf dem Flugplatz Neuhausen. Ob er sie wiedersehen dürfe, hatte er Edith gefragt, als sie vor dem Haus gleich neben der Kirche standen, in dem sie wohnte. Sie hatte unentschieden und doch geschmeichelt genickt.

9

Als Tante Gertrud einmal eine Freundin in Düsseldorf besuchte und über Nacht wegblieb, beschloss Edith, einen Apfelkuchen zu backen. Sie luden Theo ein. Der brachte Zucker, etwas Fett und ein Ei mit, Mehl hatten sie selbst, und hinter dem Haus gab es einen Apfelbaum, dessen Ernte im Keller gelagert war. Tante Gertruds Walholz seufzte, während Edith den Teig ausrollte, und als der Duft warmer Äpfel die Küche erfüllte, stiegen Edith die Tränen in die Augen. Es roch wie zu Hause. Es roch wie Frieden.

»Er schmeckt wunderbar, dein Kuchen, einfach wunderbar«, sagte Theo.

Karl legte den Arm um Edith. »Theo hat recht, er schmeckt wirklich wunderbar. Macht überhaupt nichts, dass er krümelig ist, der Teig.«

»Das ist Mürbeteig«, antwortete Edith, und ihre Stimme beschlug sich dabei, »der muss so sein.«

»Hier macht man den Apfelkuchen einfach ein bisschen anders«, sagte Theo und lenkte das Gespräch auf sein Studium.

Manchmal begleiteten sie Hermann Gronau, wenn der seine abendlichen Hausbesuche bei Patienten machte. In einer Butterbrotdose aus leicht verbeultem Aluminium, die nicht mehr richtig schloss und die er deshalb mit einem Gummiband zusammenhielt, hatte er seine Spritzen und Ampullen verstaut, aus denen er seine medizinischen Cocktails mixte.

Hermann hatte ein Auto, einen grauen DKW, Sondergenehmigung, und war froh, wenn er nicht allein unterwegs sein musste. Das war unterhaltsamer und sicherer, es konnte nachts ungemütlich auf den Straßen werden. Es gab Überfälle, Raub, Schlägereien, die böse enden konnten. Die Ausgangssperre, die die britische Besatzung verhängt hatte, half da nicht viel. Wenige der befreiten ehemaligen Zwangsarbeiter aus dem Osten wollten in ihre Heimat zurück. Manche hatten sich in den Besitz von Waffen gebracht und sahen zu, wie sie zu Geld kamen. Zu Hause hätte sie noch größeres Elend oder die Deportation nach Sibirien erwartet.

Außerdem hatte Hermann so seine Adressen von Kollegen, zu denen man nach den Hausbesuchen fahren konnte. Heidrun Brautmeier zum Beispiel war ein Genie im Umarbeiten von medizinischem Alkohol zu Likör. Das süße Gesöff machte schreckliche Kopfschmerzen, aber am Anfang brannte das Leben heiß und schwer in den Adern, ehe alles in einer angenehmen Trägheit versank. Edith vergaß für ein paar Augenblicke die Flucht und wie fremd diese Stadt ihr war, und schlief an Karls Schulter ein.

Karl, den es im Hals würgte, wenn die anwesenden Männer mit ihren Kriegserlebnissen prahlten, dachte an ein chinesisches Gedicht, das er neulich aus einem Gedichtband abgeschrieben hatte. »Wenn ich nach Hause gehe«, hieß es darin, »sind wir immer drei. Der Mond leitet mich, und mein Schatten folgt mir nach.«

Wie schwer Ediths Kopf auf seiner Schulter lag. Die

Haarkämme hatten sich gelockert, und einzelne Strähnen kitzelten ihn am Hals. Ediths Mund stand ein bisschen offen, als sei sie erstaunt darüber, dass sie so plötzlich eingeschlafen war. Karl strich sanft über ihre Nase.

Theo dachte, wie schön es wäre, mit einer Frau im Arm einzuschlafen. Er verscheuchte den Gedanken wieder. Erst musste er das Studium abschließen, er konnte ja noch gar keine Familie ernähren. Bei Kriegsbeginn hatte er, da er sich freiwillig meldete, das Notabitur bekommen. Jetzt wollte er Verwaltungsjurist werden. Das Land brauchte dringend Juristen. Die alte Garde bekam nur nach und nach Persilscheine, zu linientreu nationalsozialistisch waren viele Juristen in den Jahren zuvor gewesen.

Hermann Gronau erzählte zu später Stunde, dass er vor kurzem einem Kameraden geholfen habe, der von der britischen Militärpolizei gesucht werde. »Was hat er schon gemacht?«, murmelte er. »Befehl war Befehl.« Und lauter sagte er: »Freunden steht man zur Seite.«

Er fuhr die, die kein Auto hatten, nach Hause, also alle. Zum Teufel, auf ihn konnte man sich immer verlassen.

10

Am 7. Dezember 1946 heirateten Edith und Karl. Sie feierten bei Karls Eltern. Außer ihnen waren Karls ältere Schwester Elisabeth, ihr Mann Fritz und die Trauzeugen die einzigen Gäste.

Draußen war es eisig kalt, schon seit Wochen. Die Kohlezuteilung für Privathaushalte war auf Anordnung der britischen Militärregierung seit zwei Wochen völlig gestrichen, selbst für den Kochherd gab es nichts mehr, kein Scheit Holz, kein Brikett. Karl und Theo hatten am Vorabend versucht, im Wäldchen nahe der Osterlohschen Bleibe heimlich etwas Holz zu schlagen, aber auf die Idee waren schon andere gekommen. Sie fanden nur noch eine traurige, kahle Fläche.

»Hier standen mal Bäume«, stellte Theo fest und steckte einen Tannenzapfen in die Manteltasche, der wohl jemandem vom Handwagen gefallen war.

»Im Stadtpark brauchen wir es gar nicht erst zu versuchen«, sagte Karl. »Da war ich schon. Da steht nicht mal mehr eine Parkbank, geschweige denn ein Strauch.«

Immerhin brachte Karls Schwester Elisabeth, die auf dem Land lebte, eine Tasche Brennholz mit. Theo hatte als Hochzeitsgeschenk einen Stuhl aus dem Haus seiner Eltern zu Kleinholz gemacht. »Vaters nationalsozialistischer Fanatismus geht mir langsam auf die Nerven«, sagte er. »Wir werden uns irgendwann damit abfinden müssen, dass es nicht mehr wird, wie es war, und wir nicht mehr sind, was wir glaubten. Wir sind besiegt, wir liegen am Boden, wir müssen von vorn anfangen. Und vorher werden wir noch manches alte Möbel verbrennen.« Er hielt ein Stuhlbein in die Höhe. »Auf das Brautpaar!«

»Auf das Brautpaar!«, fiel Viola ein. »Und auf eine bessere Zukunft!«

Niemand antwortete. Fritz bekam einen roten Kopf. Karl drückte Edith an sich. Seine Mutter rückte auf dem schon gedeckten Tisch die Teller zurecht, sein Vater verließ die Küche. Karls Schwester Elisabeth sah besorgt auf die anschwellenden Adern an den Schläfen ihres Mannes. Neben seinem bulligen Körper wirkte sie noch zierlicher, als Theo sie in Erinnerung hatte.

»Fritz«, sagte sie in die betretene Stille hinein, »könntest du mir wohl schnell helfen, die Herdklappe aufzumachen?« Sie stand neben dem Herd, die Topflappen in der Hand und machte sich an der Ofentür zu schaffen. »Die klemmt … Fritz?«

Fritz griff wortlos nach dem eisernen Schürhaken, der an der Seite des Herdes hing.

Theo wich einen Schritt zurück.

»Die Engländer lassen uns an Hunger und Kälte verrecken, nachdem sie unsere Städte und unsere Zivilbevölkerung zusammengebombt haben, diese kriminellen Schweine«, sagte Fritz mit gepresster Stimme. Er machte drohend einen Schritt auf Theo zu. »Das sind die besseren Zeiten. Leuten wie dir, mein lieber Theo, verdanken wir die Niederlage.« Er packte Theo an der Krawatte. »Ich habe immer gesagt, in den eigenen Reihen müssen wir aufräumen. Von da fault der Baum. Unsere eigenen Landsleute sind es, die die Zersetzung des Wehrwillens betrieben haben und am Ende weiße Fahnen aus den Fenstern hängten wie Memmen.«

»Genug«, sagte Karl. »Es ist genug.«

Elisabeth nahm ihrem Mann den Schürhaken aus der Hand. »Natürlich, Fritz«, sagte sie. »Jetzt können wir aber gleich essen. Setzt euch doch. Wisst ihr eigentlich, was es gibt? Hühnerfrikassee mit Kartoffeln!« Sie lächelte, und Theo sah, dass ihre Augen noch immer dunkelblau waren.

»Theo hat an seinem Platz gekämpft wie wir alle«, sagte Karl und legte einen Arm um Theo. »Ich bin glücklich, dass er mein Freund und Trauzeuge ist.«

»Hühnerfrikassee«, erklärte Elisabeth und wandte sich der erstarrten Edith zu, die rote Flecken im Gesicht hatte, »das haben wir früher immer gegessen, wenn Mutter Geburtstag hatte. ›Nimm ein Huhn‹, hat Fritz gesagt, ›mach ein schönes Frikassee, wir haben ja genug.‹« Sie schaute lächelnd auf ihren Mann, der düster schwieg, und begann das Frikassee auszuteilen.

Karls Mutter ging hinaus und holte ihren Mann herein, der draußen in der beißenden Kälte vor der Haustür auf und ab ging. »Du holst dir den Tod, Heinrich«, sagte sie. »Komm rein. Sie sind jetzt alle still. Das Essen wird kalt. Und es ist doch Karls Hochzeit.«

Sie saßen eng gedrängt um den Tisch in der kleinen Küche. Die bösen Worte hingen noch im Raum.

Elisabeth, dachte Karl. Einem Mann wie Fritz musste man sich wohl beugen, wenn man mit ihm verheiratet war. Aber sie hat ihn sich ausgesucht. Ehrgeizig war sie immer gewesen, anders als die jüngere Schwester Marie. Geld sollte ein Mann haben, Einfluss. Karls Gedanken schweiften ab. Im Lazarett in Russland, da war eine Krankenschwester gewesen. Er spürte, dass er Kopfweh bekam, wollte das Bild verscheuchen, das ihn immer wieder verfolgte. Aber trotz des Pochens in seiner Schläfe hörte er die Krankenschwester im Lazarett munter und burschikos zu dem schwer verwundeten Kameraden auf der Pritsche neben ihm sagen: »Das Bein nehmen wir ab. Der Doktor sagt, ein deutscher Mann braucht keine Beine, um davonzulaufen. Ein deutscher Mann kämpft auch im Sitzen!«

»Karl, mein Jüngsken, du siehst ja ganz blass aus«, sagte seine Mutter, »nimm noch von den Kartoffeln, es ist auch noch Soße da.«

Karl schüttelte abwehrend den Kopf. Er feierte Hochzeit, aber seine Gedanken waren im Krieg, und sein Schädel dröhnte, dass ihm übel davon wurde.

Edith nahm noch einmal Kartoffeln. Grässlich, dieser Fritz. Aber das Gefühl, das die Kartoffeln mit der dicklichen weißen Frikasseesoße im Magen erzeugten, war trotzdem wie Sonnenschein. Es machte ihr nicht mal was aus, dass niemand von der Hochzeit sprach. Sie hatten ja auch nur auf dem Standesamt geheiratet. Eine festliche Hochzeit sah anders aus. Als Mädchen hatte sie immer von einer glänzenden Hochzeit geträumt. Aber wovon hatte sie nicht alles geträumt, früher, vor dem Krieg. Das gut sitzende Kostüm, das ihre Schwiegermutter aus einem schwarzen Altfrauenrock für sie geschneidert hatte, war dagegen wirklich schön. Es würde noch für viele Anlässe dienen.

Karls Mutter war eine begabte Schneiderin, das musste man ihr lassen. Nähte auf das Revers eine Blumenbordüre aus einer Gardine, die sie einfach um den Rosenstreifen gekürzt hatte. Karl hatte trotz verzweifelter Suche keinen Brautstrauß auftreiben können, aber die Stoffrosen auf dem Kragen ihrer Kostümjacke waren ein Ersatz. Nein, Edith wollte nicht ungerecht sein, ihre Schwiegermutter gab sich alle Mühe, sie zu mögen, doch warm wurden sie nicht miteinander. Karls Mutter hatte noch nie etwas gesagt, was Edith hätte kränken können, aber auch noch nie etwas, das ihr das Herz erwärmt hätte. Komisch, dachte Edith, dass ich mich immer unbehaglich in ihrer Gegenwart fühle. Als störe ich, als sei ich ein Sandkorn in ihrem Auge. Als läge in der freundlichen Reserviertheit ein grundsätzlicher, unaufhebbarer Vorbehalt. Warum konnte Karls Mutter sie nicht einmal umarmen und einfach fest an sich drücken? Weil Edith »eine aus dem Osten« war?

Ja, dachte Edith trotz des angenehm vollen Magens bitter, das bin ich. Sie wusste nicht, wie man sich hier verhielt, wie man sich verstand, wie man seine Gefühle zeigte. Ihr Apfelkuchen war »krümelig«, wie sie putzte, war »eine polnische Wirtschaft«. Konnte sie was dafür, dass man hier den Herd mit Asche scheuerte, bis er glänzte wie ein Altarschrein? Und konnte sie was dafür, dass sie eine andere Aussprache hatte als die Leute hier? Sie brauchte nur einen Satz zu sagen, und schon war sie »eine von denen«. Eine, der es »zu Hause nicht mehr gefiel«. Eine von denen, die hier durchgefüttert werden wollten, hieß es, die aus dem Osten. Dabei waren sie doch früher angeblich alle Gutsbesitzer gewesen mit riesigen Ländereien. Schmarotzer. In Ostpreußen, da hatten sie doch fast gar keinen Krieg gehabt, keine Bomben bis zum Schluss. Nur wogendes Korn und die Liebe des Führers, der sich bei seinen treu ergebenen Ostpreußen verschanzt hatte. Das hatte Edith alles schon gehört, die einen tuschelten, die andern sahen einem frech ins Gesicht dabei.

»Na, Edith? Geht es dir gut? Bist du satt geworden?«, fragte Karls Vater freundlich. »Du hast jedenfalls ganz rote Backen bekommen, das ist recht. So soll es bleiben, das wünsche ich euch.«

Da kamen Edith die Tränen. Karl nahm ihre Hand, drückte sie und lächelte seine junge Frau an. Und Karls Mutter stand auf, ging zur Kommode und holte ihr ein Taschentuch.

Wie müde Mutters Schritte geworden sind, dachte Karl, Maries Tod hat ihre Fröhlichkeit ausgelöscht. Er wusste, dass seine Mutter jetzt an Maries Hochzeit dachte. Vier Jahre war das erst her. Marie wäre sicher glücklich geworden in ihrer Ehe. Und er? Würde er mit Edith glücklich werden?

»Es gibt noch einen Apfelkuchen«, sagte Karls Mutter, ihre Stimme klang erschöpft. »Den hat Karl doch so gerne.«

»Lassen Sie nur, Frau Osterloh«, sagte Viola. »Ich räume die Teller schon ab.«

Vielleicht, ging es Karl plötzlich durch den Sinn, hätten

wir Viola doch nicht bitten sollen, Trauzeugin zu sein. Sie erinnerte Mutter an diesem Tag nur noch mehr an Marie. Aber sie hatten keine bessere Lösung gefunden. Edith hatte sich gewünscht, dass ihre Schwester Marianne, die mit Ediths Mutter in der amerikanischen Zone lebte, Trauzeugin sein sollte. Aber zu ihrer großen Enttäuschung war Marianne krank geworden, und ihre Mutter hatte nicht gewagt, sie allein zu lassen.

Dass Theo Trauzeuge sein würde, stand von Anfang an fest. Er war Karls bester Freund, der Einzige, der Edith schon 1939 in Neuhausen kennengelernt hatte, der Erste, der erfuhr, dass Karl bis über beide Ohren verliebt war.

Es war Theo gewesen, der Viola als Trauzeugin vorgeschlagen hatte. »Mit wem soll ich mich eigentlich auf dem Fest amüsieren, jetzt, wo Elisabeth nicht mehr frei ist?«, hatte er lamentiert und, zu Edith gewendet, hinzugefügt: »Weißt du, wenn ich ehrlich bin, hat sie mich auch vor ihrer Ehe keines Blickes gewürdigt. Ich schlage vor, wir fragen Viola. Es muss doch was heißen, dass Karl sie wiedergetroffen hat.«

Und so hatten sie tatsächlich Viola Matussek gefragt. Übrigens verschlang Theo, wie Karl feststellte, Viola fast mit den Augen.

Theo fing seinen Blick auf und grinste ihm zu. Seine Plänkeleien mit den Mädchen an der Universität erschienen ihm plötzlich belanglos, wenn er Viola betrachtete. Und am selben Tag noch beschloss er, ernsthaft um Viola zu werben.

11

Hermann Gronau hatte gern Besuch, und es gab gute Gründe, ihn zu besuchen. Er bewohnte allein eine geräumige Zweizimmerwohnung, die er über Beziehungen bekommen hatte und von jeder Zwangsbelegung freihalten konnte. Es ließ sich dort also ungestört feiern. Aber nicht nur das, es gab bei Hermann auch immer genug zu essen. Er teilte großzügig mit Freunden, was die Patienten mit in die Praxis brachten. Die Gaben der Kranken dienten zur Bezahlung und stammten meist von Verwandten auf dem Land: Fett, Eier, Wurst. »Man sollte meinen, ich sei ein Wunderheiler«, sagte Hermann oft, »dabei heilen die meisten Krankheiten von allein.«

Nach Karls und Ediths Hochzeit kam auch Viola manchmal mit. Theo hatte sich verliebt, das war nicht zu übersehen, und Karl versuchte aus Violas Verhalten und Blicken zu erraten, ob es ihr ähnlich ging. Allerdings wunderte es ihn selbst, warum er sich so dafür interessierte.

»Es wäre schön, wenn die beiden heiraten würden«, sagte Edith, »findest du nicht?«

Edith hatte ihre eigenen Gründe, warum sie gern mit zu Hermann ging. Kaum hatten sie sich begrüßt, legte Edith sehnsüchtig und begehrlich die Hände aufs Klavier und strich über den schwarzen Lack, als sei der Kasten heilig. Dann öffnete sie behutsam den Klavierdeckel, setzte sich, leise wie eine Katze, auf den Schemel, nahm sich nicht mal die Zeit, ihn auf die richtige Höhe einzustellen, spielte einige Läufe, bekam warme Hände. Schon rötete sich ihr Gesicht vor Erregung, die Farbe stieg ihr vom Hals her in die immer noch kindlich wirkenden Wangen.

»Du brauchst nicht mit uns zu essen«, trompetete Hermann in ihr Spiel, aber dann brach sie es doch ab.

Noch nie hatten sie alle so gefroren und gehungert wie jetzt, da der Krieg vorbei war. Zunächst waren noch Vorräte da gewesen. Sie kamen aus den besetzten Gebieten, in denen man schon viel früher hungerte, aber das hatte damals keinen gekratzt. Und inzwischen waren sie alle zu hungrig, um darüber nachzudenken, was früher war.

Nach dem Essen stellte Hermann Gronau sich in Pose, Hand auf dem Klavier, wie die Herren Kammersänger, und sang gar nicht übel mit Ediths Begleitung den »Erlkönig« und den »Nöck«.

Später, wenn die andern sich unterhielten, spielte Edith Inventionen von Bach oder die »Mondscheinsonate«, ihr Paradestück. Aber sie war unzufrieden mit sich, sie war aus der Übung. Zu Hause hatte sie fünf, sechs Stunden jeden Tag am Klavier gesessen, ohne müde zu werden.

Hermann, der ihre glänzenden Augen sah und die rotwangige Edith entzückend fand – eigentlich war sie fast zu schade für den wenig draufgängerischen und nierenkranken Karl –, gab ihr nach dem dritten Abend dieser Art einen Wohnungsschlüssel und bot ihr an, sie könne immer Klavier spielen, wenn er in der Praxis sei.

Edith strahlte, und Karl sagte nichts dazu.

12

Karl arbeitete schon bald wieder im Atelier. Er hatte die Lehre als Grafiker noch vor dem Krieg abgeschlossen, und sobald sein alter Lehrmeister aus der Kriegsgefangenschaft zurückgekehrt war, meldeten sich alte Kunden. Neue kamen hinzu, und das Atelier nahm seine Arbeit wieder auf.

Karl war glücklich, an altvertrauter Stelle zu arbeiten. Er schien glücklicher darüber als über ihr Zusammensein, fand Edith. »Aber nein«, sagte Karl und zog sie mit seinem verhaltenen Lachen an sich. »Du weißt doch, es gibt nichts Schöneres als bei dieser Kälte mit dir im Bett unter der Decke zu liegen und Radio zu hören.«

Edith beanstandete, dass Karl kein festes Gehalt bekam, sondern als freier Mitarbeiter von Auftrag zu Auftrag bezahlt wurde. »Wie sollen wir da je auf einen grünen Zweig kommen«, fragte sie, »wenn du nicht mehr verlangst? Warum kämpfst du nicht ein bisschen für uns und unsere Zukunft? Und überhaupt könntest du Tante Gertrud fragen, ob wir nicht endlich ins Wohnzimmer ziehen dürfen.« Das Liebesleben, das sie hinter dem Vorhang aus Bettlaken in der Wohnküche führten, sei nun wirklich nicht besonders befriedigend, das müsse er doch zugeben.

Karl schwieg zu all ihren Vorwürfen.

Manchmal, wenn sie unglücklich war, schrieb Edith ihrer Mutter. Mit wem hätte sie sich auch sonst aussprechen können? Mit Viola hätte sie sich gern angefreundet. Aber Viola arbeitete in Dortmund. Viola gefiel ihr, sie war unternehmungslustig und spontan. Die Leute hier waren nicht überschwänglich, nicht wie zu Hause, wo man sich mit Kind und Kegel besuchte, lange blieb und alles aufgetischt wurde, was das Haus zu bieten hatte. Mein Gott, das Theater, bis die Gans geschlachtet war und endlich, gefüllt mit Majoran, duftend im Ofenrohr briet. Und der von Schweineschmalz glänzende Rotkohl, in dem reichlich säuerliche Boskopäpfel mitgekocht wurden, bis sie schaumig im Blaurot zerfielen! Und Zucker musste hinein, viel Zucker und Nelken und Pfeffer. »Muttchen«, schrieb sie, »du glaubst gar nicht, wie der Rotkohl mir fehlt.«

Viola arbeitete nicht nur in Dortmund, sie und ihre Schwester Gerda wohnten auch dort bei ihrem Onkel, Helene Matusseks Bruder, der an Helenes statt Konditormeister geworden war. Die einstmals vornehme Konditorei war zu einer schlichten Bäckerei geworden, in der mangels Mehl nicht immer genug Brot gebacken werden konnte. Die beiden Söhne ihres Onkels und seiner Frau waren vermisst. So waren zwei Betten frei.

Gerda, sieben Jahre jünger als ihre Schwester Viola, war im Krieg mit der Kinderlandverschickung in das »luftkriegssichere« Pommern gebracht worden. Als die Front im Osten zusammenbrach, wurden die evakuierten Kinder Teil des riesigen Flüchtlingsstroms, der sich nach Westen wälzte. Gerda, inzwischen vierzehn, kam irgendwann im total zerstörten Köln an. Mehrere Tagesmärsche später – der Zugverkehr war endgültig zum Erliegen gekommen –, erreichte sie schließlich den Ort ihrer Kindheit. Das alte Haus, in dem ihre Familie gewohnt hatte, war bis auf die Grundmauern niedergebrannt. Verstört, wie sie war, hatte sie sich im Keller des Hauses verkrochen, fand dort eine Matratze und eine Decke, legte sich darauf und schlief erschöpft ein. Sie konnte nicht wissen, dass sie im Bett ihrer Eltern schlief.

Dort fanden sie Helene und Willi Matussek. Sie hatten sich im Keller eingerichtet. Notunterkünfte gab es nicht mehr. Polizei und Ordnungsdienst, Verwaltung und Partei, niemand konnte mehr helfen. Willi Matussek hatte sich auch lieber nicht um Hilfe bemüht. In den letzten Monaten und Wochen des Krieges versuchten Gestapo und SS sich noch all derer zu entledigen, die nach der bevorstehenden Niederlage gegen sie hätten aussagen können. Sie erschossen und verscharrten am Waldrand auch die, die sich während der nationalsozialistischen Herrschaft unauffällig verhalten, aber vor 1933 Sozialdemokraten gewesen waren. Willi Matussek hatte Angst gehabt, denunziert zu werden.

Viola war im Krieg zum Arbeitsdienst bei einem Eisen- und Stahlwerk eingeteilt worden. Zuerst brauchte man sie für leichtere Arbeiten im Büro, zuletzt, als immer mehr Arbeiter für »abkömmlich« erklärt und eingezogen wurden, auch bei der Fertigung von Panzerblechen. Als ihre Eltern im Dezember 1944 während des zweiten großen Luftangriffes auf die Stadt ausgebombt wurden, kam sie bei einer Kollegin unter, die wie sie in den Klöckner-Werken arbeitete. Als aber die Produktion des Hüttenwerks nach dem dritten Großangriff im März 1945 völlig zum

Erliegen kam, zog Viola mit Gerda zu ihrem Onkel nach Dortmund. Gerda half in der Bäckerei, und Viola arbeitete nun bei der Bahnhofsmission.

Als die englischen Besatzer nach der deutschen Kapitulation die Regierungsgewalt übernahmen, kam Viola aufgrund ihrer Arbeit mit den britischen Militärbehörden in Kontakt. Die Weiterleitung der Flüchtlinge, die Wiederunterbringung der Evakuierten, die Erfassung der heimkehrenden Soldaten, die Rückkehr der ehemaligen Zwangsarbeiter in ihre Heimatländer konnten nur mit Weisung und Genehmigung der Militärregierung erfolgen. Je besser Violas Englisch wurde, umso mehr Aufträge bekam sie von den englischen Besatzern. Die Sehnsucht nach geregelten Verhältnissen und einem Neubeginn wuchs. Nur die Besatzungsmächte konnten diesen Traum Realität werden lassen, aber das sagte man besser nicht laut.

Als Viola eines Morgens in der Pappschachtel, die eine Flüchtlingsfrau ihr in die Hände drückte, einen toten Säugling fand, fing sie an zu weinen und konnte nicht mehr aufhören. Ein britischer Soldat nahm sie mit in sein Büro. Von da an dolmetschte sie für die Engländer. Die Armbinde mit dem Vermerk »MG Military Government interpreter« sollte sie davor schützen, als »Tommy-Liebchen« abgestempelt zu werden. Sie wurde trotzdem verächtlich angesehen. Ihr Onkel schwieg dazu, die Tante spuckte vor ihr aus. Selbst Gerda verstand ihre Schwester nicht. Die Fleischkonserven, die Viola ab und zu heimbrachte, aßen sie trotzdem.

Viola liebte ihre neue Arbeit. Die Engländer verhielten sich korrekt, nach einiger Zeit freundlich. Obwohl sie nicht mit der deutschen Bevölkerung fraternisieren sollten, nahmen die Soldaten sie manchmal mit in den englischen Klub. Ihren Verwandten verschwieg Viola das lieber, aber Theo, Karl und Edith erzählte sie davon.

»Ihr glaubt nicht, was die für Musik hören! Louis Armstrong, Billie Holiday, Glenn Miller. Wenn ich euch nur mal dahin mitnehmen könnte! Das reißt euch vom Stuhl. Mein Gott, was für ein anderer, freier Wind!«

Theo legte Viola den Arm um die Schultern. »Vielleicht nimmst du mich ja mal mit in den Club.«

»Nee, das geht nun wirklich nicht. Das sind doch alles englische Soldaten. Da müsstest du schon mein Verlobter sein.«

»Kein Problem«, antwortete Theo. »Karl, Edith, ihr seid meine Zeugen.«

O Gott, dachte Karl.

»Hochgeschätzte Viola. Ich liebe dich. Willst du mich heiraten, demnächst, wenn ich mit dem Studium fertig bin, und willst du bis dahin«, er musste lachen, weil er Viola das erste Mal fassungslos sah, »meine Verlobte sein? Ring und Gebrauchsanweisung für den Umgang mit deinem Verlobten folgen.«

Edith klatschte in die Hände.

»Du lieber Himmel, hüte dich«, rief Karl. »Er ist ein Scheusal! Ich kenne ihn besser als du. Wenn du willst, male ich dir die angekündigte Gebrauchsanweisung in Schönschrift. Ich kann dir sagen, die Zehn Gebote sind nichts dagegen.«

Theo sah ihn vernichtend an und legte auch den anderen Arm um Viola.

»Hör nicht auf diesen Menschen, der mir nur das Glück neidet. Er kann meine Siege einfach nicht ertragen. Das war schon früher so. Du hättest ihn sehen sollen, wenn ich beim Rennen schneller war als er …«

»Glaub ja nicht diesen Quatsch!«, rief Karl. »Wir waren gleich schlecht im Sport, und kein einziges Mal warst du schneller als ich!«

»Schweig, Bruder, lass mir mein Glück und genieße dein eigenes«, sagte Theo, hob Viola in die Luft, wirbelte sie herum und setzte sie wieder ab.

»Und? Was sagst du, Angebetete?«

»Auf die Knie, Dicker, das ist das Mindeste«, mischte sich Karl wieder ein und versetzte Theo einen Schubser, der ihn aus dem Gleichgewicht brachte.

Viola sah von einem zum anderen. Sie hatte bisher noch gar nichts gesagt. Jetzt lächelte sie entwaffnend in die Runde. »Ich bin schon versprochen.«

»Was?«, rief Karl, plötzlich ernst. »Das kannst du Theo nicht antun. Der stirbt uns vor Kummer.«

»Wie?«, fragte Edith aufgeregt dazwischen, »hast du einen Engländer?«, und erschrak sofort über sich selbst. Sie hätte das spannend gefunden.

Viola aber hüllte sich dramatisch in Schweigen.

»Also, mein lieber Freund«, sagte Karl, »du weißt, ich habe den ganzen Krieg nie auf einen Menschen schießen müssen, aber jetzt tu ich's, wenn du es von mir verlangst.«

Theo musste lachen. »Fräulein Viola«, sagte er, »ich bringe Sie jetzt nach Hause. Und unterwegs reden wir Tacheles. Einfach einen gestandenen, vielversprechenden

Mann zu knicken wie einen Strohhalm, das hat der nicht verdient.«

»Das hat er wirklich nicht verdient«, echoten Edith und Karl.

13

Eigentlich gab es keinen Grund zu heiraten, fand Viola. Es sollte nicht wieder so werden wie vor dem Krieg, nur weil alle den Krieg vergessen wollten. Aber genauso würde es kommen. Die Männer wollten vergessen, dass sie als »Versager« aus dem Feld zu ihren Frauen zurückgekehrt waren. Sie würden schleunigst wieder darüber bestimmen, ob ihre Frauen berufstätig sein durften, denn die Frauen waren im Krieg allzu selbstständig geworden. Und viele Frauen wollten endlich wieder Seidenstrümpfe tragen und sich umsorgen lassen. Auf ihren Schultern hatte mehr gelastet, als sie tragen konnten.

Viola wollte Seidenstrümpfe tragen und in die Zukunft, nicht zurück in die Vergangenheit. Theo würde wollen, dass sie die Arbeit in Dortmund aufgab. »Ich kann doch meine Frau ernähren«, würde er sagen, »die braucht nicht arbeiten zu gehen. Und in einer andern Stadt schon gar nicht. Und bei den Tommies noch weniger.« Aber ihr gefiel die Arbeit und auch der lakonische Witz der Engländer.

Viola mochte Theo sehr. Er war intelligent, zielstrebig, ehrgeizig. Etwas zu unromantisch vielleicht, um den Vorstellungen ihrer Mutter zu genügen. Über den eigenen Bedarf an Romantik war sich Viola nicht im Klaren. Helene würde ihrer Tochter zuraten, das wusste Viola, auch ohne sie gefragt zu haben. Theo konnte ihr »etwas bieten«, wenn die Zeiten wieder besser wurden.

»Und«, sagte Helene, von Viola schließlich doch ins Vertrauen gezogen, »vergiss nicht, dass es nicht so viele junge Männer gibt wie zu normalen Zeiten.«

Überraschenderweise war es Violas Vater, der wortkarge Willi Matussek, der bezüglich dieser Angelegenheit einen entscheidenden Satz fallen ließ: »Lieben musst du ihn, alles andere ist Gedöns.«

Liebte sie Theo? Sie wusste es nicht.

»Wissen wirst du es nie. Fühlen musst du es«, sagte Willi abschließend.

Viola brauchte Zeit. Der im Schreck erfundene Mitbewerber Theos hatte deshalb noch nicht ausgedient. Auch wenn sie Theo zu verstehen gab, dass er gute Chancen hatte, hielt sie ihre Karten ziemlich bedeckt.

»Nein, er ist kein Engländer. Es gibt auch noch andere Männer in Dortmund«, sagte sie ein bisschen unwillig, als Theo nachstocherte. »Aber einen Hochzeitstermin haben wir noch nicht, falls du das wissen wolltest.«

Theo diskutierte die Sache mit Karl.

»Ich glaube nicht, dass sie noch einen andern Freund hat. Der ist nur vorgeschoben«, sagte Karl. »Sonst wäre sie doch nicht ständig mit uns zusammen. Viola hat einfach Angst vor dem Heiraten.«

»Angst? Vor einer Heirat mit mir?«

»Nee, Theo, Angst vor dem Heiraten an sich.«

»Aber sie ist doch stark und eigensinnig!«

»Eben deshalb«, antwortete Karl.

14

Wie die schon wieder Boden unter den Füßen haben, dachte Edith mit Groll, während sie in der Schlange stand, um die Bezugsmarken für Essen, Kohle und Seife zu holen. Alle drei. Karl, der hatte sein Atelier, Theo wusste genau, was er mit seinem Studium wollte, und Viola, die hatte eine aufregende Arbeit. Wer bei den Engländern arbeitete, bekam was von der Welt der Sieger mit, nicht immer nur das Elend der Verlierer, diese Lebensmittelkarten, auf denen die bewilligten Kalorien immer weniger wurden. Und sie, was machte sie? Sie trug ihrer Schwiegermutter, die bei sich zu Hause nicht waschen durfte, die schmutzige Wäsche hinüber zu Tante Gertrud, füllte in dem eisigen Keller den Waschbottich und zerrte die schwere, nasse Wäsche wieder heraus. Schlangestehen und Waschen. Putzen und aus einer Kartoffel was kochen. Mehr war da nicht.

»Ich muss mit dir reden«, sagte Edith zu Karl, als er nach Hause kam. »Ich muss doch irgendwas machen hier. Es genügt nicht, deiner Mutter zu helfen und erfolgreich den Streit mit Tante Gertrud zu vermeiden, während du arbeiten gehst. Dich kümmert weiter nichts. Zu Hause, da hatte ich ein Ziel, da war mir ganz klar, was aus mir werden sollte. Und was mache ich hier? Als Erstes brauchen wir eine eigene Wohnung.«

Karl nickte.

»Und warum kümmerst du dich dann nicht darum?«, fragte Edith gereizt.

Karl spürte, wie die Kopfschmerzen einsetzten. Es begann bei der linken Schläfe, mit einem einzelnen Stich. So wie seine Mutter beim Nähen die Nadel zu Beginn in den glatt gespreizten Stoff stechen ließ, ganz langsam, vorsichtig. Bis die Nadel Halt und Richtung fand und losratterte, während die Mutter das Fußpedal trat. Die Nadel in seiner linken Schläfe nahm Fahrt auf, seine Augenlider flatterten leicht.

»Jetzt kriegst du wieder Kopfweh«, sagte Edith. »Immer wenn ich was besprechen will, kriegst du Kopfweh.«

»Weißt du, ob noch Tabletten da sind?«, fragte Karl.

Edith zuckte die Schultern. »Ich weiß nicht. Du bist der Einzige, der sie braucht.« Sie ging nachsehen, und als sie zurückkam, hatte er sich schon ausgezogen.

»Ich lege mich hin«, sagte er. Hinter dem Bettlakenvorhang war er geschützt vor dem unverhüllten Licht der Glühbirne, die von der Küchendecke hing. Er streckte die Beine aus, schloss die Augen.

»Jetzt schläfst du ein, und nichts ist besprochen.« Edith hatte rote Flecken am Hals. »Du gehst immer schlafen, und das war es dann.« Sie begann zu weinen. »Können wir nicht wenigstens einen Abend in der Woche irgendetwas unternehmen? Englisch lernen zum Beispiel. Viola spricht richtig gut Englisch.«

»Ich brauche kein Englisch«, sagte Karl gequält.

»Es geht nicht darum, ob man es ›braucht‹. Man kann auch was lernen, weil es einen interessiert. Bist du auf gar nichts neugierig?« Sie saß auf der Bettkante und hielt den Vorhang dabei zur Seite, damit sie ihn ansehen konnte.

»Doch«, sagte Karl müde, »doch, natürlich. Könntest du den Vorhang loslassen? Das Licht …«

»Du hast doch die Augen zu«, sagte Edith zornig. »Du siehst doch das Licht gar nicht.«

Karl drehte sich zur Wand, ohne zu antworten.

Edith hatte wieder verloren, sie wusste es. Sie stand auf, ließ den Vorhang fallen und setzte sich an den Küchentisch. »Ich bin noch nicht müde«, sagte sie in seine Richtung. »Ich gehe bei Theo vorbei. Vielleicht ist er zu Hause.«

Von Karl kam keine Antwort.

Edith zog den Mantel an. Die Tür fiel ins Schloss. Hätte er nicht sagen können, komm her, leg dich zu mir?

Die ländlichen Alleen, die seine Gedanken in eine unbestimmte Ferne zogen, nicht zu einem Hof, nicht zu einem Dorf, nur zu einem unbestimmten Horizont, der nichts und alles versprach. Wie oft Karl sie vor sich sah, die stillen, baumgesäumten Straßen ins Nichts. Die Hangare, aus denen die Flugzeuge langsam rollten, als führe man bedächtig das Vieh auf die Weide. Es waren aber Kampfbomber, und es war Krieg.

Am Anfang waren sie noch zusammen in Neuhausen, Karl und Theo. Dann kam Theo nach Berlin-Tempelhof. Funkerausbildung, Flugsicherheit. Karl blieb in Neuhausen. Das war gut, weil er inzwischen Edith kennengelernt hatte. Aber auch, weil die ostpreußische Landschaft ihn besser träumen ließ als die in kurzatmigem Wechsel sich hebenden und senkenden Hügel zu Hause.

Er wurde der Luftaufklärung zugeteilt, Abteilung Bildauswertung. Karl war begeistert, er sah die Dinge gern von weit weg und hoch oben, war unerschütterlich genau, die Lupe benutzte er mit detektivischer Besessenheit. Die Kameraden fanden ihn manchmal spätnachts schlafend am Tisch, den Kopf auf den über Lupe und Foto ausgebreiteten Armen.

Er machte, wenn er die Zeit nicht mit Edith verbrachte, gern mit einzelnen Kameraden Ausflüge zu den masurischen Seen oder an die Ostsee. Vor allem Jan mochte er. Sie teilten eine Stube und freundeten sich an. Im Sommer stellte Karl einen Wiesenblumenstrauß auf den Tisch. Jan lächelte. »Du hast vielleicht Ideen«, sagte er. Als er an die Front abkommandiert wurde, schenkte er Karl ein Foto von sich. »Wer Freunde sucht, ist sie zu finden wert. Der Stunden, die ich mit Dir gemeinsam verleben durfte, gedenkend, Jan«, stand hinten drauf.

Wenn Karl Ausgang hatte, zog er allein durch die spätherbstlichen Stoppelfelder, sah der frühen Dämmerung zu oder setzte sich in die alte Ordensritterkirche. Er war nicht besonders gläubig, obwohl seine Großmutter in dem strengen schwarzen Kleid, die Katze auf der Schulter, die Bibel auf dem Schoß, ihn immer dazu ermahnt hatte. Er liebte die Stille in der Neuhausener Kirche, die allem standhielt, auch den Schneestürmen, die im Winter pfeifend gegen das steinummauerte Holzportal jagten. Er betrachtete das Deckengemälde in dem hölzernen Tonnengewölbe, seine Augen folgten wieder und wieder dem

Band der Ornamente, als könne er sich über das ewig sich wiederholende Muster mit der Unendlichkeit verbinden.

Nur seine Mutter, die fehlte ihm. Na, mein Jüngsken, hörte er sie sagen, und es klang Traurigkeit mit. Sie erzählte in ihren Briefen von zu Hause, und er hatte beim Lesen ihre leise und schnell erschöpft klingende Stimme im Ohr.

Später, nach dem Krieg, fragte er sich, ob er sich in Edith verguckt hatte, weil er die ostpreußische Landschaft liebte. Es hatten sich viele Eindrücke in seinem Kopf verwoben: der feine Sand der Kurischen Nehrung, das nördliche Licht, die Weite, die typischen Backsteinkirchen, die ihre Türme, fünf Fingern gleich, beschwörend reckten, Edith und die Musik.

Er war unmusikalisch, davon war er überzeugt, obwohl seine Mutter beim Nähen so gern sang. Sein Vater hörte Marschmusik. Aber der Gedanke einer musikalischen Erziehung für die Kinder wäre für sie exotisch gewesen. Die Welt der Musik erschloss sich ihm erst durch Edith. Die Impromptus und Balladen, Präludien und Fugen, Kantaten und Toccaten, die Arien und Liederkreise, Klavierkonzerte und Symphonien. Edith öffnete ihm das Ohr und eine Welt, in der er von nun an vieles fand, wonach er sich sehnte, in C-Dur und g-Moll.

Karl liebte seine Einsamkeiten.

15

»Meinst du, Viola wird mich heiraten?«, fragte Theo, bevor Edith überhaupt sagen konnte, warum sie gekommen war.

»Klar«, antwortete Edith. »Aber eigentlich wollte ich mit dir über was anderes reden. Karl ist dafür nicht zu haben, aber ich würde gern einmal in der Woche abends was unternehmen. Zum Beispiel einen Kurs an der Volkshochschule besuchen. Irgendwas, wo man was lernt. Über Literatur oder Kunst ...«

Theo seufzte. »Und ich soll mitkommen? Verschafft mir das Studium nicht genug Bildung?« Aber dann dachte er doch nach und sagte: »Es gibt einen Griechischlehrer, der liest mit interessierten Leuten die ›Odyssee‹.«

»Auf griechisch?«

»Nein, wer kann denn so gut Griechisch?«

Von nun an gingen Edith und Theo einmal die Woche in die Jugendstilwohnung von Herrn Dr. Axelrodt, die den Krieg fast unbeschadet überstanden hatte. Theo stöhnte zwar, dass er sich dazu hatte breitschlagen lassen, aber Edith war ausgesprochen guter Laune, wenn sie zum Lesezirkel gingen. Die »Odyssee« war neu für sie. Sie stürzte sich mit Hingabe in Homers Text und verliebte sich sofort in die »rosenfingrige Eos«, die sie von nun an zitierte, sobald sie einen rosa Streifen am Himmel sah. Der alte

Lehrer erinnerte Edith an ihren Vater. Nur hatte sie vor dem mehr Angst gehabt. In der Dorfschule von Neuhausen hatte er ihr mit dem Lineal noch härter auf die Finger geschlagen als den andern Kindern ... Dabei war er stolz auf ihre Begabung und hatte sie später aufs Gymnasium und ins Konservatorium nach Königsberg geschickt. Wenn sie jetzt den freundlichen Dr. Axelrodt sah, erschien ihr auch der eigene Vater zugänglicher, und sie vermisste ihn mehr als in den ersten Jahren nach der Flucht.

»Ich weiß nicht«, sagte Theo eines Tages auf dem Heimweg zu Edith, die sich bei ihm untergehakt hatte. »Vielleicht wäre es besser, nicht mehr von der Pianistenkarriere zu träumen und an eine praktische Ausbildung zu denken. Den Umständen entsprechend etwas realistischer zu werden. Ich will mich nicht einmischen, Edith, aber vielleicht täte das euch beiden gut.«

»Ach, ihr«, brauste Edith auf. »Ihr seid alle so pragmatisch, so kleinkariert. Ohne Feuer, ohne Leidenschaft. Habt ihr eigentlich begriffen, was es heißt, dass wir noch leben? Es geht doch nicht, dass wir einfach nur wieder irgendwie unsere Brötchen verdienen und weitermachen, als ob nichts geschehen wäre.« Sie zog die Augenbrauen zusammen und entzog Theo ihren Arm. »Die Welt ist untergegangen, und ich bin noch da. Zufällig bin ich noch da. Dafür schulde ich dem Leben was. Ein Ziel schulde ich dem Leben, verstehst du? Wir brauchen doch höhere Ziele, nicht nur warme Hausschuhe unter dem Bett.« Sie blieb abrupt stehen.

»Ich habe erst mal genug von allen Idealen«, sagte Theo.

»Vielleicht sollten wir mal darüber nachdenken, dass die großen Ideale uns in die Katastrophe geführt haben.«

Edith mochte es nicht, wenn man anderer Meinung war als sie. »Ich gehe hier rum. Du brauchst mich nicht nach Hause zu bringen«, sagte sie, voller Ärger über den Ort, an dem sie gelandet war.

Wenn der Krieg nicht gewesen wäre. Dann würde sie jetzt vielleicht an dem runden Tisch im Neuhausener Wohnzimmer sitzen. Die Spitzendecke hatte seidige, lange Fransen wie ein frivoles Charlestonkleid. Edith hatte gern Zöpfe daraus geflochten, die sich von allein wieder aufdröselten. Oft lag Justus, der Kater, auf ihrem Schoß und ließ sich kraulen, bis er plötzlich, wenn niemand damit rechnete, blitzschnell etwas vom Tisch schnappte und sich damit verzog. Geräucherte Makrele hatte er am liebsten. Ihr schwarzer Justus, der an der Station der Kleinbahn, verborgen im Gebüsch, darauf wartete, dass sie aus der Schule kam und, sobald sie ausgestiegen war, mit erhobenem Schwanz ihr voraus nach Hause schritt.

Wenn der Krieg, die Flucht nicht gewesen wären, wäre sie vielleicht nicht beim ersten Mann hängen geblieben. Es hatte andere Verehrer gegeben, auch damals schon, die studierten und eine glänzende Zukunft vor sich hatten. Was aus denen wohl geworden war? Ob sie noch lebten? Hier gab es gar nichts, keine Universität, kein Konservatorium, keinen Rahmen, in dem das Besondere oder etwas Großartiges gedeihen konnte. Und Karl, der wollte partout nichts Besonderes. Karl wollte gar nichts.

Sie betrat die Küche, ohne das Licht anzuzünden. Karl schlief ganz sicher schon. Sie öffnete im Dunkel das

Buffet, zog das Album heraus, das sie bei der Flucht mitgeschleppt hatten, als alles andere schon verloren war. Als das Glas Himbeermarmelade, das sie auf den Handwagen gepackt hatten, auf den Bahnsteig gefallen und zerbrochen war und sie die Marmelade mit einem Löffel vom Boden gekratzt und in eine Tasse gefüllt hatten. Als sie, Edith, in Pillau dem jungen Soldaten schöne Augen gemacht hatte, damit er sie noch auf das Minensuchboot ließ, das letzte Schiff, das von Pillau ablegte. Dafür musste sie noch Tadel einstecken, wo sie doch auch ihrer Mutter und ihrer Schwester damit wahrscheinlich das Leben gerettet hatte.

Sie ging mit dem Album vors Haus, setzte sich auf die Eingangsstufen und betrachtete im Mondlicht die kaum aus dem Dunkel hervortretenden Konturen ihres Elternhauses. Auf einem anderen Foto reckte die Kirche ihren Turm zum Himmel. Und hier, auf diesem Bild, der alte Lehnstuhl. Die Glatze ihres Vaters, sanft schimmernd. Hatte je jemand darübergestreichelt? Dort die weiße Gartenbank vor dem Haus, neben der im Sommer die Stockrosen in hellem und dunklem Rosa aufschossen. Den schwarzen Kater Justus sah man nicht bei diesem Licht. Und Edith, die Edith von früher, gab es auch nicht mehr.

16

»Karl«, sagte Viola, »ich muss dich mal was fragen.« Sie gingen auf dem Goldberg spazieren, Edith und Theo waren ziemlich weit voraus. »Ich denke, dass ich Theo heiraten sollte.«

»Das ist doch keine Frage«, antwortete Karl verwundert.

»Findest du?« Viola rupfte ein paar Gräser am Wegrand aus, die gerade erst in den März hineingesprossen waren, und schwieg eine Weile. »Du hast schon recht«, sagte sie dann. »Wir passen gut zusammen, Theo und ich. Wir denken ähnlich. Wir schauen beide nach vorn. Theo ist realistisch, unsentimental. Nicht wie sein Vater, der immer noch nicht glauben will, dass Deutschland und sein ganzer Nationalsozialismus erledigt sind. Wir haben den totalen Krieg gewollt und die totale Niederlage bekommen. Wir haben gar keine andere Wahl, wir müssen umdenken. Mein Vater war Sozialdemokrat, mir fällt die Umstellung nicht schwer.«

Karl hätte gern gefragt, ob sie Theo denn nur aus Vernunftgründen heiraten wolle, aber die Frage klebte ihm auf der Zunge fest, und ehe er sie losbrachte, kam schon Theo auf sie zu.

»Mensch, wo bleibt ihr beide denn?«, rief er. »Wir sind inzwischen schon zweimal um den Bismarck-Turm gelaufen. Gleich gibt's ein Gewitter, nun macht mal ein bisschen. Im Turm stellen wir uns jedenfalls nicht unter, da drin sind sieben Leute vom Blitz erschlagen worden, weil ein Metalldieb den Blitzableiter geklaut hat.«

17

»Ich hab's!«, rief Theo, der seit längerem einen Schlachtplan schmiedete.

»Was hast du?«, fragte Karl.

»Das entscheidende Argument, das Viola überzeugen wird!« Theo hatte sich an den alten Sigmund Braun erinnert. Der war, als sie mit der Hitlerjugend die Nibelungensage spielten, beim Stadttheater gewesen und hatte ihnen bei der Inszenierung geholfen. Nach dem Krieg hatte das Theater schon bald wieder zu spielen begonnen, wenn auch nur in der Turnhalle des Knabengymnasiums, und Sigmund Braun war tatsächlich an die alte Stelle zurückgekehrt. Theo hatte ihn kurz entschlossen aufgesucht. Mit Erfolg. »Viola könnte für das Theater als Kostümschneiderin arbeiten, sagt der Sigmund Braun. Ich bin ganz sicher, dass sie dafür ihre Arbeit bei den Tommies aufgibt. Mensch, Karlemann, so was war immer ihr Traum!«

Karl nickte.

Das war Theo nicht genug. »Das ist doch großartig, du Trottel! Nun freu dich mal für mich.«

Aber Karl war störrisch. »Ich verstehe gar nicht, warum du unbedingt jetzt und sofort heiraten musst. Hast doch noch ein Semester bis zum Examen.«

»Nun lass es nicht an mir aus, dass du mit Edith nicht klarkommst«, antwortete Theo verärgert.

18

Als Theo und Viola im Frühling 1947 beschlossen zu heiraten, lag ein langer, eiskalter Winter hinter ihnen. Der monatelange Frost hatte nicht nur die Flüsse und Stellwerke der Bahn einfrieren lassen, die für Transport und Verteilung von Kohle und Nahrung nötig waren, sondern verhinderte auch die Produktion von allem, was man für den Wiederaufbau brauchte.

Alliierte wie Besiegte hungerten. Die Produktion von Eisen und Stahl wurde nicht nur wegen Kohle-, Strom- und Gasmangel gedrosselt, die Menschen waren auch zu schlecht ernährt, um volle Schichten zu fahren. Viele Betriebe arbeiteten nur halbe Tage. Die Nahrungsmittelrationierung fiel in der englischen Zone bis auf 659 Kalorien pro erwachsene Person. Jeder hatte Anrecht auf etwa drei Scheiben Brot pro Tag, ein fingernagelgroßes Stück Fett, einen Klecks Marmelade, eine Tasse Suppe und den siebten Teil eines Herings oder eine Scheibe Wurst. Fünfundneunzig Prozent des Wohnraums in der Innenstadt waren zerstört, viele bewohnbare Häuser waren für ehemalige Häftlinge, Zwangsarbeiter und vor allem für das britische Militär geräumt worden. Baumaterial gab es keins. Am 28. März 1947 nahmen in der Stadt mehr als zwanzigtausend Menschen an einer Hungerdemonstration teil. Schlimmer konnte es nicht werden.

Theo wollte, optimistisch wie er war, nicht länger mit dem Heiraten warten.

Als sie aus dem Standesamt kamen, regnete es. Dabei hatte es erst nach einem kühlen, aber strahlenden Frühlingstag ausgesehen. Es war der 17. April 1947.

Viola hatte sich einen weiten, schwingenden Rock aus einer Tischdecke genäht. Der neueste Schrei sei das, und der »new look« passe, schwärmte sie, wunderbar zu der Musik, die sie jetzt so leidenschaftlich höre. Zu dem Rock, dessen farbige Streifen sie schräg verarbeitet hatte, was geradezu avantgardistisch, auf jeden Fall aber sehr elegant aussah, trug sie einen breiten roten Gürtel, ein Geschenk von Theo, und ein eng anliegendes schwarzes Oberteil, zu dem eine Bluse ihrer Mutter hatte herhalten müssen.

Sehr gewagt fanden die Eltern Schulze einen solchen Auftritt und dem Ernst der Situation, den eine Eheschließung darstellte, nicht angemessen.

Das Hochzeitsessen fand bei den Brauteltern statt. Matusseks hatten den Keller verlassen und waren vom Wohnungsamt in ein Zimmer eingewiesen worden. In den beiden anderen Zimmern der Wohnung lebten zwei weitere Familien, und die Regelung der Küchen- und Badbenutzung war ein Drama, das täglich neu aufgeführt wurde und immer neue Steigerungen erfuhr. Aber Willi hatte darauf bestanden, dass er und Helene die Hochzeit ausrichteten.

Willi nahm seine Tochter in die Arme. Erst jetzt sah man, wie ähnlich Viola ihrem Vater sah. Sie hatten die gleichen braunen, dicht bewimperten Augen, die manchmal einen unergründlichen Blick auf ihr Gegenüber richteten.

Helene Matussek weinte ein paar Tränen, als sie die Hühnerbrühe austeilte und die ohne Fett gerösteten Brotwürfel darüberstreute. Das Huhn war eine Hochzeitsgabe von Hermann Gronau, ebenso wie der Wein. Wo er den herhatte, blieb sein Geheimnis. Dass der Wein etwas korkte, störte niemanden.

»Aber Mama«, sagte Viola leise und nahm ihre Mutter in den Arm, »was gibt es denn da zu weinen?«

»Ach nichts, mein Mädchen. Ich bin doch froh. Das siehst du doch.«

Willi Matussek hatte die Rede auf das Brautpaar an Ludwig Schulze abgetreten. Vorträge lagen ihm als ehemaligem Lehrer sicher mehr. Aber Theos Vater hielt sich kurz und blieb formell. Die Anschauungen der beiden Familien klafften zu weit auseinander, als dass sich eine Gesinnungsbrücke hätte schlagen lassen. Käthe Schulze und Helene Matussek wurden nicht warm miteinander, Helene war in allem das Gegenteil einer sehnigen, disziplinierten Turnerin. Und diese Schwiegertochter war nicht gerade das, was Schulzes sich für ihren Sohn vorgestellt hatten. So nahmen sie den kleinen Siegfried, dem die Langeweile deutlich ins Gesicht geschrieben war, an der Hand und verabschiedeten sich nach dem Kaffee, den sie zum Fest beigesteuert hatten.

Edith, die Trauzeugin, war schlecht gelaunt, weil der Regen ihre Frisur zerstört hatte. Kaum wurden die Haare feucht, verwandelten sich die sorgsam gestreckten Locken zurück in »Negerkrause«, und so konnte Edith sich partout nicht leiden.

Gerda half ihrer Mutter beim Abwasch. Viola und Theo

saßen auf dem leicht abschüssigen, rot geblümten Plüschsofa der Matusseks, das im Krieg die rechte Lehne und das rechte Vorderbein verloren hatte. Hätte jemand ein Foto gemacht, so hätte man wohl den Eindruck haben können, der Fotograf sei angeheitert und nicht mehr in der Lage gewesen, die Kamera grade zu halten. Aber einen Fotoapparat hatte niemand der Anwesenden. Viola hatte ihre langen Beine übereinandergeschlagen, und Theo hatte voll Besitzerstolz den Arm um ihre Taille gelegt. Er zwinkerte Karl zu, als wollte er sagen: Das war die beste Idee, die ich seit langem hatte, das musst du zugeben.

Karl hob das Glas in Richtung Sofa. Das Storchenbein, dachte er, schon leicht angetrunken, und es beschlich ihn eine unerklärliche, aber nicht unangenehme Melancholie. Nun ist mein Freund Theo mit der schönen Viola verheiratet.

Wenige Tage später packte Viola in Dortmund ihre Siebensachen. Die britischen Soldaten auf ihrer Bürostelle schenkten ihr zum Abschied mehrere Schallplatten und wunderten sich, dass Viola in Tränen ausbrach, als sie sich, Billie Holiday und Louis Armstrong im Arm, verabschiedete. »Good luck«, riefen sie ihr nach, und noch am selben Tag zog Viola in Theos Kinderzimmer ein. Siegfried musste nun im Zimmer seiner Eltern schlafen, was er Viola sehr verübelte.

»Ach Theo«, sagte Viola etwas entmutigt, »wir brauchen einen Plattenspieler.«

»Ja, liebste Viola, gleich.« Theo schloss das Zimmer ab und zog sie aufs Bett. »Sobald ich dich geküsst und

Examen gemacht und Arbeit und eine Wohnung für uns gefunden habe.«

Und Viola machte »psst, nicht so laut«, denn das Bett ächzte bei jeder Bewegung.

19

Edith war glücklich, dass Viola endlich in der Nähe wohnte. Alles war mit einer Freundin besser zu ertragen, das Schlangestehen, das Suchen nach einer Wohnung, selbst die Kälte und der Hunger. Auch Viola fand es schwierig, mit ihrer neuen Familie zurechtzukommen. Für den Umgang mit Küche, Bad und Wäsche hatte Käthe Schulze ein ganzes Regelwerk entwickelt, an dem Viola mehrmals täglich verzweifelte. So fand Edith für ihre Erlebnisse mit Tante Gertrud endlich ein offenes Ohr. Zusammen konnten sie darüber lachen.

Manchmal machten sie sich am Wochenende zu viert mit Rucksäcken in die nähere Umgebung auf, um den Bauern ein paar Kartoffeln abzuhandeln. Aber das Herz der Bauern war schwer zu erweichen. Die Kartoffelkäfer hatten einen Teil der Ernte zerstört, und immer waren schon andere vor ihnen da gewesen, Bettler wie sie, die unnützen Hausrat als Gegengabe boten. Nicht mal Geld war als Tauschmittel noch willkommen. Nur die Zigaretten, die Viola von den früheren englischen Kollegen bekam, brachten noch ein paar Eier und Speck.

Als der Fernverkehr langsam wieder in Gang kam, gingen die Stadtbewohner auf der Suche nach Essbarem auf weite Reisen. Mit dem »Vitamin-Express« nach Süddeutschland, wo im Badischen die Kirschen reiften, mit dem »Kartoffel-Express« nach Niedersachsen oder dem »Kalorien-Express« nach Bayern, wo es angeblich Unmengen von Fleisch gab. Edith, voller Heimweh nach dem Meer, überredete Viola zu einer Reise mit dem »Fisch-Express« an die Nordsee.

Sie quetschten sich in den Zug, saßen im Gang auf ihrem kleinen Koffer, zusammengedrängt wie die Ölsardinen. Immer mehr nachrückende Reisende arbeiteten sich mit Ellbogen und Schienbein vor.

»Zu Hause«, flüsterte Edith, »gab es nicht so viele Menschen auf einem Fleck wie hier. Wie mir das alles fehlt. Muttchen und Marianne und der Kater. Und der Papa, das Klavier und die Orgel. Und die Nehrung und …« – sie hielt kurz inne – »und Königsberg würde mir fehlen, wenn ich nicht immer daran denken müsste, dass Papa dort gefallen ist.« Sie erschrak, als hätte sie ihn mit dieser Aussage umgebracht.

»Solange er vermisst ist, kann er genauso gut noch leben«, sagte Viola.

Eine ältere Frau in einem abgewetzten grauen Wollmantel, die mit dem Rücken zu ihnen stand, drehte sich um und sah Edith böse an. »Ihr im Osten habt doch gar keinen Krieg gehabt all die Jahre. Die Bomben, die sind doch hier gefallen.« Dann zeigte sie ihnen wieder ihre Hinterseite.

»Ihr könnt eure Heimat wieder aufbauen«, sagte Edith in den Rücken hinein, »wir haben unsere verloren.«

»Hier wird es auch nicht mehr, wie es mal war«, sagte Viola, die solchen Streit nutzlos fand.

Die Frau drehte sich noch einmal um. »Wissen Sie, was es heißt, jahrelang in Angst zu leben? Können Sie sich vorstellen, wie viele Bomben fünf Jahre lang aufs Ruhrgebiet gefallen sind?«

»Schon gut«, sagte Viola. »Jeder hat Angst gehabt. Nun beschäftigen Sie sich mal wieder mit Ihren eigenen Angelegenheiten. Den Krieg haben übrigens wir angefangen. Schon vergessen?«

Die Frau sagte nichts mehr.

»Und bei dir«, fragte Edith leise, »wie war das bei dir im Krieg?«

»Bei mir?«, sagte Viola. »Die Sirenen haben einem das Denken ausgetrieben. Voralarm, Vollalarm, Entwarnung. Am Tag und in der Nacht. Den Sirenenalarm hatten wir praktisch den ganzen Krieg hindurch und das Gedröhn der Bomberverbände. Das kochte einen weich. Du wusstest ja nie, wo sie das Zeug abladen. Ob das nun für Essen oder Dortmund oder Köln bestimmt war. Hinterher sah man die Feuersbrunst und wusste, wo es eingeschlagen hatte. Angst hattest du auch, wenn es dich nicht traf. Und in den Bunker ranntest du jedes Mal.« Die Bilder stiegen wieder in Viola hoch, als läge nur ein dünner Aschefilm darüber. »Wir wussten, dass wir auch noch drankamen. Es war nur eine Frage der Zeit.«

Sie dachte daran, wie eine Sprengbombe in den großen Bunker auf der Körnerstraße eingeschlagen hatte. Mehrere hundert Menschen waren dabei getötet worden, auch Hilde Simon, bei der sie die Schneiderlehre gemacht hatte.

Edith drückte mitfühlend Violas Arm.

»Ich war dienstverpflichtet«, fuhr Viola fort. »Wir haben in der Stadt fast nur wehrwirtschaftlich wichtige Industrie gehabt. Am Anfang waren die meisten Männer in den Stahl- und Eisenwerken unabkömmlich, in der Akku sowieso. Akku, so nannten wir die AFA, die Accumulatorenfabrik. Da machten sie Batterien für U-Boote, Schiffe, Flugzeuge. Der größte Arbeitgeber in der Stadt. Erst waren da alle ›uk‹, aber dann kämmten sie die Betriebe allmählich aus. Am Anfang warben sie italienische Arbeiter an, um die eingezogenen Männer zu ersetzen, dann folgten Franzosen, Belgier. Freiwillig kamen die bestimmt nicht, obwohl man ihnen alles Mögliche versprach. Später brachten sie Ostarbeiter her, Kriegsgefangene, aber auch Zivilisten, ganze Familien. Viele Frauen. Immer mehr Frauen wurden in den Fabriken eingesetzt. Uns holten sie für Büroarbeiten. Ich kam in die Klöckner-Werke, Stahl und Eisen. Den größten Teil der Zeit arbeitete ich im Büro. Nur am Schluss, da kam ich zur Panzerblechfertigung, weil sie die Ostarbeiterinnen für gefährlichere Arbeiten einsetzten. Da sind viele gestorben …« Warum noch mehr erzählen, dachte sie und sagte nur: »Aber Ostarbeiter hattet ihr auf dem Land ja auch.«

»Ja«, sagte Edith.

»Waren deine Eltern in der Partei?«

Edith schüttelte den Kopf. »Nein. Doch. Sie haben sich darüber gestritten. Mein Vater ist ziemlich spät in die Partei eingetreten. Er sagte, er müsse das als Lehrer. Er war Schulrat, sie setzten ihn unter Druck. Muttchen war dagegen. Sie hasste den ganzen Verein. Zum Bund Deutscher Frauen ging sie nicht. Das ärgerte meinen Papa. Er sagte, sie mache ihm extra Schwierigkeiten. Aber da war sie stur. Sie schrieb uns oft Entschuldigungen, wenn wir wegen dem BDM jammerten. Einmal hat mir die BDM-

Führerin den Ohrring aus dem Ohr gerissen. Siehst du, hier?« Sie zeigte Viola das Ohrläppchen. »Das Ohr ist eingerissen. ›Ein deutsches Mädel trägt keinen Schmuck‹, hat sie gesagt. Die konnte mich nicht ausstehen. Na, du siehst ja, wie ich aussehe. Nicht sehr arisch.«

Die Frau im Wollmantel drehte sich um und sagte: »Sie sehen nicht nur nicht arisch aus, ihre Artung ist auch ganz und gar nicht arisch.«

»Und Ihre Meinung ist hier nicht gefragt«, erwiderte Viola.

Die Frau drehte sich empört wieder weg.

»Siehst du, jetzt bleibt ihr die Spucke weg«, flüsterte Viola Edith zu.

Sie mussten lachen, hielten plötzlich erschrocken inne und sahen sich an.

»Es wird nichts passieren«, flüsterte Edith. »Sie kann uns nicht anzeigen. Die Zeiten sind vorbei.«

20

Das Stadttheater hatte schon im Sommer 1945, wenn auch unter sehr eingeschränkten Bedingungen, wieder zu spielen begonnen. Auch die Kostümschneiderei fing wieder klein an, der Fundus an Requisiten und Kostümen war weitgehend verbrannt. Viola ging mit Feuereifer an die Arbeit. Sie bedauerte nur, dabei nicht mehr Englisch sprechen zu können, und auch die neue, offene Welt des Jazz hatte sie erst einmal wieder verloren. Dafür lernte sie jetzt Shakespeare kennen.

»›Hamlet‹ ist großartig, das musst du lesen!«, sagte Viola.

»Das ist doch dieser … Grübler?«, antwortete Theo und sah kaum auf von seinen juristischen Schwarten. Er wollte das Studium zum frühestmöglichen Termin abschließen und sich noch dieses Jahr als Assessor bewerben.

»Schade, dass unser alter Oberbürgermeister nicht mehr da ist«, hatte sein Vater gemeint, als Theo ihm davon erzählte. »Da hätte ich ein gutes Wort für dich einlegen können. Alter Parteigenosse aus den Anfängen. Das hätte er mir nicht abgeschlagen.«

»Vater. Das erleuchtete Hakenkreuz, das er am Rathausturm hat anbringen lassen, haben die Engländer schon bei ihrem ersten Angriff 1943 runtergeholt«, gab Theo ungeduldig zurück. »Deine Verbindungen nützen mir nicht. Im Gegenteil.«

Der alte Schulze sah aus, als wolle er seinen Sohn gleich ohrfeigen. »Wie redest du denn! Schämst du dich nicht, alles zu verraten, worauf wir einen Eid geschworen und wofür wir mit unserem Blut gekämpft haben? Wenn ich dich sprechen höre, weiß ich, dass es wahr ist: Wir haben den Führer nicht verdient. Aus Enttäuschung über sein Volk hat er sein Leben beendet …«

»Und aus Enttäuschung ist sein Oberbürgermeister aus dieser Stadt getürmt, nicht ohne den Alten und Kindern vorher noch befohlen zu haben, die Heimat bis zur letzten Patrone zu verteidigen. Deshalb haben sie gedroht, alle zu erschießen, die ein weißes Laken aus dem Fenster gehängt hatten, auch als die Amerikaner schon mitten in der Stadt waren. Im Rathaus haben die Amis allerdings nur noch den Hausmeister angetroffen. Dem hatten deine Parteifreunde das Rathaus zu treuen Händen anbefohlen …« Theo unterbrach sich, er wollte keinen Streit. Aber er war auch nicht mehr der folgsame Junge, der er mal gewesen war. Ein Weltkrieg lag dazwischen.

Der alte Schulze war bleich geworden und griff sich ans Herz. »Wie redest du mit deinem Vater? Mit den Verrätern des 20. Juli hat der Untergang angefangen, das habe ich immer gesagt …« Sein Atem ging stoßweise und heftig.

Theo entgegnete nicht, was ihm auf der Zunge lag, sondern sagte nur: »Wo ist denn Mutter? Bleib hier sitzen. Ich bringe dir ein Glas Wasser, ich bin gleich wieder da. Es tut mir leid, Vater. Aber die Welt hat sich verändert.«

21

Im August dieses Jahres rief die Stadt auf Plakaten zum »Wiederaufbau-Ehrendienst« auf. »Melde dich noch heute. Jeder hilft. 6 Tage bei der Gewinnung von Baustoffen. Kein Verdienst-Ausfall. Schwerarbeiterkarte.« Aufmunternd blickte eine junge Frau von dem Plakat auf die Vorübergehenden nieder. Sie trug eine gepunktete Schleife im Lockenhaar, eine hübsche Bluse mit weißem Kragen, eine saubere Schürze über den langen Hosen und fünf Backsteine auf den Armen – aus alt mach neu.

Viola meldete sich, auch Edith kam mit. So konnten sie ein bisschen tratschen, wenn vormittags der Kaffee ausgegeben wurde. Steineklopfen fiel gemeinsam leichter. Edith seufzte. Ohne Baumaterial keine neuen Wohnungen. Ohne neue Wohnungen keine Chance, bei Tante Gertrud auszuziehen. Aber für ihre Hände war das Steineklopfen Gift. Der alte Mörtel saß mörderisch fest an den Trümmerziegeln, die sie Schlag für Schlag in neues Baumaterial verwandelten. Mit den aufgesprungenen, rissigen Händen konnte sie kaum Klavier spielen.

»Wir machen die Trümmer weg, und die Ostarbeiter, die Polacken, wohnen in unseren Wohnungen«, schimpfte eine Frau neben Edith. »Zwangsarbeiter, man hat sie hierher verschleppt«, murmelte Edith und fing böse Blicke dafür ein.

»Vierzigtausend sind es«, sagte eine andere Frau. »Und wo die nicht sitzen, haben sich die Engländer einquartiert. Kein Wunder, dass wir im Keller wohnen. Und selbst die Kellerlöcher machen uns die Flüchtlinge streitig.«

»Ganz richtig«, antwortete die erste Frau, »die haben uns gerade noch gefehlt.«

»Komm, da vorn gibt es was Warmes zu essen«, sagte Viola und zog Edith mit sich fort.

»Tante Gertrud hat Angst, dass ich schwanger werde«, sagte Edith, als sie für die Suppe anstanden. »Ein Kind, das wäre nun wirklich zu viel, hat sie gesagt. Ich kann dir nicht sagen, wie ich auf den Moment warte, wo wir da ausziehen.«

»Und?«, fragte Viola. »Bist du schwanger?«

Edith schüttelte den Kopf. »Mein Gott, nein. Das wäre im Moment nicht, was ich wollte.«

»Das geht vielen so«, sagte Viola, »aber, andererseits, ein Kind?«

»Nein, nein.« Edith war errötet. »Dazu passiert viel zu wenig zwischen Karl und mir, verstehst du?«

22

»Was ist los mit dir?«, fragte Edith.

»Gar nichts ist los mit mir. Wir haben viel Arbeit im Atelier. Gott sei Dank. Wer hätte gedacht, dass die Kunden so treu sind.« Karl sah an Edith vorbei und fixierte das Holzbrett über dem Spülstein.

»Du könntest trotzdem mit mir sprechen«, sagte Edith.

Karl fühlte, wie Müdigkeit aus seinem Bauchraum aufstieg. Eine diffuse Wolke, ein feines, undurchdringliches Gespinst, das seine Bewegungen hemmte. »Das tue ich doch«, antwortete er.

»Du redest nicht mit mir, du unternimmst nichts mit mir, aber zur Arbeit gehst du, pflichtbewusst und treu. Dort bist du wahrscheinlich ganz anders als hier zu Hause.«

Aber die aufgebrachten Worte Ediths drangen nicht durch die Watte, die ihn rasch und wirksam eingesponnen hatte. »Ich arbeite gern«, sagte er hilflos. »Ich bin froh, dass ich arbeiten kann.«

»Kannst du dir vorstellen, dass ich lieber den Satz hören würde: Ich bin glücklich, dass ich mit dir verheiratet bin? Dass du auch arbeitest für uns, damit wir endlich hier ausziehen können? Du gehst nur für dich arbeiten. In deinem Atelier lebst du. Und du lässt dich ausnützen, dass ich es nicht mehr mitansehen kann.«

Das wollte er gar nicht hören. »Das Wetter soll am Wochenende schön sein«, sagte er. »Wir könnten am Sonntag mit Theo und Viola zur Talsperre wandern. Ich bin so gern draußen. Draußen an der frischen Luft geht es mir besser, Edith. Es ist, als ob vieles dann von mir abfiele und die alte Fröhlichkeit zurückkäme.« Er zog sie bittend an sich. »Dann findest du mich vielleicht auch wieder netter.«

Aber Edith wandte sich ab. »War nicht am Wochenende ein Gastspiel im Theater? Ich möchte lieber dahin. Ich frage Viola. Vielleicht bekommt sie Karten. Ich habe übrigens im Chor vorgesungen. Der Dirigent würde mich nehmen. Hast du nicht auch Lust? Es ist einmal die Woche, und sie studieren die Matthäus-Passion ein.«

»Du weißt doch, dass ich nicht singen kann«, sagte Karl. »Aber geh du nur hin. Ich freue mich, wenn es dir Spaß macht. Ich komme dann zur Aufführung.«

Edith sprang auf und wandte sich mit einer jähen Bewegung von ihm ab.

Jetzt kneift sie die Lippen wieder zusammen, dachte Karl. Er stand auch auf, trat neben sie und legte den Arm um sie. »Edith. Ich liebe dich. Aber es ist so, wie es ist. Ich kann es nicht ändern, dass du mit Tante Gertrud nicht auskommst, dass du meine Mutter nicht magst, dass du die Stadt schrecklich findest.« Karl lachte sein sanftes Lachen und küsste sie. »Kein Wunder, dass dir die Stadt nicht gefällt. Sie ist ja gar nicht mehr da. Und die Stadt, die ich immer noch im Kopf habe und liebe, weil es meine Heimat ist, die hast du nie kennengelernt.«

»Es ist nicht so, dass ich deine Mutter nicht mag«, erwiderte Edith heftig, und ihre Nase rötete sich, Tränen stiegen ihr in die Augen. »Deine Mutter mag mich nicht.

Natürlich, sie sagt es nicht, dir schon gar nicht. Sie stellt mir nur mit stillem Vorwurf den Teller Suppe hin. Soll sie den Teller doch hinknallen! Was habe ich denn verbrochen, außer dass ich da bin und du mich geheiratet hast? Ich kann auch nichts dafür, dass du eine Frau von woanders wolltest. Und nicht eine, die den Herd so scheuert wie sie, die Wäsche so zusammenlegt wie sie und ständig weiße Blusen glättet.«

Karl mochte es nicht, wenn seine Familie angegriffen wurde.

»Tut mir leid. Aber das musst du dir jetzt anhören«, sagte Edith. »Weißt du, mich interessiert das alles nicht. Es ist doch völlig egal, wie man die Wäsche zusammenlegt. Man kann vor lauter Putzen auch das Leben vergessen. Mit dem letzten Fleck hat man es dann endlich beseitigt, das letzte bisschen Leben.« Sie setzte sich an den Küchentisch und begann zu weinen. »Es gibt doch noch was Wichtigeres im Leben«, schluchzte sie.

»Edith!« Karl setzte sich zu ihr und strich ihr hilflos über den Rücken. »Edith. Komm her. Ich weiß, dass du hier nicht glücklich bist. Ich sehe es, und es belastet mich. Meinst du nicht, ich würde dich lieber zufrieden sehen? Ich weiß, ich habe es besser. Das hier ist meine Heimat. Ich kenne alles von klein auf. Die Landschaft, die Leute, wie man hier lebt. Ich liebe meine Mutter, sie ist anders als du, weniger ehrgeizig und temperamentvoll vielleicht, aber sie war mal ein fröhlicher Mensch. Sie kommt über Maries Tod nicht hinweg, es fällt ihr schwer zu leben. Ich weiß, dir fehlt ein Klavier, während ich wieder in meinem Beruf arbeiten kann. Ich habe alte Freunde wiedergetroffen. Du bist fremd hier. Aber das wäre an jedem Ort so, ob du nun in München oder Hamburg wärst.«

»Aber das sind große Städte. Dort gibt es mehr Möglichkeiten. Wir könnten beide zusammen neu beginnen. Ich will nicht umsonst das Abitur gemacht haben, ich will was aus mir machen. Und deshalb kann deine Mutter mich auch nicht leiden. Weil ich was werden will. Weil ich nicht nur für ihr Jüngsken da bin. Weil ich nicht so duldsam bin wie sie. Keiner kann mich hier leiden. Keiner will die Flüchtlinge haben. Mit Argusaugen wird man hier beobachtet, und alle triumphieren, wenn man was falsch macht.«

So wird es jetzt ewig weitergehen, dachte Karl. Er hätte früher versuchen sollen, das Gespräch abzubiegen, zärtlich zu sein. Aber wenn er spürte, dass sie Streit suchte, verging ihm jegliche Lust dazu. Eigentlich hätte er gern Lust gehabt. Das hätte ihm das Gefühl gegeben, lebendig zu sein. »Ich kann dir nicht helfen«, sagte er schließlich. »Du musst selbst einen Weg finden. Das kann niemand außer dir. Auch hier gibt es Möglichkeiten für dich, wenn du nur wolltest. Ich stehe dir nicht im Weg.«

»Natürlich könntest du was tun. Du willst nur nicht. Weil du zufrieden bist und dich mit allem zufrieden gibst.«

Karl stand auf und holte sein Jackett. »Ich mache einen Spaziergang. Du hast recht. In mir findest du keinen Helden. Ich war noch nie einer, und jetzt will ich schon gar keiner mehr werden. Da musst du dir einen andern suchen.«

Theo war für das Gastspiel, Viola war für Wanderung und Gastspiel, also machten die vier am Sonntag beides.

Sie sammelten Himbeeren und gingen ins Theater. Viola bekam die Karten umsonst, und die Himbeeren waren köstlich.

»Wenn wir jetzt noch Schmand hätten!«, sagte Edith.

»Was?«, fragte Viola.

»Sahne«, erklärte Karl, »im Osten sagt man zur Sahne Schmand.«

»Jetzt aber Schluss«, sagte Viola und guckte streng. »Ohne alles schmecken die Himbeeren am besten. Vom Strauch in den Mund. Und ab und zu mal ein Würmchen dabei.«

In Russland, im Krieg, dachte Karl, der die Himbeeren nicht anrührte, hatte es im Sommer auch Himbeeren gegeben. Am Dnjepr. Die Kameraden hatten sie entdeckt. Ich will nicht daran denken, redete Karl sich selbst gut zu. Nicht daran denken. Die Bilder vergehen schon wieder. Aber er wusste, dass sie nicht vergingen. Sie kamen immer wieder, nachts, manchmal auch tags.

»Kommt, wir müssen los«, sagte er, »sonst kommen wir zu spät ins Theater.«

Edith fand den Hauptdarsteller großartig. »Den müsste man kennenlernen«, meinte sie nach der Vorstellung bewundernd. »Der lässt einen sogar den Hunger vergessen.«

»Pah, ich hab ihn gestern gesehen, als sie die Bühne eingerichtet haben. Aus der Nähe betrachtet, ist er leider nur ein Mensch«, sagte Viola.

23

Viola fand das Leben mit ihrer Schwiegermutter Käthe schwierig. Hingegen lagen die Dinge mit ihrem Schwiegervater denkbar einfach. Er war ein Nazi und blieb ein Nazi und weigerte sich, beide Niederlagen hinzunehmen: die militärische und die ideologische. Er schottete sich gegen alle Enthüllungen und Beweise ab. Er verleugnete alle Gräuel: die, von denen sie längst wussten, und die, die langsam zutage traten und ihnen auf Fotografien und in Filmen vorgeführt wurden. »Die Besatzer wollen nur unsere Moral brechen«, sagte er. »Aber was die Bombenteppiche und tonnenweise abgeworfenen Flugblätter nicht schafften, wird auch so nicht gelingen. Alles nur gelogen. Alles gestellte Bilder.«

Käthe war anders. Käthe betrachtete kühl die Fotografien von den Konzentrationslagern. Sie leugnete nichts. Sie fand auch nicht, dass etwas zu verdrängen sei. Käthe fand das, was geschehen war, richtig. »Ich würde alles wieder so machen«, sagte sie.

Viola konnte Käthes Nähe nicht ertragen. In der Küche, im Flur, im Bad. Aber sie wusste, dass Widerspruch sinnlos war. An Käthe prallte alles ab wie an kaltem Stahl.

»Du solltest mehr Sport treiben«, sagte sie zu ihrer Schwiegertochter, »du bist schlank, aber du hast keine Muskeln. Keine Kraft. Hast du den Film von Leni Riefenstahl über die Olympiade in Berlin nicht gesehen? Das ist Ästhetik, sehnige, kraftvolle Schönheit. Du könntest eine schöne deutsche Frau sein, wenn du wolltest.«

»Sie sind doch eine schöne junge deutsche Frau«, hatte der Gestapo-Mann im Verhör gesagt und die Frau von Kopf bis Fuß gemustert. Viola erinnerte sich daran, als sei es gestern gewesen. »Wie ist es möglich«, sagte er sanft und bekümmert, »dass Sie sich mit einem Franzosen eingelassen haben? Wenn wir Sie jetzt nicht hindern, würden Sie sich am Ende noch mit einem Ostarbeiter einlassen, wie?« Die junge Frau zitterte vor Angst. Sie hieß Martha und war dienstverpflichtet wie Viola. Sie arbeiteten im selben Büro.

Irgendjemand hatte das Mädchen denunziert, vielleicht jemand vom SD. Der Sicherheitsdienst hatte überall seine Informanten, natürlich auch auf dem Werkgelände. Viola war, ohne Angabe von Gründen, in die Körnerstraße vorgeladen worden, wo sich die Gestapo in der ehemaligen Villa des jüdischen Kaufmanns Moritz Löwenstein einquartiert hatte. Viola sollte als Zeugin einvernommen werden, mehr stand in der Vorladung nicht.

Viola brach der Angstschweiß aus, als sie vor dem schönen Bau aus der Gründerzeit stand. Vater, dachte sie inständig und verzweifelt, du wirst dich doch vorgesehen haben! Im Textilhaus der Löwensteins hat Marie doch ihre Lehre gemacht, schoss es Viola gleich darauf durch den Kopf. Und ihre Schwester Elisabeth auch. In der Zeitung hatte irgendwann gestanden, die Löwensteins hätten das Land verlassen, und die Stadtsparkasse habe ihr Wohnhaus »übernommen«.

Viola hatte zögernd das Gebäude betreten, ihre Vorladung vorgezeigt. Jemand brachte sie in einen Kellerraum. Da sah sie Martha sitzen, vor einem riesigen Schreibtisch. Dahinter ein Mann der Gestapo. Der Mann begrüßte Viola mit einem Kopfnicken und wandte sich wieder den Unterlagen zu, die auf dem Schreibtisch lagen. Er blätterte vor und zurück. Schwieg. Martha standen die Tränen in den Augen. Plötzlich ahnte Viola, worum es ging.

»Die Anschuldigung lautet, dass Sie verbotenen Umgang mit Kriegsgefangenen und Ausländern gehabt haben«, sagte er endlich. »Ein Verhältnis sozusagen.«

Das Mädchen schüttelte stumm den Kopf.

»Das ist aber, was mir hier berichtet wird«, fuhr der Mann fort. »Sie arbeiten eng mit Fräulein Viola Matussek zusammen. Fräulein Matussek, hat sich diese junge Frau in irgendeiner Weise Ihnen gegenüber über ihre Kontakte geäußert? Sie haben ja sicher auch mal über Liebesdinge gesprochen, nehme ich an, wie das Frauen bei der Arbeit so tun.«

»Nein«, antwortete Viola. Je weniger man sagte, um so weniger konnten sie einem einen Strick daraus drehen. Sie dachte fieberhaft darüber nach, ob irgendjemand ein Gespräch zwischen Martha und ihr mitverfolgt haben könnte. Aber ihr fiel nichts ein. Sie hatte Martha einmal wenige Worte mit dem Franzosen, um den es wohl ging, wechseln sehen. Aber Viola war allein gewesen und hatte mit niemanden darüber gesprochen, auch nicht mit Martha.

»Nein«, wiederholte sie.

»Sie brauchen Ihre kleine Freundin nicht zu decken«,

sagte der Mann. »Wir haben genug Beweise, auch ohne Ihre Aussage.«

Martha sah flehend und entsetzt zu Viola herüber.

»Ich decke meine Kollegin nicht. Ich habe nur nicht das Geringste bemerkt, was den Verdacht bestätigen würde. Und ich bin ja sehr viel mit ihr zusammen.«

»Sie können gehen«, sagte der Mann und zündete sich eine Zigarette an.

Viola gab Martha die Hand und ging zur Tür.

Viola war elend zumute. Man würde Martha vor Gericht ein doppelt schweres Vergehen zur Last legen. Der junge Franzose, mit dem Viola sie hatte sprechen sehen, arbeitete schon länger in den Klöckner-Werken. Er war zunächst wie viele Kriegsgefangene in einer Baracke außerhalb des Werks untergebracht gewesen. Seit einigen Wochen trug er aber Häftlingskleidung und war kahl geschoren, war also Häftling in dem »Auffanglager«, das die Gestapo auf dem Werksgelände errichtet hatte. Die Brutalität der SS-Lagerleitung und der Aufseher war berüchtigt.

Mein Gott, was mochte der junge Mann gemacht haben? Haftgründe gab es reichlich. »Arbeitsbummelei«, »deutschfeindliche und staatsfeindliche Äußerungen«, »unerlaubtes Radiohören«, »Aufsässigkeit« oder Fluchtversuch beim Trümmerräumen nach Luftangriffen. Immer wieder versuchten Kriegsgefangene bei Angriffen unerlaubterweise, auch in Schutzräume oder Bunker zu gelangen.

Schon der Kontakt zu den normalen Kriegsgefangenen war den Frauen auf dem Werksgelände streng untersagt, und dass Martha der Verbindung zu einem Lagerhäftling bezichtigt wurde, bedeutete Schlimmes für beide.

Bang wartete Viola darauf, dass Martha wieder zur Arbeit erschien. Aber Martha kam nicht wieder. Man behielt sie vermutlich bis zum Gerichtsverfahren im Polizeigefängnis in der Prenzelstraße. Auch den jungen Franzosen sah man nicht mehr.

Viola vermisste den englischen Club. Sie sehnte sich nach einem Plattenspieler, nach der brüchigen, traurigen Stimme von Billie Holiday. Nach einem Tisch, der sich unter lauter gefüllten Schüsseln bog. Nach einem neuen Lebensgefühl, nach einem anderen, neuen, lebendigen Deutschland.

24

Im Jahr 1948 kam die Währungsreform, und jeder erhielt vierzig und dann noch mal zwanzig Mark. Es schien, als sei das alte Deutschland abgeschafft und der Startschuss zu einem neuen Deutschland gegeben.

Dem Schwarzmarkt war übergangslos der Hahn abgedreht worden, worüber sich Theo freute. Die Läden waren über Nacht mit Waren gefüllt. »Endlich wird den Schiebern das Handwerk gelegt«, sagte Theo. »Wie die sich bereichert haben! Jetzt fließen die Waren wieder in einen allgemeinen Wirtschaftskreislauf und kriegen den normalen Marktwert.«

Es war Sonntag, und sie saßen auf einer Waldlichtung im Gras.

»Du hättest auch Ökonomie studieren können«, meinte Karl.

»Setz ihm nicht noch diesen Floh ins Ohr, hörst du?« Viola streckte ein Bein aus und stieß Karl mit dem nackten Fuß sanft gegen das Schienbein. »Sonst lebt er irgendwann nur noch theoretisch. Es empört mich, dass die Läden plötzlich voll sind. Die Waren muss es also gegeben haben, irgendwo, nur wir kamen nicht dran. Mensch, das ist doch eine Schande! Wir haben gehungert, und die horten Lebensmittel.«

»Sag ich doch«, triumphierte Theo, »ist doch meine

Rede. Die Schwarzhändler sind die Bosse gewesen. Wenn du Waren zurückhältst, erhöhst du die Nachfrage und entsprechend den Preis. Und jetzt, wo die neue Währung den Schwarzmarkt aushebelt, sind die Läden voll.«

»Und wir können uns wieder nichts kaufen.« Viola zog eine Schnute. Mehrmals hatte sie schon begehrlich vor dem Schaufenster bei Wäsche-Meyer gestanden. Sie hätte dringend neue Unterwäsche gebraucht.

»Viola, mein Schatz, das wird sich ändern.« Theo stand auf, zupfte sein Hemd in Form und stellte sich in Positur. »Die abgestoßenen Manschetten und Kragen meiner Hemden werden bald der Vergangenheit angehören. Ich habe euch nämlich eine Mitteilung zu machen.« Er räusperte sich und schien von sich selbst ergriffen.

Edith musste lachen.

»Also. Der brave Theo hat nicht nur Examen gemacht, er hat auch eine Stelle als Assessor. Da staunt ihr, was?«

»Ja, da staunen wir!«, riefen die andern. Viola küsste ihren Theo, Karl ließ sich übermütig ins Gras zurückfallen, verschränkte die Arme unter dem Kopf und lachte so unbeschwert und glücklich, als hätte er gerade ein Huhn verspeist. Edith sah den zielstrebigen Theo bewundernd an.

Es ging ihnen gut, es war Sommer, und sie hatten alle die gleiche Idee.

»Natürlich müssen wir das feiern«, sagte Theo. »Ich wettere zwar gegen den Schwarzmarkt, aber ich habe doch heimlich ein kleines Weindepot angelegt. Wer weiß, aus welchem Keller die Flaschen stammen. Aber nun gehören sie Theo Schulze, und heute Abend hauen wir eine auf den Kopf.«

»Ja!«, schrien die drei anderen.

»Wir könnten zu uns gehen«, meinte Karl. »Tante Gertrud ist heute bei meinen Eltern eingeladen. Und Elisabeth hat ein Fresspaket vom Land geschickt. Für uns war eine Trockenwurst dabei. Habt ihr Lust?«

Sie hatten Lust. Aber erst mal lagen sie im Gras, bis die Sonne lange Schatten malte. Viola gluckste leise, als Theo sie kitzelte. Edith wedelte eine Fliege von Karls Stirn. Karl legte mit geschlossenen Augen seine Hand auf Ediths Bein und dachte, dass es tatsächlich Momente gab, in denen das Leben unschuldig war. Es durchfloss ihn warm und leicht.

25

Theo hatte nicht vergessen, dass Viola sich einen Plattenspieler wünschte. Aber die Reihenfolge war klar. Erst musste eine Wohnung her, in der man Musik hören konnte. Und er hatte Glück. Ein Haus, das zuvor vom britischen Militär belegt war, wurde frei. Er erfuhr früh davon und konnte sich eine Zweizimmerwohnung sichern. Anfang 1949 zogen Theo und Viola dort ein. Es war ein paradiesisches Gefühl, die Tür hinter sich schließen zu können, Bad und Küche nicht mehr mit den Eltern zu teilen und so zu leben, wie sie es sich vorstellten.

Sie kauften zwei Betten und einen Schrank für das Schlafzimmer, einen Herd, ein Küchenbuffet, einen Tisch und vier Stühle für die geräumige Küche. Und zu Violas Geburtstag am 22. Mai überraschte Theo sie mit einem Kofferplattenspieler. Er hatte reichlich Platz in dem noch unmöblierten Wohnzimmer.

Sie feierten ausgelassen.

Karl und Edith brachten eine brandneue Schallplatte von Nat King Cole mit. »Mona Lisa«, das Stück müsse drauf sein, hatte Theo sie instruiert. Hermann Gronau kam mit einer seiner diversen Freundinnen, deren Namen sich die anderen gar nicht erst merkten, so schnell wechselte er die Damen. Meistens tanzte er aber mit Edith.

Später am Abend kamen noch ein paar Kollegen vom

Theater dazu, das schon dieses Jahr wieder sein gewohntes historisches Domizil beziehen würde. »Da, wo die nackten Damen vor dem Eingang stehen«, sagte Hermann Gronau gut gelaunt zu Edith und zog sie beim Tanzen enger an sich.

»So viel ich weiß, stehen die über dem Eingang und sind auch schon etwas älter«, gab Edith zurück und brachte wieder etwas mehr Abstand zwischen sie beide.

»So alt sind die Damen nun auch wieder nicht«, rief Theo dazwischen. Er fungierte als Barmann. »Fünfzig Jahre sind doch kein Alter!«

»Aber erweichen lassen sie sich nicht. Nicht mal von dir, Hermann«, redete Karl dazwischen.

Die Gäste vom Theater hatten Stühle und Getränke mitgebracht, und die Stimmung war allerbestens. Zu fortgeschrittener Stunde wurde es dunkler im Zimmer, die Kerzen waren heruntergebrannt, die Musik wurde sanfter.

Karl erhob sich, um auch mal mit Edith zu tanzen, die den Arm der Tänzer wechselte, ohne sich auch nur einmal auf einen Stuhl sinken zu lassen. »Und wann darf ich mal mit meiner Frau tanzen?«, rief er.

»Gleich, gleich«, sagte Viola und legte Karls Arm um ihre eigene Taille. »Darf ich bitten?«

Am 23. Mai 1949 trat das Grundgesetz in Kraft. Es war die Geburtsstunde der Bundesrepublik Deutschland, und Viola war stolz, dass dieses Ereignis fast mit ihrem Geburtstag zusammenfiel. Um Mitternacht erhob sie das Glas darauf.

Theo flüsterte ihr ins Ohr, sie solle keine politische Diskussion vom Zaun brechen, das gebe nur hitzige Köpfe und verderbe die Stimmung. Ihre Gäste hätten sehr unterschiedliche Meinungen, was die bevorstehende Staatsgründung und die Parteien anging, die zur Wahl standen. Hermann Gronau könne mit der neuen Republik gar nichts anfangen und würde Violas Freunde vom Theater vor den Kopf stoßen. Und Edith, die befürchte, dass die Bildung eines westlich orientierten Staates aus den drei westlichen Besatzungszonen den Graben gegenüber dem sowjetisch besetzten Teil zementieren würde, lamentiere nur allzu leicht über ihre verlorene Heimat.

»Aber sie hat doch recht!«, rief Viola.

Theo hielt ihr nur den Mund zu und legte Billie Holiday auf.

Karl äußerte sich selten, wenn sie auf Politik zu sprechen kamen, aber er hatte schon vor längerem kurz und bündig erklärt, dass er für Kurt Schumacher und die Sozialdemokraten stimmen werde. Genauso dachte Viola. Für Theo hingegen hatte es nie ein Zögern gegeben, er folgte der Ansicht Adenauers, dass nur eine Anbindung an Amerika Deutschland die Möglichkeit freier wirtschaftlicher Entwicklung geben könne. Viola warf ihm vor, nur an die wirtschaftlichen Interessen eines halben Deutschlands und an sein persönliches Fortkommen zu denken. »Du suchst nur nach Sicherheit«, sagte sie.

»Du wirst für diese Sicherheit noch dankbar sein«, sagte Theo, »die Zukunft wird zeigen, was von den Russen zu halten ist.«

»Denkst du eigentlich mal dran, was wir im Krieg den Russen angetan haben?«, fragte Viola dann. »Wie würdest du dich denn als Russe verhalten? Vertrauensvoll? Es dürfen keine neuen Fronten entstehen, Theo, die Situation muss offen bleiben. Und vor allem darf es keine Wiederbewaffnung geben. Deutschland sollte neutrales Territorium werden. Das ist die einzige Vorstellung, bei der ich mich sicher fühle.« Auch da war sie sich mit Karl einig, der den Gedanken an eine Wiederbewaffnung als Beweis dafür sah, dass Deutschland nicht die geringste Lehre aus der Vergangenheit gezogen hatte.

»Ihr seid naiv.« Theo schüttelte bloß den Kopf. »Es läuft doch alles auf die Bildung zweier feindlicher Blöcke zu, von beiden Seiten aus. Davor könnt ihr doch nicht die Augen verschließen!«

»Und warum, meinst du, können wir nicht eine entmilitarisierte Zone dazwischen sein?«, rief Karl. »Hast du denn immer noch nicht genug davon, Soldat zu sein?«

26

Am 14. August 1949 errangen CDU/CSU und FDP bei den ersten Wahlen zum deutschen Bundestag eine hauchdünne Mehrheit, und mit einer Stimme Mehrheit wurde Konrad Adenauer zum ersten deutschen Bundeskanzler gewählt.

Der Marshall-Plan, der den europäischen Alliierten amerikanische Finanzhilfe für den Wiederaufbau zusicherte, war auch auf die westlichen Besatzungszonen Deutschlands ausgedehnt worden und legte einen wichtigen Grundstein für den Wiederaufbau der Gebiete, die jetzt zur Bundesrepublik Deutschland wurden. Das Steineklopfen war vorbei. Nun wurde gebaut.

Im Frühling 1950 bezogen Edith und Karl eine eigene Wohnung. Edith hatte nicht lockergelassen. Beim Wohnungsamt, bei den Wohngenossenschaften – sie ließ sich mit keinem Argument mehr abwimmeln. Theo bemühte sich, so gut er konnte, bei der Wohnungssuche behilflich zu sein, und Karl war sich nicht sicher, ob Edith nicht auch Hermann Gronau gebeten hatte, seine Kontakte zu ehemaligen Gesinnungsfreunden spielen zu lassen. Nicht wenige von denen mischten schon wieder überall kräftig mit.

Karl und Edith kauften zwei Betten, die von Männern

in blauen Kitteln in den vierten Stock geschleppt wurden, einen Herd und eine Küchenanrichte. Die Mahlzeiten in den ersten Wochen nach dem Einzug aßen sie einträchtig nebeneinander auf dem Bett sitzend. Keine Türen wurden geschlagen, keine Fenster aufgerissen. Das Bad war nicht mehr ständig besetzt. Keine Vorhaltungen gingen mehr auf sie nieder – zu viel Wasser verbraucht, zu viel geheizt, zu viel Strom verschwendet, abends zu laut geredet, die Haustür nicht früh genug abgeschlossen, die Badezimmertür offen stehen gelassen, den abgewaschenen Topf nicht abgetrocknet, ein Haar im Waschbecken nicht entfernt zu haben.

Sie weihten die Mansarde zusammen mit Theo und Viola ein. Es war ein wunderbares Festessen. Viola hatte Vorhänge genäht, weiße. »Damit es schon mal wohnlich aussieht«, erklärte sie. Theo brachte eine Flasche Sekt mit. Edith machte Königsberger Klopse – die Banausen Karl und Theo fischten die Kapern heraus –, und zum Nachtisch gab es Äpfel im Schlafrock.

Karl hatte im Atelier einen Tisch fürs Wohnzimmer geschreinert, eine Überraschung für Edith, die sich schon beschwert hatte, dass er in der letzten Zeit immer so spät von der Arbeit heimkam. Karls Mutter hatte ein paar Kissen genäht, auf denen sie rund um Karls Meisterwerk saßen und glücklich und satt aus dem Mansardenfenster hinauf in den Frühlingshimmel sahen.

Als Erstes lud Edith ihre Mutter und Schwester ein. Karl und Edith schliefen in dem einen, Ediths Mutter und Schwester im anderen Bett. Edith hatte ein Klappbett auftreiben wollen, aber die beiden winkten ab.

»Brauchst du nicht, Edithchen. Weißt du noch, wie wir nach der Flucht in den umgekehrten Wirtshaustischen geschlafen haben? Und wie uns die Wirtin am Morgen aufgescheucht hat? Nein, nein, das geht schon so, lass es gut sein.«

Als Edith die beiden eine Woche später wieder zum Bahnhof brachte, weinte sie schon, bevor sie die Wohnung verließen. Sie merkte erst jetzt, beim Abschied, wie glücklich sie gewesen war, ihre Familie um sich zu haben, und wie sehr ihr diese Vertrautheit gefehlt hatte.

»Aber Edith, nun sei doch froh, dass du hier ein Zuhause gefunden hast«, sagte ihre Mutter. »Und einen netten Mann hast du auch. Was willst du denn? Man möcht ja meinen, du wärst undankbar! Und du hast Freunde gefunden. Was meinst du denn, wie das Leben für Marianne ist und für mich ohne Papa. Und ohne Witwenrente. Aber ich werde doch nicht Papa für tot erklären lassen, um an die Rente zu kommen. Er ist doch nur vermisst, er steht doch vielleicht eines Tages vor der Tür.«

Als der Zug aus dem Bahnhof stampfte und der Dampf der Lok sich im Grau des Himmels verlor, brach das Elend über Edith herein. Alles stand ihr wieder vor Augen. Die Todesangst, als das Donnergrollen der Front näher kam. Wie ein Gewitter war es gewesen, das Tag und Nacht andauerte. Was man alles für Gerüchte hörte! Das Grauen lief der Roten Armee voraus. Flüchtlingstrecks von den östlichen und südöstlichen Grenzen zogen durchs Land und verbreiteten Panik, aber die Mutter wollte den Vater nicht allein lassen. Und der, dammlig wie er war, ließ sich tatsächlich zum Volkssturm einziehen, um die »Festung Ostpreußen« bis auf den letzten Blutstropfen zu verteidigen.

»Sie werden mich erschießen, sobald sie mich auf der Straße sehen. Man kann sich der Einberufung nicht entziehen!«, sagte er.

Ihre Flucht. Die beiden Mädchen hatten einen Handwagen mit dem Nötigsten oder was sie dafür hielten gepackt. Es blieb keine Stunde Zeit zum Nachdenken. Sie hatten die Mutter zwingen müssen, all ihre warmen Sachen übereinander anzuziehen, es war ja Januar, tiefster Winter. Doch Meta Abelkis stand in der Haustür und wollte keinen Schritt machen. »Und wenn er nun heimkommt und vor verschlossenen Türen steht«, sagte sie. »Ich kann doch nicht einfach abschließen und gehen.«

Edith und Marianne zogen sie gewaltsam fort. »Wir schließen nicht ab, wir lassen das Haus offen für Papa. Wir lehnen das Küchenfenster nur an. Justus muss ja auch rein und raus kommen, ich habe ihm noch eine Makrele hingestellt«, sagte Edith verzweifelt. »Makrele hat er doch so gern.« Edith weinte, die Feuchtigkeit brannte auf der Haut, so kalt war es.

Sie mussten los, um bei Tageslicht möglichst weit zu kommen. Es waren immer nur ein paar Kilometer, die man zu Fuß vorankam bei diesem Schnee. Auf dem Handwagen ein Schmalztopf, Eingemachtes aus dem Garten, Kartoffeln und Speck und das vielteilige Silberbesteck. Das konnte man gegen Essen eintauschen unterwegs, so hofften sie. Die Fotoalben, die Ausweispapiere, die Sparbücher, die Lebensmittelkarten, die Noten der Toccata in d-Moll und der Mondscheinsonate, der Walzer und Mazurken von Chopin. Marianne hatte ihre und die Lieblingsbücher ihres Vaters auf den Wagen geladen, den Band über die Kunst in Flandern, den er so oft hervorholte, und den über die »Melancolia« von Dürer. Teller, Tassen. Alles, was man aus Gläsern trank, konnte man auch aus Tassen trinken, Suppenteller waren praktischer als flache Teller, nur die also. Eine Milchkanne. Kerzen, Streichhölzer, etwas Anmachholz. Darüber hatten sie an Wäsche, Kleidern, Wollsachen, Decken und Bettwaren gepackt, was noch drauf ging. Marianne rannte noch einmal zurück und holte Muttchens Schmuckkästchen und den Seidenschal, den Papa ihr einmal geschenkt hatte. Was noch, was noch? Ein Stück Seife.

Die ganze Flucht über war es ihnen gelungen zusammenzubleiben. Und jetzt waren sie getrennt. Es war unerträglich, dass sie sie alleine ließen, Mutti und Marianne, dass sie wegfuhren ohne Edith.

Edith schloss die Tür zur Mansarde auf. Der Kohleofen war ausgegangen, die Kohlenschütte leer. Sie wartete nicht auf Karl, sondern ging selbst in den Keller. Es war noch nicht warm genug draußen, um ohne Heizung auszukommen. Edith schleppte die Kohle und eine Tasche Briketts die vier Treppen hoch, heizte ein. Setzte mit dem Tauchsieder etwas Wasser auf, um Tee zu machen. Wickelte sich in die Strickjacke, die ihre Mutter für sie gestrickt hatte.

Karl und sie hatten jetzt eine Wohnung. Aber nicht mal ein Klavier hatte in der Mansarde Platz. Und was nun? Als es sicher war, dass sie die Mansarde bekommen würden, hatte Karl sie nach einer schönen, zärtlichen Nacht, wie sie sie lange nicht mehr gehabt hatten, gefragt, ob sie sich ein Kind wünsche. Nein, sie wünschte sich kein Kind. Sie konnte sich nicht vorstellen, dauernd ein Kind im Kinderwagen herumzuschieben. Und Karl mit seinem Sichbescheiden, wollte er denn überhaupt für ein Kind sorgen?

»Du musst es wissen«, hatte er gesagt. »Vielleicht suchst du dir auch eine Arbeit, wenn du noch kein Kind willst.« Er schien enttäuscht. Aber drängen wollte er sie nicht.

Es schien ihm besser zu gehen, er war fröhlicher, unbeschwerter jetzt, fand sie. Nachts hatte er aber immer noch Schweißausbrüche, wälzte sich im Traum. Morgens nahm er dann wie gerädert eine Kopfwehtablette, sagte, es sei nichts, küsste sie und ging zur Arbeit.

Sie verbrachten viel Zeit mit Viola und Theo und mit ein paar neuen Freunden. Sie selbst lernte niemanden kennen. Die andern arbeiteten eben, da traf man Leute.

Alle mochten Karl. Er war ein Liebling der Frauen, ohne etwas dafür zu tun. Dabei war er nicht besonders männlich, das hatte Edith immer vermisst. Und sie war die ehrgeizige, unzufriedene Edith. Dabei hatte ihr Mann doch ein so bestrickendes Lächeln. Aber warum musste sie eigentlich mit wenig zufrieden sein? Theo, zum Beispiel, der wollte doch auch was im Leben erreichen. Warum durfte sie das nicht wollen?

27

»Da ist ein Brief für dich«, sagte Edith Monate später, als Karl eines Samstagmittags aus dem Atelier zurückkam. »Von einem Martin Imrod. Nie gehört.«

»Das ist ein Kamerad aus Russland. Zeig mal!« Er riss den Umschlag ungeduldig auf, überflog den Brief. »Ach, in München ist er jetzt.«

Karl war glücklich, von einem alten Kameraden zu hören. Er lockerte die Krawatte und legte sich aufs Bett, um den Brief in Ruhe zu lesen. Es war ein langer Brief.

Martin hatte er sehr gern gehabt, der las selbst noch in Russland in dem kleinen, zerfledderten Buch, das er in der Uniform bei sich trug. Irgendein Gedichtband war es gewesen. Sie mochten sich auf Anhieb und unterhielten sich viel miteinander, aber je länger der Krieg dauerte, desto schweigsamer wurden sie. Martin war Pilot. Er flog den Aufklärer mit der Robot-Kamera, die die Luftbilder schoss, die Karl dann auswertete. Karl selbst war erst in den letzten Kriegsjahren zum Luftwaffen Jäger Bataillon Z.b.V. 7 versetzt worden.

Zuvor war der Krieg für ihn eher abstrakt geblieben. Man entdeckte seine Begabung für die Bildauswertung und behielt ihn nach der militärischen Grundausbildung und dem Lehrgang für Bildauswertung als Lehrer. Erst im Herbst 1942 war er von Neuhausen in Ostpreußen abkommandiert und der Stabsbildabteilung der Luftflotte 4 in Südrussland zugeteilt worden.

Er arbeitete für die Luftaufklärung, die die Angriffe der Bodentruppen vorbereitete. Die Nahaufklärer überflogen das Gebiet und fotografierten das Gelände, um die Ziele möglichst genau zu erfassen. In die zweimotorigen Focke-Wulf-Maschinen waren zwei Kameras eingebaut, die aus verschiedenen Winkeln fotografierten. Übereinandergelegt ergaben die Bilder eine dreidimensionale Vorstellung, und wenn man die Fotos vergrößerte, erlaubten sie eine äußerst genaue Auswertung. Dann flogen die Stukas die Luftangriffe auf die ausgemachten Ziele.

Karl bewunderte die hochentwickelte Technik der Robot-Kameras, die noch aus fünftausend Metern Höhe gestochen scharfe Aufnahmen lieferten. Er war auch stolz auf seine Ergebnisse – zu Beginn wenigstens. Es war ihm bewusst, wie bedeutsam die Luftaufklärung und damit die eigene Tätigkeit für die Kriegführung war. Trotzdem kamen ihm immer mehr Zweifel an dem Krieg, den die Wehrmacht im Osten führte. Er behielt seine Gedanken aber für sich.

Das Fliegergeschwader Z.b.V.7, dem er schließlich zugeteilt wurde, operierte im Baltikum, in Polen, Russland und der Slowakei, um die SS-Operationen gegen Partisanen zu unterstützen. Über die Luftbilder, an denen er arbeitete, bis ihm die Augen zufielen, legten sich immer häufiger andere Bilder. Bilder von zerschossenen Häusern und niedergebrannten Gehöften, aufgedunsenen Tierkadavern und unbestatteten Leichen, deren Glieder gefroren aus dem Schnee ragten und die bestialisch stanken, wenn der Schnee schmolz und die Leichen auftauten. Die einen waren Deutschen, die andern Russen. Er sah die Gruben, die die Partisanen schaufelten, und die Toten, die darin lagen. Die Bilder nahmen Besitz von ihm, drangen in seinen Schlaf, seine Träume ein. Er kam mit Gelbsucht ins Lazarett, aber nach Hause schickte man ihn nicht.

1943, 1944. Das Gemetzel und der Rückzug nahmen kein Ende. Karl schrieb in jeder freien Minute mit Tuschfeder Rilkes »Weise von Liebe und Tod des Cornet Christoph Rilke« nieder, einen Buchstaben nach dem anderen wie ein Schulkind das Alphabet, um das Zittern zu besiegen, das ihn im Innersten erfasst hatte.

Im Frühjahr 1945 befanden sie sich in Österreich, das Bataillon löste sich auf. Karls Vorgesetzter hatte ihm in diesen letzten Tagen des Krieges geraten, sich nach Möglichkeit zu den amerikanischen Linien durchzuschlagen. Besser als dem Russen in die Hände zu fallen, sagte er.

Das gelang Karl. Er hatte Glück gehabt. Damit war der Krieg für den Soldaten Karl Osterloh zu Ende gewesen.

»Kommst du essen?«, rief Edith. »Alles wird kalt!«

Karl nahm die dicht beschriebenen Seiten mit zum Tisch.

»Und?«, fragte Edith, »was steht in dem Brief?«

»Martin lebt jetzt in München. Er ist verheiratet und hat schon zwei Kinder, stell dir vor. Er besucht eine Cousine in der Nähe und fragt, ob wir uns sehen wollen. Er wusste noch, dass ich hier aufgewachsen bin. Martin wird dir gefallen. Er will im August kommen, in drei Wochen.«

»Manche Leute sind im August in den Ferien. Aber wir sind ja da«, sagte Edith.

Karl schwieg. Dann sagte er nur: »Wir haben zu viel Arbeit im Atelier, ich kann nicht weg.«

»Wenn du angestellt wärst, könntest du weg. Dann hättest du nämlich das Recht auf ein paar Tage Urlaub im Jahr.«

»Ich will aber nicht angestellt sein. Ich will meine Freiheit behalten.«

»Was für eine Freiheit?«, versetzte Edith.

»Ich will nicht streiten«, sagte Karl und faltete den Brief zusammen.

Der August 1951 war warm und trocken. Theo und Viola waren für ein paar Tage an den Bodensee gefahren. Sie schrieben eine Postkarte. »Es ist fast, als wäre man am Meer, wunderschön! Das nächste Mal müssen wir zusammen hierher fahren.«

Edith platzierte die Postkarte mit der glitzernden Seefläche und dem Ausflugsdampfer auf dem Nachttischchen. Sah durch das geöffnete Mansardenfenster auf ein unverstelltes Quadrat heiteren blauen Sommerhimmels. Schwalben schossen auf und nieder.

Sie nahm Einkaufsnetz und Milchkanne und ging hinunter zum Milchmann. Eier kaufte sie auch, der Besuch sollte einen Apfelkuchen bekommen. Die Äpfel waren jetzt frisch, und sie machte ihn, wie ihre Mutter ihn immer gemacht hatte, mit Mürbeteig.

Karl holte den Freund vom Bahnhof ab. Edith deckte den Tisch. Karl trank gern Tee. Kaffee war nicht gut für seine Nieren, er hatte immer wieder damit zu schaffen. So machte sie beides, Tee und Kaffee. Zu Apfelkuchen mit Sahne gehörte einfach Kaffee.

Als es klingelte, ging sie ins Treppenhaus hinaus. Es dauerte immer lange, bis man von unten heraufgestiegen war. Sie hörte Karl lachen, weich. Die Stimme des Freundes war tiefer, eine richtige Bassstimme, die leicht vibrierte wie die Saiten eines Kontrabasses. Jetzt waren sie auf dem Absatz zum dritten Stock.

»Noch einen Stock, dann haben wir es«, hörte sie Karl sagen. Sein blondes Haar neben dem dunklen des Freundes. Das dunkle Haar passt zu seiner tiefen Stimme, dachte Edith und stellte sich zur Begrüßung auf die oberste Treppenstufe. Sie hatte ja noch die Schürze um, wie dumm! Aber nun war es zu spät. Sie fuhr sich durch die Haare, lächelte.

Martin Imrod gab ihr die Hand, und Edith freute sich über den Besuch. Karls Freund wirkte offen und sympathisch, sie würden schon was zu reden haben. Er war wohl in etwa gleich alt wie Karl, vielleicht zwei, drei Jahre älter, ein eher südlicher Typ.

»Ihr Apfelkuchen ist unglaublich, Edith«, sagte Martin. »Davon muss ich noch ein Stück haben.«

»Es muss nichts übrig bleiben«, lachte Edith. »Essen Sie nur. Heute Abend gibt es aber auch noch was.«

»Wollt ihr euch nicht duzen?«, schlug Karl vor.

»Mit Vergnügen«, sagte Martin, »wenn es deiner Frau recht ist.«

»Natürlich«, antwortete Edith verlegen und stand schnell auf, weil sie spürte, dass sie errötete. »Ich hole noch etwas Zucker ...«

Martin Imrod hatte nach dem Krieg begonnen, Literaturwissenschaft in München zu studieren. »Nicht nur die alten Klassiker«, meinte er, »die kenne ich ja. Aber es gibt eine neue Literatur in Deutschland, die geprägt ist von den Erfahrungen des Krieges. Habt ihr von der Gruppe 47 gehört? Da sind spannende neue Stimmen dabei. Hans Werner Richter zum Beispiel, Alfred Andersch, Karl Krolow. Heinrich Böll. Oder Wolfdietrich Schnurre. Sie treffen sich, lesen sich gegenseitig ihre Texte vor und diskutieren darüber.«

Edith stützte die roten Wangen in die Hände, die Ellbogen auf dem Tisch wie ein Schulmädchen, und hörte andächtig zu.

»Der Gruppe geht es um die Probleme der gegenwärtigen Gesellschaft, um einen Neuanfang der Politik und der Sprache. Die Sprache, eine literarische Sprache, muss neu erfunden werden, nachdem die Nazis sie unbrauchbar gemacht haben mit ihren Lügen, ihrer Propaganda, ihrer Ideologie.«

Karl nickte. Wie gut Martin das sagte. Deshalb waren sie ja immer stiller geworden, alle beide. Weil alles nur noch Lüge war. Und die Wahrheit durfte man nicht sagen, wenn man nicht erschossen werden wollte. Es hatte immer einer mitgehört, der einen nur zu gern verpfiff.

»Du hast deine Sprache wiedergefunden«, sagte Karl beeindruckt. »Du warst schon immer ein Mann der Bücher, auch früher schon. Ich male die Buchstaben, und du fügst sie zu Wörtern und Texten. Willst du auch selbst schreiben?«

Martin schüttelte den Kopf. »Nicht so wie diese Schriftsteller. So begabt bin ich nicht. Aber ich möchte zur Zeitung. Ich bin fast fertig mit dem Studium und hoffe, ich komme wo unter. Marlies hat die ganze Zeit über das Geld für uns verdient. Jetzt werde ich sie hoffentlich bald ablösen. Seit einiger Zeit schreibe ich schon nebenher Artikel. Eine feste Stelle im Feuilleton wäre mein Traum.« Er lachte und schlug Karl leicht auf die Schulter. »Ja, du hattest es schon immer mit der Ästhetik. Du warst vernarrt in Schriften. Hast du nicht, wann immer du ein paar Minuten für dich hattest, geschrieben, mit Feder und Tusche?«

Sie waren viel zusammen gewesen. Karl sah Martin wieder vor sich: in Fliegermontur, die Fliegerbrille auf der Stirn. Er hat sich schon angeschnallt, winkt, nur einmal, leicht, aus dem Handgelenk. Dann schließt er die Haube der Focke-Wulf. Ein letzter Abschied, jedes Mal. Er säte Tod und würde eines Tages den Tod ernten und nicht mehr mit der hart aufsetzenden Maschine über den buckligen Landeplatz holpern. Eines Tages würde es ihn erwischen. Karl war kein Optimist, das war er nie gewesen. Aber nun saß Martin hier mit ihm und Edith am Tisch, unverletzt, voll Tatendrang. Er ist stärker als ich, dachte Karl voll Bewunderung.

»Dass du das noch weißt«, sagte er lächelnd. »Das Schreiben hat mich beruhigt. Es war, als ob ich im Verfassen der Buchstaben Ruhe fände. Ich schrieb an der ›Weise von Liebe und Tod des Cornet Christoph Rilke‹.«

»Natürlich, das war es! Du hattest sogar richtig gutes Papier. Mein Gott, wie du da bloß drangekommen bist?« Martin sah konzentriert an die Decke. »›Reiten, reiten, reiten, durch den Tag durch die Nacht durch den Tag.

Reiten, reiten, reiten. Und der Mut ist so müde geworden und die Sehnsucht so groß.‹ War es nicht so?«

»Ja«, antwortete Karl und fuhr fort: »›Es gibt keine Berge mehr, kaum einen Baum. Nichts wagt aufzustehen. Fremde Hütten hocken durstig an versumpften Brunnen. Nirgends ein Turm. Und immer das gleiche Bild. Man hat zwei Augen zu viel. Nur in der Nacht manchmal glaubt man den Weg zu kennen.‹«

»Du hast Glück gehabt, dass das niemand gelesen hat«, sagte Martin, »das hätte dich den Kopf kosten können.« Er sah Karl, dann Edith an, lächelte und fügte hinzu: »Aber wir sind alle drei noch da.«

Edith gab sich große Mühe mit dem Abendbrot. Die hart gekochten Eier hatte sie geköpft und einen Hut aus Tomate daraufgesetzt. Weil die abgeschnittenen, gewürfelten Eistückchen nicht auf der Tomate hielten, setzte sie Mayonnaisetupfer auf die Fliegenpilzhüte. Dazu gab es Radieschen und frisches Brot mit Butter.

Martin hatte eine Flasche Rheinwein mitgebracht. Sie redeten lange, fast bis ihnen die Augen zufielen.

»Hast du nicht auch ein Instrument gespielt?«, fragte Karl, der sich dunkel erinnerte.

Martin gähnte entspannt und streckte die Beine aus, zog sie aber gleich zurück. Er hob die Tischdecke und sah rasch nach. Edith hatte die Schuhe ausgezogen. Sie hatte weiche, hübsche Füße, und Martin schaute gleich wieder weg.

»Ein Instrument? Ja … ich habe Geige gespielt. Aber ich bin nicht mehr besonders gut. Der Krieg. Man hat ja so lange nicht geübt, Jahre nicht. Manchmal hole ich sie raus, aber meine Frau macht sich nichts aus klassischer Musik. Mir fehlt die Anregung, wieder mehr zu spielen, jemand, mit dem ich zusammen spielen könnte.« Martin zuckte die Achseln.

»Da kenne ich jemanden, dem es wohl ähnlich geht«, meinte Karl und legte den Arm um Edith.

Edith nahm Karls Hand von ihrer Schulter. »Du hast klassische Musik ja gern«, sagte sie ohne Zärtlichkeit. Sie sah Martin an. »Aber es wäre tatsächlich schön, mit jemandem musizieren zu können, mit jemandem, der die gleiche Leidenschaft empfindet.« Sie hielt inne, sprach dann weiter. »Aber es ist spät. Wir sollten jetzt schlafen gehen.«

»Du kannst bei unseren Freunden schlafen«, ergriff Karl das Wort, als die Stille andauerte. »Sie sind verreist und haben uns den Schlüssel gegeben. Man ist schnell dort. Theo und Viola wohnen nur eine Viertelstunde zu Fuß von hier.«

»Aber ich kann auch gern das Sofa beziehen«, sagte Edith schnell. »Dann muss keiner mehr raus. Es ist nur nicht so bequem.«

Martin war etwas verlegen, sah zu Karl, der sofort einverstanden war, und nahm dann das Angebot gern an.

»Geh nur als Erster ins Bad. Ich mache in der Zeit dein Bett«, lächelte Edith.

Als er leise über den winzigen Flur zurück ins Wohnzimmer ging, kam sie ihm aus dem Schlafzimmer entgegen. Sie war barfuß und trug einen Morgenmantel, unter dem ihr cremefarbenes Nachthemd hervorsah. Nicht nur ihre Füße waren weich und rund.

»Dann geh ich jetzt ins Bad«, sagte sie, und dann: »Ich freue mich sehr, dass wir uns kennengelernt haben. Schlaf gut!«

»Du auch«, erwiderte er. »Schön, dass wir uns heute begegnet sind. Wenn ich mir einen Traum wünschen könnte, dann würde ich heute Nacht gern mit dir musizieren.«

»Ja«, nickte Edith, »das wäre ein schöner Traum«, und schloss schnell die Badezimmertüre hinter sich.

28

»Theo, hast du mal Zeit?«

»Nee, Karl. Wir haben unheimlich viel Arbeit im Büro.«

»Theo …«

»Mensch, Karlemann, ich weiß doch, du hast ein Problem, wenn du so fragst. Also wann?«

»Gehen wir auf ein Bier, morgen nach der Arbeit?«

»Ist gut. Aber nicht vor sechs.«

»In der Altstadtklause?«

»In der Altstadtklause.«

Theo war sogar pünktlich.

»Ich habe Briefe gefunden«, sagte Karl, kaum dass das Bier vor ihnen stand. »Von Martin Imrod an Edith.«

»Erst mal Prost«, sagte Theo. »Und wer ist Martin Imrod?«

»Den kennst du nicht. Ein Kamerad, der mit mir beim z. b. V. 7 war. Ich mochte ihn immer sehr. Er hat uns besucht, als ihr am Bodensee wart.«

»Und jetzt schreibt er deiner Frau Briefe und dir nicht.«

»Mensch, mach keine Witze. Es sind leidenschaftliche Briefe. Sie haben sich offenbar wiedergesehen. Ich dachte, Edith hätte ihre Mutter und Schwester besucht. Das hat sie wenigstens behauptet. Beide sprechen davon, dass sie zusammenleben wollen.«

»Sie hat dir also noch gar nichts davon erzählt?«, fragte Theo. Es war eine rhetorische Frage, er versuchte nur, Zeit zu gewinnen.

»Nein«, antwortete Karl, »gesagt hat sie mir nichts. Ich habe schon gesehen, dass sie irgendwie aufeinander fliegen, wegen der Literatur und der Musik. Aber ... aber ich bin doch aus allen Wolken gefallen.«

»Was wegen der Literatur und der Musik?«, hakte Theo nach.

»Na, er ist gebildeter als ich. Er spielt Geige, hat Literatur studiert. Edith meint doch, ein Mann, der nur die Volksschule besucht hat, passt nicht zu ihr.«

»Nun mach mal halblang, ja? Jetzt grab mal deinen Zorn aus und lass ihn ans Licht. Das Ganze ist eine Schweinerei, basta. Deine Frau betrügt dich mit deinem Kriegskameraden Martin. Sie planen die Trennung, und du erfährst aus Briefen davon. Und dazu sagst du nur, alles meine Schuld, weil ich die falsche Schulbildung habe?« Theo zeigte Karl einen Vogel.

»Aber es stimmt schon«, sagte Karl. »Ich habe von vielem keine Ahnung. Edith weiß tatsächlich viel mehr als ich.«

»Karl, jetzt hör mir mal gut zu. Ich weiß auch mehr als du. Aber bin ich deshalb klüger?«

Da musste Karl doch grinsen. »Du bist zwar ein fleißiger und ehrgeiziger, aber ansonsten dummer Hund«, sagte er und war in diesem Moment einfach glücklich, dass Theo sein Freund war.

Theo grinste auch. »Eben. Ich sage dir jetzt mal was. Diese Frau, die ich durchaus gut leiden kann, wird nicht bei dir bleiben. Und wenn sie jetzt nicht geht, geht sie später. Das ist nichts mit euch beiden, und es wird auch nichts. Sei froh, dass es jetzt passiert und nicht in fünf oder zehn Jahren. Und dass kein Kind da ist. Edith ist intelligent, sie hat Talent, sie sieht gut aus, sie hat ein Temperament wie die schönen Trakehner in ihrer Heimat, aber in einer Hinsicht kapiert sie gar nichts. Das, was sie will, kann ihr kein Mann verschaffen. Du kannst ihr viel geben, aber sie will was anderes. Sie könnte den Bundespräsidenten heiraten und wäre mit ihm immer noch unglücklich. Was sie hat, das will sie nicht, und was sie will, das hat sie nicht. Sie muss damit fertig werden, dass der Krieg viele unserer Träume und Vorstellungen kaputt gemacht hat. Da kannst du noch so viele Erwartungen an das Leben hegen, das Leben ist doch so, wie es ist. Lass sie gehen.«

»Sag mal, musst du so brutal sein? So viel Nüchternheit hält ja kein Schwein aus. Die Menschen sind doch nicht so gradlinig und einfach, wie du denkst. Das geht nicht, verstehst du, dass ich einfach sage, weil Edith mich betrügt, liebe ich sie nicht mehr.«

»Du wirst es aushalten, und du wirst sie ziehen lassen müssen. Wenn es nicht Martin ist, dann ist es ein anderer. Noch zwei Pils und je einen doppelten Korn!«, rief Theo dem Kellner zu.

»Edith geht von der Fahne«, sagte Theo, als Viola das Abendessen auf den Tisch stellte.

»Das ist nicht lustig«, sagte Viola und schwieg sich im Weiteren dazu aus.

Im April 1952 trennten sich Karl und Edith. Edith zog zu ihrer Mutter und ihrer Schwester, in der Hoffnung, dass Martin Imrod sich bald von seiner Frau trennen würde.

29

Nachdem Edith ausgezogen war, wurde Karl krank. Die Koliken wurden eines Abends so stark, dass er bei seiner Nachbarin schellte und sie bat, aus der neuen Telefonzelle vor dem Haus Hermann Gronau anzurufen.

Der kam, öffnete nach einer kurzen Untersuchung die Blechdose, zog eine Spritze auf und sagte: »Kein Wunder, mein Lieber, dass die Trennung von Edith dir an die Nieren geht. Dann wollen wir dir mal was verpassen, was dich ins Land der Träume schickt. In ein paar Stunden komme ich wieder vorbei. Ich nehme deinen Hausschlüssel mit. So, und jetzt schlaf gut!«

Karl versank in einem ungekannten Glücksgefühl. Die Schmerzen lösten sich auf wie Herbstnebel, und er schwebte durch schöne Landschaften, als flöge er mit der Focke-Wulf über die sommerliche Weite Russlands. Alles war still, kein Kriegslärm zerriss die Luft, weder Partisanen noch die Wehrmacht störten den Sommer. Der große Fluss wand sich träge glitzernd durch die Ebene.

Neben ihm saß das russische Mädchen mit dem braunen Zopf und deutete erklärend auf die Gegend unter ihnen. Er verstand kein Russisch, aber ihre Worte waren wie das Zwitschern der Amseln am Morgen. Sie waren beide so leicht und frei wie Vögel, sie flogen in den Himmel. Die Nase der Focke-Wulf zog steil hinauf in das Blau. Das Mädchen neben ihm war ganz aufgeregt, sie lachte, und auch Karl musste lachen, immer weiter ging es in den Sommerhimmel hinein. In einem Tuch in ihrem Schoß hatte das Mädchen Himbeeren. Sie steckte ihm die frischen Beeren in den Mund. Ja, er konnte fliegen. Er setzte zu einem Looping an. Da war der unnachahmliche Duft der Himbeeren. Er drückte die Früchte mit der Zunge gegen den Gaumen, und der Saft rann seinen Schlund hinunter. Er schluckte und schluckte, das Flugzeug überschlug sich in der Luft, trudelte, unten war der Fluss.

Warum blieben sie nicht oben im Himmel? Ängstlich sah das Mädchen ihn an.

»Wir fallen«, sagte er, »wir fallen. Es tut mir so leid, so leid.«

Karl war wieder erwacht, Schweiß stand ihm auf der Stirn, die Schmerzen kamen zurück, gedämpft noch, die Koliken rollten über ihn hinweg wie dumpfer, ferner Gefechtsdonner. Hermann hatte zwei Flaschen Wasser neben sein Bett gestellt und sogar eine Urinflasche. Das war gut, er konnte sich nicht vorstellen, je wieder aus dem Bett zu steigen. Er döste ein, aber die wunderbare Wirkung des Morphiums ebbte nun deutlich ab. Karl war wieder auf dem Boden der Wirklichkeit.

Manchmal erinnerte er sich am Morgen, dass er wieder von den Himbeeren geträumt hatte. Ja, das Mädchen mochte sechzehn, höchstens siebzehn gewesen sein und gehörte zu den russischen Partisanen, die seine Einheit aufgespürt hatte. Er hatte die Luftbilder ausgewertet, und alle hatten ihn für seine genaue Arbeit bewundert. Die Kameraden hoben die Gruppe von Partisanen aus, zwölf Leute waren es, darunter das Mädchen. Man hätte sie gefangen setzen können, bis die SS-Leute kamen. Der Sicherheitsdienst räumte hinter der Front auf und liquidierte alles, was ihm nicht passte. Aber die anderen sagten, das machen wir doch selbst, sonst müssen wir sie noch mitschleppen.

Sie wollten die zwölf schon exekutieren, da kam einer auf die Idee, zuerst sollten sie noch Himbeeren für sie sammeln. Die Himbeeren waren reif, und sie hatten Lust auf Himbeeren. Sie schickten das Mädchen los, sie hatte einen langen braunen Zopf. Sie gaben ihr eine Blechschüssel in die Hand und lachten. Sie musste gewusst haben, dass sie keine Chance hatte. Und doch musste sie die irrwitzige Hoffnung gehabt haben, vielleicht fliehen zu können. Die Soldaten ließen sie ein Stück weit laufen, Beeren sammeln, sich weiter entfernen. Sie lagen auf der Lauer und hätten sie abgeschossen wie ein Karnickel, wenn sie versucht hätte, davonzulaufen.

Das Mädchen brachte die Schüssel voller Himbeeren. »Danke«, sagte einer. »Jetzt zieh die Stiefel aus und stell dich in die Reihe.« Er deutete auf die elf Männer, die schon barfuß am Rand der Grube standen. »Du hast sowieso keine Übung im Schießen«, sagten die anderen zu Karl. »Oder willst du doch mal?« Er ging in den Unterstand, eine halb abgebrannte Bauernkate, aber er konnte den Blick nicht abwenden. Das Mädchen sah in den Himmel hinauf, bevor sie in die Grube stürzte, als könne ihr von da oben Hilfe kommen.

An jenem Abend konnte Karl nichts essen. »Was ist denn?«, fragte der Offizier. »Warum isst du denn nicht?«

Karl hatte gesagt, ihm sei übel, es sei nicht richtig, was sie machten, es sei grausam und unnötig. Dass Krieg sei, sei doch schon schlimm genug. Er habe die Nase voll von diesem sinnlosen Abschlachten.

Martin Imrod hatte ihn entsetzt angesehen. Mensch, was machst du da?, schien sein Blick zu sagen.

Sie verpassten ihm einen Denkzettel wegen Zersetzung des Wehrwillens. »Du hast Glück, dass ich dich mag«, sagte der Offizier. »Auf das, was du da sagst, steht die Todesstrafe, du Idiot.«

Karl spürte noch die Gewehrkolben in den Nieren, nachdem sie ihn in den Arrest gestoßen hatten. Die Nieren waren seine schwache Stelle, seit er sich im letzten russischen Winter eine schwere Nierenbeckenentzündung geholt hatte. Im Arrest gab es keine Pritsche, der Steinboden wurde nachts auch im Sommer empfindlich kalt. Als sie ihn wieder rausholten, mussten sie ihn ins Lazarett bringen.

»Na also«, sagte Hermann Gronau, als er die Urinflasche inspizierte. »Wird doch. Kommt doch raus, das Zeug. In ein paar Tagen bist du wieder auf dem Damm. Viola soll dir eine Brühe kochen, du brauchst jetzt was Warmes. Ich sage ihr Bescheid.«

»Danke«, sagte Karl. »Aber das Morphium will ich nicht mehr haben das nächste Mal. Das Aufwachen aus den süßen Träumen ist zu schrecklich. Man will nur noch in den Traum zurück, Hermann, sonst nichts.«

Seine Mutter und Viola versorgten ihn abwechselnd. Für Tage tat Karl nichts anderes als trinken, essen, schlafen.

Während er langsam genas, wurde die Mansarde zu einem Ort, an dem er sich geschützt und geborgen fühlte und aus dem die bösen Worte, die zwischen Edith und ihm gefallen waren, langsam wichen. Die Wohnung, die sie gemeinsam bezogen hatten, gehörte jetzt nur noch ihm. Karl entdeckte die stärkenden Seiten des Alleinseins wieder. Die alten Momente melancholischer Heiterkeit blitzten auf, wolkenleicht und flüchtig. So hatte ein Graphologe seine Schrift einmal beurteilt: sich verflüchtigend. Wenn er so gestimmt war, liebten ihn die anderen. Aber er war nur so, wie sie ihn mochten, wenn er genug Einsamkeit hatte. Eine Frau würde er immer enttäuschen. Auf einer Wolke kann man kein Haus bauen. Edith hatte es begriffen und ihre eigenen Schlüsse gezogen.

Nachdem es ihm gesundheitlich wieder besser ging, verkroch sich Karl für einige Zeit in seinen vier Wänden. Kaum, dass er mal ins Theater oder mit wandern ging. »Ich lese viel«, sagte er. Was Martin konnte, konnte er auch. Er entdeckte Hermann Hesse, las Heinrich Böll, hatte einen Narren an Wolfdietrich Schnurre gefressen und vergrub sich in Wolfgang Koeppens Roman »Tauben im Gras«. Je mehr er das Lesen entdeckte, umso hungriger wurde er danach.

In vielen dieser nach dem Krieg entstandenen Texte fand er sich wieder. Es tröstete ihn, Stimmen zu finden, die seine Gedanken aussprachen. Er hatte immer gedacht, seine Einsamkeit könne niemand teilen, nicht in der Weise, wie er sie empfand. Jetzt belehrte ihn die Literatur eines Besseren. Und diese Entdeckung verdankte er bittererweise Edith.

Karl litt unter der Trennung, aber er war ehrlich genug, sich einzugestehen, dass er dafür nicht einfach Edith die Schuld geben konnte. Unter anderen Bedingungen wäre ihre Beziehung vielleicht längst vor der Heirat auseinandergegangen. Eigentlich waren sie einander nie mehr so nahe gekommen wie in Neuhausen. Zwei Puzzleteile, die, vom Krieg verformt, nicht mehr zusammenpassten.

Trotzdem saß der Schmerz tief. Karl hatte das Gefühl, versagt zu haben.

Wenigstens hatte Viola ihn überreden können, dass er abends zu ihnen zum Essen kam. »Er muss doch einmal am Tag was Warmes kriegen«, sagte sie zu Theo, »er sieht ja wieder so schlecht aus wie nach dem Krieg.«

»Du übertreibst«, antwortete Theo. »So schlecht sieht er nun auch wieder nicht aus. Aber klar soll er zum Essen kommen. Wir kriegen ihn schon wieder hin.«

30

Der Jahreswechsel 1952/53 war der erste, den sie nicht mehr zu viert, sondern zu dritt feierten.

»Komm zu uns«, schlug Viola vor. »Ich kann auch noch ein paar Leute dazu einladen.«

Aber Karl schüttelte den Kopf. »Nein, kommt doch lieber zu mir. Ich habe die Wohnung umgeräumt, ist ja jetzt eine Junggesellenbude. Dann können wir die Verwandlung der Mansarde begießen und dem alten Jahr einen Tritt geben.«

Er sah etwas verloren aus, als er das sagte, aber Viola wollte ihn nicht überreden. »Gut«, sagte sie, »dann bringen wir die Gulaschsuppe mit.«

Es war ein guter Jahresbeginn. Sie waren beschwingt und ausgelassen an diesem Abend, tranken ein bisschen zu viel und machten gemeinsame Pläne. Karl fühlte sich wohl wie schon lange nicht mehr. Auf dem Fundament seiner Freundschaft mit Theo hatte sich eine Freundschaft zu viert entwickelt, die sich jetzt wiederum gewandelt hatte und auch auf drei Beinen stehen konnte. Eine Selbstverständlichkeit war das nicht. Vor allem dank dieser Freundschaft schien es Karl, als kehre allmählich eine gewisse Normalität in die Welt zurück, als flösse die Zeit, die durch das ungeheuerliche Geschehen des Weltkriegs ins Stocken geraten war, wieder gleichmäßiger.

Die Nachkriegszeit war irgendwie vorbei. Die in Bruchstücke gefallenen Lebensläufe der einzelnen Menschen waren wieder ansatzweise zusammengeleimt. Die fünfziger Jahre begannen ein eigenes, unverkennbares Gesicht herauszubilden. Aus dem Chaos waren deutliche Spuren einer neuen Ordnung entstanden. Die Gegenwart erschuf sich ihre Gesetze, die auf Zukunft drängten.

Dass unter der Oberfläche dieser neuen Normalität die verstörenden Fragen und Abgründe bestehen blieben, spürte Karl auch an diesem glücklichen Silvesterabend. Umso dankbarer war er für die beiden Freunde. Er fragte sich, ob es ihm je gelingen würde, die Vergangenheit hinter sich zu lassen, und das betraf weniger Edith, so schwer er auch an der gescheiterten Ehe trug, als das, was er im Krieg erfahren hatte. Manche Menschen, dachte er, können vergessen und weitergehen. Anderen ist das Herz zu schwer von der Vergangenheit. Sie bleiben auf der Schwelle stehen.

31

Viola dachte an Waldmeister. Sie sah ihn ganz genau vor sich, obwohl es Januar war. Die aufschießenden zarten Stängel, die quirlförmig angeordneten Blättchen, die einen Stern bildeten, oben die winzigen weißen Blüten, die in den Wald hineinleuchteten. Im Mai, dachte sie, gibt es Maibowle, ich habe Lust auf Maibowle, auf Waldmeisterbrause, auf Waldmeisterwackelpudding, glibberig und giftig grün, mit Sahne, nein, ohne Sahne, nur grün. Es ist, dachte Viola, als wäre ich schwanger und hätte Schwangerschaftsgelüste, eine gefräßige Gier nach Waldmeister und allem Grünen. Aber wenn sie mit Theo darüber spräche, würde der nur sagen, du kannst doch Waldmeisterbowle machen, ohne schwanger zu sein. Grün ist doch auch ohne Kinder schön.

Heute kriegt er Grünkohl, dachte Viola. Heute gehe ich früh hier weg und habe Zeit zum Grünkohlkochen. Theo liebte Grünkohl mit Mett.

Im Theater bereiteten sie den »Freischütz« vor, und wahrscheinlich war Viola deshalb auf Wald und Grün gekommen. Die Besetzung stand fest, die ersten Anproben waren schon über die Bühne, und Viola änderte die Kostüme und nähte gleichzeitig noch neue.

Ihre Freundin Sibylle Mathis sang die Agathe und hatte sich den halben Nachmittag bei ihr darüber beschwert, dass der Tenor ihr beim Singen zu nah auf die Pelle rücke. Sibylle sah dann, dass er ein Toupet trug und musste immer auf den Rand starren, wo das Haarteil begann. Der Dirigent, Dieter Hering, hatte sie sowieso auf dem Kieker, weil sie mit den Einsätzen manchmal eine Spur zu spät kam. Wahrscheinlich sorgte er dafür, dass Sibylle mit Konrad Walter singen musste, obwohl jeder wusste, dass sie sich nicht mochten und es noch einen anderen Tenor am Theater gab. Und immer musste sie ihn lieben, denn immer liebte der Sopran den Tenor, weil es das Libretto so vorsah.

Viola hatte bestätigend, aber ohne große Anteilnahme genickt, weil sie in ihren Gedanken eigentlich nicht gestört werden wollte. Während Sibylle weitere unangenehme Seiten ausmalte – »weißt du, er atmet so geräuschvoll ein, das hört man unten nicht, aber mich macht das ganz wahnsinnig« –, räumte Viola das Atelier auf.

»Wenigstens gefällt dir dein Kostüm«, warf sie ein.

»Richtig. Darüber wollte ich noch mit dir sprechen«, besann sich Sibylle.

»Aber nicht mehr heute«, sagte Viola entschieden. »Ich muss heim. Einkaufen. Grünkohl kochen. Morgen.«

»Ich finde, der Ausschnitt ist nicht kleidsam ... Siehst du, hier. Du könntest doch ...«

»Morgen«, sagte Viola. Sie drängte Sibylle sanft aus dem Zimmer und setzte ihrer Nähmaschine Marke Pfaff die Holzhaube auf.

Viola hatte die Begeisterung fürs Nähen von Karls Mutter übernommen. Immer, wenn sie als Schülerin zu Marie nach Hause kam, saß Maries Mutter an der Nähmaschine. Der Stoff bauschte sich auf der Tischfläche und hing manchmal in schillernden Kaskaden bis zum Boden hinab. Das sah aus wie im Theater, und Viola stellte sich fantastische Kostüme vor, während der Kanarienvogel Putzi dazu seine Arien trillerte.

Selma Osterloh nähte meist nach vorgegebenen Schnittbögen, aber für ihre Töchter dachte sie sich etwas Eigenes aus. Später, im Krieg und nach dem Krieg, zauberte sie aus Fallschirmseide, Fahnen, Gardinen, Tischdecken oder alten Militärmänteln den neuesten Chic. Manchmal hatte Mutter Osterloh Viola nebenbei, Stecknadeln im Mund, nuschelnd die Grundregeln des Nähens erklärt, ohne die Füße vom Pedal und die Hände von Schwungrad und Stoff zu nehmen.

Wenn Viola länger als üblich bei Osterlohs hängen blieb, kam es vor, dass sie Karl begegnete, der aus dem Atelier nach Hause kam. Er war immer hungrig, meist schon mit Theo verabredet und beachtete sie kaum. Viola hatte verschiedene schüchterne Versuche unternommen, ihn auf sich aufmerksam zu machen, aber Karl schien alles andere wichtiger als sie. Er gab Marie einen Kuss auf die Wange, sah Viola freundlich, aber immer nur flüchtig an und verschwand wieder. Er war so hochaufgeschossen, so hell, so unbeschwert heiter, dass sie vor dem Einschlafen immer an ihn dachte. Sie versprach sich davon schöne, warme, sommerliche Träume, in denen sie selig Hand in Hand gingen. Und wenn ihre Mutter im Kino einen Liebesfilm gesehen hatte und ihr die Handlung nacherzählte, stellte sie sich vor, Karl küsse sie so wie Carl Raddatz Kristina Söderbaum.

»Wo ist denn Karl?«, fragte Theo, als er den für nur zwei gedeckten Tisch sah. Viola ließ den Grünkohl in eine Suppenschüssel platschen und drückte sie Theo in die Hand, um sich die Schürze auszuziehen.

»Mir war heute so nach Grün«, sagte sie. »Findest du nicht, dass der Grünkohl ein bisschen aussieht wie grünliche Kuhfladen?«

»Nein«, antwortete Theo lachend, »jetzt verdirb mir nicht den Appetit, wenn du schon mal Grünkohl machst. Und was ist nun mit Karl?«

»Der kommt heute nicht. Er geht nach seiner Mutter sehen, sie ist krank.« Sie nahm sich vor, Frau Osterloh auch mal wieder zu besuchen und ihr von ihrer Arbeit zu erzählen.

Theo überzog die gelben Kartoffeln andächtig mit einem Gemüseteppich. Nur kleine, helle Flecken stachen noch aus der Grünkohllandschaft hervor. Theo nahm noch einen Löffel und deckte sorgfältig auch das letzte Gelb zu. Dann stieß er die Gabel in die Landschaft und begann zu essen.

Ein bisschen pedantisch ist er schon, dachte Viola. »Und wie war es im Büro?«, fragte sie.

»Ach, wir haben heute diskutiert«, antwortete Theo und gähnte. Er hatte eigentlich keine Lust, das Thema zu vertiefen. »Irgendjemand hat aufs Tapet gebracht, dass die Studienassessorinnen, auch wenn sie hervorragende Zeugnisse haben, erst eine Stelle im Staatsdienst kriegen, wenn ihre männlichen Kollegen versorgt sind, egal, wie schlecht die abgeschlossen haben.«

»Ach nein.«

»Und wenn sie heiraten, die Beamtinnen, werden sie wieder entlassen.«

»… um Platz für Männer zu machen«, ergänzte Viola.

Theo nickte. »Ist noch Bier im Kühlschrank? Holst du mir noch eins?«

»Da finden dann die alten Nazis endlich wieder ein Plätzchen im Staatsdienst«, sagte Viola und knallte die Eisschranktür zu.

»Was bist du denn so böse?«, fragte Theo verwundert. »Sei lieb mit dem Kühlschrank. Wir sind einer der drei Prozent Haushalte in der Bundesrepublik, die einen haben.«

»Du lenkst ab«, brummte Viola, »du Adenauer-Wähler.«

»Wie auch immer, wir können nicht alle einsperren, die Nazis waren. Da käme ja alles zum Erliegen, die Verwaltung, die Industrie. Irgendwann muss man einen Schlussstrich ziehen. Die Entnazifizierungsverfahren haben doch gezeigt, die Kleinen werden bestraft, und die Großen beschaffen sich Persilscheine.«

»Aber in der Justiz, Theo! Die haben aus Überzeugung Unrecht gesprochen statt Recht. Die haben die Menschen in den Tod geschickt, statt sie vor Willkür zu schützen!«

»Das kann man jetzt leicht sagen. Damals haben sie die Gesetze befolgt.« Theo wollte nicht weiterdiskutieren, Viola konnte da sehr hartnäckig werden. Er wechselte das Thema. »Und was machen wir am Wochenende?«

»Das besprechen wir am Samstag«, antwortete sie knapp. Sie war wirklich ärgerlich. »Wenn es wieder so kalt ist wie letztes Wochenende, könnt ihr zwei alleine wandern gehen. Ich beschäftige mich schon. Ich will mir einen Rock nähen.«

»Gar nicht wahr«, sagte Theo. »Du legst dich dann nur aufs Sofa und liest die ›Hör Zu‹.«

»Genau! Und die ›Constanze‹.« Viola stand auf, um den Tisch abzuräumen, aber Theo zog sie auf seinen Schoß.

»Du …«

»Was, du?«

»Ich liebe dich.« Er stand auf, ohne Viola loszulassen, hob sie hoch und trug sie ins Schlafzimmer. Unterwegs ließ sie die blauen Ballerinas fallen, über die sie nachher wieder stolpern würde. Theo stieß mit der Fußspitze die Tür zum Schlafzimmer auf und legte seine Frau vorsichtig quer über die beiden Betten. Und obwohl sie noch nicht besänftigt war, zog sie ihn an der Krawatte zu sich herunter.

32

Karl hatte Anfang des Jahres eine neue Nachbarin bekommen. Sie klingelte an seiner Tür, stellte sich als Mrs. Richard vor und lud ihn zu einer Tasse Tee ein.

Zwei, drei Wochen später saß Karl auf einem ihrer Plüschsessel, und Mrs. Richard servierte englischen Tee mit Kandiszucker. Sie war einige Jahre älter als er und Frau eines englischen Besatzungsoffiziers, der sie wegen einer jungen Deutschen verlassen hatte. Nun gab sie Englischunterricht und brachte sich auf diese Weise durch. Vielleicht werde sie nach England zurückkehren, sagte sie, sie wisse es noch nicht. Ein Angebot, ihn zu unterrichten, lehnte Karl ab.

Obwohl die Einladungen einseitig blieben, wurde Mrs. Richard zu einem angenehmen Bestandteil seines häuslichen Lebens. Die Begegnung mit ihr eröffnete ihm einen Einblick in die englische Lebensart, die Kunst der Konversation und des five o'clock tea. Er lernte Händel kennen, den Edith nie erwähnt hatte, und erhielt von seiner Nachbarin eine Einführung in den »Messias«, ein Werk, das ihn begeisterte. Erstaunt nahm er zur Kenntnis, dass Mrs. Richard sich vom Stuhl erhob, wenn die englische Hymne gespielt wurde. Das könne er nicht mehr, sagte er zu ihr. Er könne auch die Fahne nicht mehr grüßen, von manchen Dingen habe er einfach genug, auch wenn die Deutschen jetzt eine andere Flagge hätten. Das Misstrauen Fahnen und Liedern und Reden gegenüber könne nicht groß genug sein, für ihn jedenfalls, der er, gemeinsam mit seinen Eltern, Freunden, Lehrern so abgrundtief versagt habe.

»Aber Karl«, sagte Mrs. Richard, »Sie waren ein Kind. Sie sind mit einer falschen Ideologie aufgewachsen, Sie haben ja nie von etwas anderem gehört.«

»Jede Ideologie ist falsch«, antwortete Karl. »Und davon abgesehen, ich traue den Menschen nicht mehr. Ehrlich gesagt, fürchte ich mich vor ihnen. Wenn ich höre, dass Deutschland wiederbewaffnet werden soll, wird mir schlecht.«

Seine Nachbarin schenkte vom Portwein nach, der dem Tee folgte. »Ich möchte Ihnen eine wunderbare Arie vorspielen. Haben Sie schon von der Callas gehört? Ich bin sicher, sie wird eine der ganz großen Sängerinnen werden.«

Karl hörte »La sera viene« und hatte Puccini und die Callas entdeckt.

Viola verstand nicht, warum Karl Mrs. Richard so gern besuchte.

»Ich hoffe nur, sie wird nicht böse, wenn wir demnächst hier bei dir Fasching feiern«, sagte sie, während sie in Karls Küchenschlafzimmer die Einkaufstasche abstellte. »Vielleicht sagst du ihr schon mal, dass es laut werden könnte.«

Viola war direkt vom Theater gekommen. Es war der 5. Februar 1953, Karls 32. Geburtstag. Draußen schneite es. Schwere, nasse Schneeflocken taumelten gegen die Fensterscheiben und rutschten träge am Glas hinunter.

»Dass Theo noch nicht da ist!«, schimpfte sie gleich weiter und klopfte ihren beschneiten Mantel ab. »Es ist schrecklich, wie lange er immer im Büro bleibt. Er ist einfach zu ehrgeizig. Eines Tages geht er noch in die Politik. Dabei habe ich ihm eingeschärft, er soll heute pünktlich Schluss machen, wegen deines Geburtstags.« Sie stand immer noch im Mantel vor ihm, Wassertropfen schimmerten in ihrem Haar.

»Du bist wieder ohne Schirm und Mütze im Schnee herumgelaufen«, sagte er leise und berührte eine geschmolzene Schneeflocke auf ihrer Stirn.

Sie lachte, fuhr sich dann achtlos mit beiden Händen durch die feuchten Strähnen und zog den Mantel aus. »Den Wein hast du, ja?«

Karl nickte.

Sie zeigte stolz auf die mit Fleischsalat gefüllten Tomaten, die sie mitgebracht hatte. »Ich habe das alles heute Morgen schon mit ins Theater genommen. Heute war wieder …« Sie unterbrach sich und sah Karl an. »Ist nicht so wichtig, das alles. Freust du dich ein bisschen auf dein neues Lebensjahr?«

Er zuckte die Achseln, lächelte.

»Ich wünsch dir so, dass es ein gutes Jahr wird«, sagte sie leise. »Wenn ich zaubern könnte, würde ich dich jetzt einfach glücklich machen.«

»Du kannst zaubern«, sagte Karl. »Bei mir wirkt es jedenfalls.«

Da küsste sie ihn flüchtig auf den Mund, und er wusste nicht, mit wie viel Absicht es geschehen war.

Keine zwei Wochen später feierten sie Fasching. Viola plünderte dafür den Fundus des Stadttheaters. Karl kaufte schwarze, venezianische Augenmasken. Theo bestand darauf, dass es eine Feuerzangenbowle geben sollte. Er ließ es sich nicht nehmen, den Zuckerhut selbst zu besorgen, doch die niederen Vorbereitungsarbeiten, die schon am Morgen erledigt werden mussten, übertrug er Karl und Viola. Karl nahm den Samstagmorgen extra dafür frei.

Viola erschien früh mit einem großen Topf bei Karl, in dem sie eine Mischung aus einigen Flaschen Rotwein, Zimt, Gewürznelken, Orangen- und Zitronensaft ansetzten. »Nicht kochen«, hatte Theo ihr eingeschärft, »und nicht vergessen, auch die kleingeschnittenen Orangen- und Zitronenschalen hinzuzugeben.« Das Gebräu musste anschließend mehrere Stunden ziehen, ehe Theo das Werk am Abend vollenden konnte.

Karl hackte die Schalen in kleine Streifen und schnitt sich dabei in den Finger. Ein Blutstropfen quoll aus der Schnittwunde, und Karl starrte bewegungslos auf den Tropfen, der sich zitternd vergrößerte und schließlich auf den Boden tropfte.

»Karl, leck den Finger ab«, sagte Viola, »ich klebe ein Pflaster drauf. Hast du eins im Bad? Nun leck aber erst das Blut ab. Mach schon, das tropft ja immer weiter!«

»Ich kann kein Blut sehen«, antwortete Karl und wendete das Gesicht ab.

»Gib mal her, die Hand!«

Während er noch immer zur Seite sah, nahm Viola seine Hand. Merkwürdig, sie kannten sich so gut, und doch hatte sie noch nie seine Hand gehalten. Als er sich ihr wieder zudrehte, war sie schon dabei, die Leukoplastränder des Pflasters übereinanderzuziehen. Ihr Kopf war gesenkt, der gebeugte Nacken unter dem braunen Haar schmal. Aber sie war ja im Ganzen jungenhaft, mit den langen, schlanken Gliedern, den kleinen Brüsten, den weit ausholenden Gesten. Sie hätte eine dieser sportlich eleganten, selbstbewussten Amerikanerinnen sein können, die man jetzt in den Magazinen sah.

»Viola«, sagte Karl leise. Sie hob den Kopf und sah ihn an. Aber er hätte nicht sagen können, ob ihr Blick ihm irgendetwas erlaubte. »Es ist nichts«, sagte er deshalb nur. »Ich schau dich einfach gern an.«

»Ich geh dann mal«, sagte Viola. »Der Wein muss jetzt nur noch ziehen. Wir sehen uns heute Abend. Ich glaube, wir haben alles so gemacht, wie Theo das wollte.«

Gegen Abend kam sie mit Theo wieder, der den Plattenspieler, die Platten und den Zuckerhut mitbrachte. Kurz darauf trudelten die ersten Gäste ein.

Die Männer brachten Bier und Wein, die Frauen Käsewürfel und belegte Bütterchen mit Schinken und Mett. Violas Freundin, Sibylle Mathis, hatte einen Kuchen gebacken, der schon beim Transport zerkrümelt war, aber später trotzdem, mit den Fingern zusammengeklaubt, allen schmeckte. Sibylle hatte wiederum ihre Freundin, die amerikanische Mezzosopranistin Lynn Baltimore, mitgebracht. Ihr Gastgeschenk, mehrere Dosen Ananas, konnten leider nicht gegessen werden, weil Karl keinen Büchsenöffner hatte.

Es kam der Maskenbildner vom Theater, der anbot, die Gäste faschingsgerecht zu schminken, und Karls Freund

Simon, ein Mitschüler von der Werkkunstschule. In den Tagen zuvor hatten Karl und Simon zwei Klopapierrollen abgerollt, jedes einzelne Blatt bemalt und für den heutigen Abend wieder aufgerollt. Dieses Kunstwerk war vergänglich, aber die Erinnerung daran hielt sich. Simon, der Kunstmaler war, verkaufte den Anwesenden gleich auch etwas Haltbareres: einen original und individuell in Öl bemalten Papierkorb. Er hatte ein Modell mitgebracht, das überzeugte – alle bestellten mindestens einen zum Pauschalpreis von fünfzig Mark. »Das ist eine kluge Entscheidung von euch. Die sind dann später, wenn ich berühmt bin, ganz viel wert«, kommentierte der Maler zufrieden.

Dann zelebrierte Theo, der einen Frack und ein schwarzes Cape trug und sich darin hervorragend machte, die Herstellung der Bowle wie einen alchemistischen Akt. Der Zuckerhut thronte über dem Rotweintopf auf der Eisenzange, mit der Karl sonst die Briketts in den Ofen beförderte. Theo beträufelte den Zuckerhut mit Rum und entzündete ihn. Alle schrien »Ah« und »Oh«. Blau züngelten die Flammen, und nach und nach, mit dem langsam in den Rotwein bröckelnden und schmelzenden Zucker, wurde eine ganze Flasche Rum nachgegossen. Die Bowle war ein voller Erfolg.

Dann wurde getanzt. Der Maskenbildner wechselte die Platten und betätigte sich als Entertainer. Die schwarzen Augenmasken machten die Gesichter merkwürdig fremd und entrückt. Wem gehörten diese Lippen, die alle jung, kaum auseinanderzuhalten waren. Gurrendes Altlachen, dazwischen die helle Stimme von Sibylle, die beim Lachen Koloraturen zu singen schien.

Spät in der Nacht beschloss der Maskenbildner, weil die Damen sich beim Tanzen zunehmend in ihren prächtigen langen Rokoko-Kleidern verhedderten – Viola hatte sich aus dem Fundus der »Zauberflöte« bedient –, etwas langsamere Stücke zu spielen, um die Kostüme zu schonen. Das war allen recht, die Bowle war mächtig zu Kopf gestiegen.

Zwischen Karls Gesicht und dem seiner maskierten Zauberflötendame ringelte sich frech eine rote Luftschlange von der Deckendekoration. Sie pusteten beide gleichzeitig. Ihr Atem berührte sich, das war schön. Der Rum machte ihre Körper weich und nachgiebig. Wann hatte Karl zum letzten Mal eine Frau so im Arm gehalten, ohne Worte, ohne Gedanken. »If my heart could only talk«, sang Billie Holiday, und sie klang dabei, als müsse ihr das Herz brechen. Karl hielt seine Schöne schweigend im Arm, sie schmiegte sich an ihn. »Heaven would be mine«, sang Billie Holiday. Sie sagten beide kein Wort und waren für einen Augenblick glücklich.

Plötzlich gab es im Nebenzimmer einen dumpfen Knall. Karl schreckte auf, blickte auf ein Paar hellblaue Stoffschuhe, auf denen ein Blutstropfen eingetrocknet war, löste sich zögernd, widerwillig aus der Umarmung und lief ins Schlafzimmer hinüber. Da standen zwei auf dem Bett, die Gläser noch in der Hand. Das Bett war eingekracht. Mein Gott, Simon, der schwere Bursche, hatte das Bett klein gekriegt. Die beiden Sünder stiegen herunter, schuldbewusst und doch mit schallendem Gelächter.

Lynn war im Bad eingeschlafen. Karl und Simon betteten sie in die Badewanne und legten ihr ein Kissen unter den Kopf. Theo, der im Schlafzimmer auf dem unversehrten Bett eingeschlafen war, die Lackschuhe noch an den Füßen und inmitten seines Fracks, dessen Rockschöße ihn umgaben wie ausgebreitete Flügel einen Käfer, blinzelte und rückte bereitwillig zur Seite, als Karl und Viola neben ihm niedersanken. Karl, der vorn lag, fiel aus dem Bett und schlief auf dem Bettvorleger weiter.

Ein Traum war es, ein Traum, und die Maskerade war vorbei.

In der Nacht, ohne dass sie es bemerkt hätten, fiel Schnee, lautlos und sanft. Auf den schmalen Fenstersimsen der Mansarde häuften sich weiße Kissen auf.

Karl erwachte auf dem Boden des Schlafzimmers und rieb seine steifen Knochen.

In der Badewanne lag immer noch Lynn. Sie hob benommen den Kopf, als er leise die Badezimmertür öffnete. »Coffee«, murmelte sie, »do you have any coffee?« Stöhnend ließ sie den Kopf wieder aufs Kissen sinken. Karl setzte Teewasser auf und betrachtete sein Gesicht im Spiegel über dem Schüttstein. Erstaunlich, dass er kein Kopfweh hatte.

Langsam kamen die anderen zu sich. Unbarmherzig vertrieben sie Lynn aus der Wanne, denn sie brauchten alle das Bad. Dann entdeckten sie, dass der Schnee die Welt zugedeckt hatte, die Dächer, die Gehwege, die Grünflächen, die Straße, die immer noch vorhandenen Trümmergrundstücke. »Was für ein stiller Sonntagmorgen«, sagte Theo gähnend.

»Es ist schon Mittag, du Schlafmütze«, sagte Simon. »Was machen wir? Karl hat ja nicht mal ein Katerfrühstück da. Lasst uns einen Schneespaziergang machen und im Gasthaus frühstücken.«

»Mittagessen, du Trottel«, sagte Theo, »Mittagessen.«

Sie stapften durch den lockeren Schnee. Karl hatte die neue Kamera dabei.

Man sieht Simon, den Bezwinger des Bettes, breitbeinig, er hebt Sibylle hoch wie ein Vögelchen. Sie hat den Mund geöffnet, als schmettere sie ein Lied. Theo posiert mit Viola und dem Maskenbildner, der gerade zu erklären versucht, dass das Sofa, auf dem er genächtigt hat, ihn um mindestens zehn Zentimeter zusammengestaucht haben muss.

Lynn wollte sich bei Karl einhängen, aber der sagte: »Ich mache noch ein paar Fotos«, und war froh, als sie vorausging.

Später vergrößerte er das Foto eines Schwarzdorns, dessen Äste bizarr aus dem Schnee ragten. Der Schnee, dachte Karl, wie der Schnee doch alles zudeckt. Ganz Russland deckte er zu, all die Toten, er erstickte jeden Schrei. Nur das Bild vom bräunlich verfärbten Blutstropfen auf Violas hellblauem Schuh deckte der Schnee nicht zu.

33

Das Alleinleben machte Karl keine Schwierigkeiten. Im Gegenteil. Zu seinem eigenen Erstaunen machte es ihn glücklich.

Mit den Nachrichten im Radio begann der Tag. Er hörte sie im Bett, sah hinauf zur Decke und fragte sich, wie es kam, dass er noch lebte. Er fand darin keine Spur von Gerechtigkeit, aber so war es. Andere starben in dieser Minute im Koreakrieg. Korea war nicht so weit weg, wie man meinte. Ihm fiel ein, dass er heute die Plakatentwürfe fertig machen musste, die er einer Gruppe von Wiederaufrüstungsgegnern versprochen hatte. Er stand auf, ging ins Bad, wusch sich über der Wanne mit kaltem Wasser. Das Wasser kam so eisig aus der Leitung, dass das Zähneputzen unangenehm war. Zurück aus dem Bad setzte er Teewasser im Kessel auf, und sobald es brodelte, goss er etwas davon zum Vorwärmen in die bauchige Teekanne und etwas in die Waschschüssel, die er zum Rasieren brauchte. Dann leerte er die Kanne, brühte den Tee auf, wie Mrs. Richard es ihn gelehrt hatte, und rasierte sich in den drei, manchmal fünf Minuten, in denen der Tee zog. Das Schaben der Klinge übertönte die Stimmen im Radio. Karl wusch den Rasierpinsel aus, strich mit der rechten Hand über beide Wangen. Alles fühlte sich glatt an, auch der Hals. Er klopfte etwas Rasierwasser auf die

Haut und kämmte sich. Die Geheimratsecken waren, so schien es ihm, ein bisschen größer geworden. Er nahm eines der von der Wäscherei gestärkten und gebügelten weißen Hemden aus der Kommode, zog Hose und Sakko an, Anzüge trug er nicht gern, band den Schlips um, ohne dabei in den Spiegel zu sehen. Angezogen öffnete er die Fenster weit und atmete die eindringende Luft ein, manchmal wunderbar klar und frisch, manchmal neblig oder regenverhangen. Wenn der Wind eine Regenbö ins Zimmer warf, schloss Karl das Fenster wieder.

Zum Frühstück deckte er den niedrigen Wohnzimmertisch, quadratisch, aus gelacktem, hellem Holz. Er liebte einfache, klare Formen. Den hellen Rosinenstuten, den er auf dem Markt kaufte, bestrich er manchmal zur Abwechslung mit Quark, bevor er die Marmelade darauf gab. Das Frühstück war ein wunderbarer Moment. Noch waren die Menschen, bildete sich Karl gern ein, nicht wach genug, um Böses zu tun.

Er hatte von Mrs. Richard die Angewohnheit übernommen, den Tee mit Kandiszucker zu süßen. Die Kristalle klingelten leise, wenn sie beim Umrühren gegeneinanderstießen. Wenn man nicht zu viel rührte, wurde der Tee mit jedem Schluck etwas süßer, und wenn man am Boden der Tasse angekommen war, konnte man neuen Tee nachgießen, der die letzte verbliebene Süße aufnahm. Die moderne quadratische Pendeluhr tickte in die Stille hinein, hell und leicht surrend schlug sie die Stunde an. Karl nahm Mantel und Schal, Hüte trug er nicht, schloss die Haustür ab und machte sich auf den Weg ins Atelier.

Es gab kaum einen Morgen, an dem er sich nicht auf die

Arbeit freute. Es war noch immer so, wie er es Martin Imrod erklärt hatte. Das konzentrierte Schreiben von Buchstaben beruhigte ihn. Die Gestaltung eines Entwurfs, die Wahl einer Schrift, die Schriftzeichen selbst, das Ziehen gerader Tusch- oder Bleistiftlinien, das Anrühren von Farbe in den kleinen, stapelbaren Porzellanschalen, das sorgfältige Ausfüllen von Farbflächen – das alles beruhigte das Zittern, das er in seinem Innern spürte. Eine Birke war er, eine russische Birke. Wenn er den feinen Pinsel zwischen seinen Lippen befeuchtete, um ihn zu spitzen, wenn er mit der Maßscheibe Proportionen berechnete, mit dem Zirkel Kreise schlug, wurde er ganz still.

34

Nach den heftigen Schneefällen im Februar 1953 schien der Winter von sich selbst genug zu haben. Die Schneeglöckchen drängten zwischen Inseln alt gewordenen Schnees durch, und bald tupften die Krokusse helles Gelb und Blau über das Graubraun der mulchig gewordenen Blätter vom vergangenen Jahr.

Viola wollte an einen Ort verreisen, wo sie noch nie gewesen war.

Theo hatte eine Idee, die ihm selbst sehr, Viola aber nur mäßig gefiel. »Was ist denn gegen Würzburg und den Spessart einzuwenden?«, fragte er sie abends im Bett und stopfte sich das Kopfkissen zurecht. »Ich muss sowieso dorthin, und mir wird die Reise wegen des Fortbildungslehrgangs bezahlt. Du könntest nachkommen, mit Karl, wenn er auch Lust hat, und wir könnten ein paar Tage Ferien machen.«

Viola schob Theos Hand, die unter der Decke nach ihrem Bauch tastete, weg. »Das ist langweilig. Mal was anderes, dachte ich, wir könnten doch mal was anderes machen, als immer nur was im Zusammenhang mit deiner Karriere.«

»Aber es ist doch was Neues!«, widersprach Theo. »In der Gegend waren wir noch nie. Wär doch schön, mal in eine Weingegend. Der Frankenwein soll sehr gut sein.« Er unternahm einen neuen Versuch, seine Hand unter ihren Schlafanzug zu schieben, aber Viola setzte sich auf. »Hübscher Pyjama«, versuchte er es schmeichelnd.

»Der Pyjama ist schrecklich.« Viola zog die Knie an. »Ein Geschenk von meiner Mutter. Du denkst immer nur ans Arbeiten, Theo. Ich arbeite auch gern, aber du übertreibst es.«

»Immerhin musst du keine Sorge haben, dass ich unzufrieden bin, eine berufstätige Ehefrau zu haben. Wenn ich der Typ wäre, der abends immer um fünf nach Hause kommt, würde ich dir das Arbeiten verbieten und erwarten, dass du unser schönes Heim in Ordnung hältst.«

»Willst du sagen, ich vernachlässige den Haushalt? Als ob du je nur einen Finger rühren würdest!«

»Ich decke den Tisch. Ich helfe abräumen. Mein Vater hat das nicht gemacht«, gab Theo zurück.

»Karl räumt ab!«, korrigierte ihn Viola und löschte das Licht.

»Karl, kannst du dich nicht mal ein bisschen um Viola kümmern?«, fragte Theo tags darauf, als Karl zum Abendessen kam. »Sie ist grantig in der letzten Zeit. Keine Ahnung, was sie hat. Ich habe vorgeschlagen, dass wir zu Ostern ein paar Tage Ferien in Würzburg und im Spessart machen. Ich bin sowieso dort, fürs Büro. Das wäre doch die Gelegenheit, dass ihr nachkommt.«

Viola knallte die Schüssel mit den Kartoffeln auf den Tisch und sah Karl herausfordernd an. »Na, Karl, dann mach du mir das mal schmackhaft!«

»Kinder, was soll das denn nun wieder. Natürlich arbeitet Theo zu viel, Viola, so isser nun mal. Er hat doch schon früher bei uns zu Hause immer nur Aufgaben gemacht.«

»Da hat er auf deine Schwester Elisabeth gewartet«, sagte Viola giftig.

Theo verdrehte die Augen. »Sag ich es nicht, Karl, sie ist grantig.«

»Quatsch«, antwortete Karl. »Aber du bist wirklich von der Arbeit besessen, Dicker. Das sieht jeder, dazu braucht man nicht mit dir verheiratet zu sein. Aber die Idee mit Würzburg ist doch prima. Tags durch den Spessart wandern und abends Frankenwein trinken. Mir gefällt das.«

»Wenn ihr mich fragt: Frankenwein ist sauer«, sagte Viola, die schon sah, dass die beiden die Oberhand behalten würden.

»Der Frankenwein ist trocken, Viola, nicht sauer.« Karl war ganz entzückt von dem Gedanken, gemeinsam wegzufahren. »Wunderbar. Dann nehme ich den Tucholsky mit, ›Das Wirtshaus im Spessart‹. Und dann lese ich euch vom Steinwein vor.«

»Bist du jetzt bei Tucholsky?«, fragte Theo. »Die Bücher von dem …«

»Genau«, sagte Karl, »›Tiger, Panther und Co.‹. Jetzt können wir sie endlich lesen. Er ist einfach großartig, Theo.«

Viola war überstimmt. Karl und Theo kauften sich Knickerbocker zum Wandern.

»Ihr seht aus wie der englische Landadel«, sagte Simon, der die bestellten Papierkörbe ablieferte und sich für das Wochenende bei Karl einquartiert hatte. »Aber ihr solltet nicht nur die Knickerbocker eintragen, sondern euch auch schon mal vorab mit dem Frankenwein vertraut machen. Wenn ihr wollt, koche ich für euch, und ihr besorgt ein paar Flaschen Bocksbeutel dazu. Manieren müsst ihr euch übrigens auch aneignen. Vielleicht trefft ihr ja einen kirchlichen Würdenträger in Würzburg. Dann muss Viola einen Knicks machen und ›Guten Tag, Euer Merkwürden‹ sagen.«

Viola kicherte. Sie hatte schon zwei Gläschen von Helene Matusseks Eierlikör getrunken, und fast jede Idee wäre ihr jetzt großartig vorgekommen.

35

»Karl, und die Kamera? Hast du die? Mein Gott, wie das regnet! Wenn wir in Würzburg so ein Wetter haben, kannst du das Fotografieren vergessen.«

»Du bist ja ganz zappelig«, lachte Karl.

Viola blieb bei den Rucksäcken, Karl kaufte die Fahrkarten, und als sie im Zug einander gegenübersaßen und aus dem Fenster schauten, hatte der Regen aufgehört.

»Na also«, sagte Karl. »Packen wir doch gleich mal das Essen aus. Wenn wir früher mit der Familie unterwegs waren, schnitt mein Vater mit dem Taschenmesser alle Brote, die meine Mutter geschmiert hatte, in möglichst gleichgroße Streifen. Alle wollten die Mittelstücke mit wenig Rinde, aber die Mitte kriegte immer Elisabeth.«

Viola breitete ein Küchenhandtuch über ihre Knie, holte die hart gekochten Eier und die Käsebrote aus dem Rucksack und schnitt für Karl die Mitte einer Stulle aus. »Da«, sagte sie. »Ist aber Schweizer Käse. Wenn du Pech hast, ist in deinem Mittelstück das Loch.«

Sie fuhren Richtung Süden. In Frankfurt mussten sie umsteigen. Erwischten gerade noch den Zug nach Würzburg. Ein freundlicher Schaffner, den Fuß schon auf dem Trittbrett, ließ sie noch zusteigen, pfiff und zeigte dem Lokführer die grüne Kelle.

Sie liefen durch den Gang und fanden kein leeres Abteil.

»Nö, Karl, nicht hier. Die Oma sieht so streng aus.« Karl seinerseits wollte nicht bei der Mutter mit den drei kleinen Kindern sitzen, Viola nicht bei den Zigarre rauchenden Männern mit Tirolerhut.

»Dann müssen wir in den anderen Waggon. Lass mich mal vor«, sagte Karl, »und halt dich an mir fest.«

Das Verbindungsstück zwischen den beiden Wagen schwankte quietschend hin und her. Unter ihnen sausten Schienen und Bohlen vorbei. »Ist doch ganz gemütlich hier«, rief Viola, und schon flog sie nach links und gleich wieder nach rechts. Karl schob die zweite Verbindungstür mit der Rechten auf und zog Viola mit der Linken nach. Er drehte sich zu ihr um, da bremste der Zug, sie flog an seine Brust. »If my heart could only talk«, sang Billie Holiday in Karls Kopf, sein Herz klopfte, und Viola, die sich an ihm festklammerte, machte keine Anstalten, sich wieder von ihm zu lösen. Er holte tief Luft, dachte an Theo, gab sich einen Ruck und schob sie sanft von sich. »Ich bin nicht aus Stein«, flüsterte er. »Und betrunken sind wir auch nicht.«

Viola aber warf ihm nur einen ihrer unergründlichen Blicke zu.

Schon in Aschaffenburg schien die Sonne.

Der Zug fuhr gemächlich durch das Maintal, die sanften Kuppen des Spessarts leuchteten im ersten berstenden Frühlingsgrün.

Viola hielt es nicht im Abteil. »Du, Karl, man könnte fast meinen, wir fahren in die Ferien!« Sie stand auf dem Gang und breitete die Arme aus, als wolle sie in die liebliche Landschaft hinausfliegen. »Himmelherrgott, ist das schön!«, rief sie.

»Ja«, lachte Karl, »sag ich doch.« Er holte seine Kamera aus dem Rucksack.

Sie standen nebeneinander und sahen durch die schmutzige Scheibe in die Frühlingswelt. »Hier war ich noch nie!«, rief Viola. Karl konnte die Augen nicht von ihr lassen und fühlte sich so unbeschwert wie in Tagen, die weit zurücklagen.

»Die Scheibe ist dreckig!« Selbst das schien Viola ein Beweis dafür, dass sie wirklich und wahrhaftig in die Ferien fuhren. »Non sporgersi«, las Karl vor. »Do not lean out.« Und sofort machte Viola das Zugfenster auf und lehnte sich hinaus. Der Fahrtwind wirbelte die Silben ins Nichts. »Was sagst du?«, schrie sie, ohne den Kopf zu wenden. Das Rattern des Zuges erschütterte den schmalen Gang und drückte auf Karls Ohren. »Du gefällst mir«, antwortete er leise und lehnte sich lächelnd zurück gegen die Abteiltür. »Ne pas se pencher au dehors.« Viola hörte ihn sowieso nicht, halb draußen im Löwenzahngelb der vorbeifliegenden Landschaft.

»Nicht hinauslehnen.« So stand es in vier Sprachen auf dem elfenbeinfarbenen Bakelitschildchen, das am Fensterrahmen angenagelt war. Aber genau das tat Viola immer.

Ein paar Minuten später fuhr der Zug in Würzburg ein. Auf dem Bahnsteig stand Theo und winkte mit beiden Armen.

In Würzburg blieben sie nur bis zum nächsten Mittag. Am Abend entdeckten sie zu Theos Begeisterung ein Restaurant mit Namen Capri, das »italienische Spezialitäten« anpries. Theo betrachtete sich wegen seiner Kriegsgefangenschaft in Italien als Kenner. »Würzburg ist unserer

Heimatstadt weit voraus«, meinte er anerkennend und marschierte schnurstracks hinein. »Ihr werdet sehen, das Essen schmeckt euch.«

»In Italien scheint immer die Sonne«, sagte Viola schwärmerisch und befühlte die künstlichen Weintrauben. »Theo, Karl, findet ihr nicht, wir sollten nach Italien fahren? Wo ich doch dreißig werde dieses Jahr! Ich finde, wir sollten.«

Aus dem Kofferradio auf der Theke drang die Stimme des singenden Kellners Vico Torriani. Versonnen betrachtete Viola eine bauchige, bastumhüllte Chiantiflasche auf der Theke.

»Ich weiß nicht, ob ich im Atelier freinehmen kann«, sagte Karl. »Wäre aber schön.«

»Und wie kommen wir da runter?«, fragte Theo.

»Ist ja egal«, meinte Karl, »irgendwie werden wir schon hinkommen.« Er war schon lange nicht mehr so unternehmungslustig gewesen.

»Abgemacht«, sagte Theo.

»Jawohl«, nickte Viola zufrieden.

Sie wanderten und wanderten und tranken abends Steinwein. Sie sahen das Wasserschloss Mespelbrunn, das Wirtshaus von Lichtenau und das Kloster Bronnbach. Und überall tranken sie Frankenwein.

In Iphofen verhandelte Viola nach dem zweiten Bocksbeutel in weinseliger Laune mit dem Wirt über die Abnahme einer größeren Anzahl von Flaschen. Theo gab zu bedenken, dass sie keinen Koffer dabeihatten, um die vielen Flaschen nach Hause zu befördern, aber von einem so kleinlichen Einwand ließ sich Viola nicht beeindrucken. »Den Wein lassen wir schicken. Nicht wahr«, sagte sie mit einem entwaffnenden Lächeln zum Wirt, »das ist doch kein Problem, ein paar Kisten mit der Bahn zu senden?« Der Wirt setzte sich an den Tisch, machte längere Ausführungen und öffnete darüber eine dritte Flasche auf Kosten des Hauses. Sie wurden handelseinig und wussten am nächsten Morgen nichts Genaues mehr.

36

Als Karl nach Hause kam, erwartete ihn seine Nachbarin mit einem Brief, dessen Empfang sie für ihn bestätigt hatte. Er war von Edith.

Sie teilte ihm mit, dass Martin Imrod die Beziehung zu ihr abgebrochen habe. »Er will seine Familie nun doch nicht verlassen, obwohl er das immer beteuert hat«, schrieb sie, und Karl glaubte, ihre Bitterkeit noch aus diesen dürren Zeilen herauszuhören. Sein Puls schnellte in die Höhe. Aber was wollte sie, warum erzählte sie ihm das? Das ging ihn doch nun wirklich nichts mehr an.

»Ich wohne bei Mutti und Marianne und habe endlich auch Arbeit in einer Stempelfirma gefunden. Jetzt kann ich meinen Lebensunterhalt verdienen. Deshalb schlage ich vor, dass wir uns nun auch offiziell scheiden lassen. Auf Unterhaltszahlungen verzichte ich. Ich bin auch bereit, die ganze Schuld auf mich zu nehmen, wenn wir uns auf diese Weise gütlich trennen können, ohne die näheren Umstände vor Gericht ausbreiten zu müssen. Es grüßt dich Edith«

In der Nacht erlitt Karl eine heftige Nierenkolik. »Ich hätte nicht so viel Steinwein trinken dürfen«, sagte er zu Hermann Gronau und zog eine Grimasse.

Hermann tätschelte Karls Wange. »Schon gut, mein Lieber. Ist eben dein schwacher Punkt.« Er kramte in seiner Dose nach der passenden Injektion, und als er sah, wie die

Fingerknöchel an Karls auf der Decke gefalteten Händen weiß wurden, fragte er: »Bist du sicher, kein Morphium?«

»Nein«, sagte Karl, »kein Morphium«, und presste die Lippen aufeinander.

Theo sprach mit einem Studienkollegen, der sich als Scheidungsanwalt niedergelassen hatte. »Ihr werdet trotzdem vor Gericht erscheinen müssen«, sagte er vorsichtig zu Karl, als es dem wieder besser ging. »Auch wenn ihr euch gütlich trennt. Kann sein, dass ihr dreckige Wäsche vor dem Richter ausbreiten müsst. Eine Ehe muss ›unheilbar zerrüttet‹ sein, damit sie geschieden wird. Der Richter kann die Scheidung auch verweigern. Stell dich drauf ein, Karlemann, es kann unangenehm werden.«

»Aber wir sind doch beide mit der Scheidung einverstanden«, sagte Karl gequält. »Es gibt keine Ansprüche, keine Kinder, keinen Besitz zu verteilen ...«

»Ja, ja«, erwiderte Theo.

Als feststand, wer der Richter in dem Verfahren sein würde, rief Theo den Richter, den er flüchtig kannte, unter Kollegen an. »Machen Sie es so diskret wie möglich«, bat er. »Karl Osterloh ist mein Freund, ein feiner Kerl, und Edith Osterloh ist keine Schlampe. Es geht auch nicht um finanzielle Ansprüche. Beide wollen es mit Anstand hinter sich bringen, verstehen Sie?«

»Ich verstehe schon«, sagte der Richter, »aber der Staat braucht Familien und hat sich verpflichtet, diese nach Möglichkeit zu erhalten. Sie können sich nicht vorstellen, wie viele Leute sich in den letzten Jahren haben scheiden lassen. Der Krieg hat viele auseinandergebracht.«

Edith reiste am Vorabend des festgesetzten Scheidungstermins an. Karl war einverstanden, dass Theo und Viola ihr anboten, bei ihnen zu übernachten. Aber das wollte Edith nicht. Sie nahm ein Hotelzimmer und reiste am nächsten Tag gleich nach der Verhandlung wieder ab.

Karl drückte ihr vor dem Gerichtsgebäude zum Abschied die Hand. Edith weinte. Sie sah so hilflos aus wie im Herbst 1946, als sie sich auf dem Bahnsteig wiederbegegnet waren. Wie sehr hatte er sich damals gewünscht, dass ein warmer, sonniger Tag sie in ihrer neuen Heimat begrüßt hätte. Jetzt schien die Sonne. Plötzlich kam ihm das japanische Gedicht in den Sinn, das er ihr mitten aus dem Krieg 1943 voller Sehnsucht abgeschrieben und aus dem Feld geschickt hatte.

Trotz
aller Hindernisse,
die dem eilenden Flusse
entgegentreten:
Alle Wasser,
die sich trennen,
um Bänke und
Riffe herum
strömen doch
endlich, endlich
wieder jubelnd
zusammen

»Alles Gute«, sagte Karl und nahm Edith kurz in den Arm. Dann ging er, ohne sich noch einmal umzusehen.

37

Doch, der Name sagte ihm was. »Inge Knopp (geb. Althaus)« stand auf dem Absender des Briefes aus Hannover, der wenige Tage nach seiner Scheidung im Briefkasten lag. Etwas merkwürdig, auf dem Absender in Klammern den Mädchennamen anzugeben, fand er. Langsam kam die Erinnerung zurück. Berlin. Berlin im Krieg. Inge. Inge, natürlich!

Er war unter dem Dach angekommen und schloss die Mansarde auf. Wollte sich Tee machen, stellte den Kessel wieder hin, riss stattdessen den Brief auf und warf den leeren Umschlag in Simons Papierkorb. Zog ihn sofort wieder heraus, glättete ihn und prüfte, ob man den Absender auch noch erkennen konnte. Bevor er den Brief las, holte er die Schachtel mit den Fotos hervor. Zu viel Edith fand sich da, hier und da Viola, Theo, seine Schwestern. Weiter unten, lange nicht hervorgegraben, mussten die Bilder von Jans Hochzeit in Berlin sein. Zusammen waren sie von Neuhausen dorthin gereist, Karl sollte Jans Trauzeuge sein, und Inge Althaus war die Trauzeugin der Braut.

Karl sah sie wieder vor sich, ein schlankes Mädchen in einem hellen Sommerkleid, mit einem Volant am Rock und Rüschen am Ausschnitt. Sie hatte Locken wie Edith, aber ihre Augen waren weniger dunkel und ausdrucksvoll. Ein hübsches, fröhliches Mädchen, das leicht zu unterhalten war. Er tanzte nicht besonders gern, aber Inge hatte ihn immer wieder zur Tanzfläche gezogen. Sie lehnte sich an ihn, leicht und unaufdringlich, und er spürte schnell, dass er ihr gefiel.

Karl erinnerte sich nicht mehr, warum Edith nicht mit zu der Hochzeit nach Berlin gekommen war. Jedenfalls hatte er Inge bald vergessen, obwohl sie ihm mehrmals nach Neuhausen geschrieben und ihn immer wieder eingeladen hatte, sie doch in Berlin zu besuchen, wenn er auf Urlaub nach Hause fahre.

Einmal hatte Karl Inge dann tatsächlich wiedergesehen, als er einige Tage Fronturlaub hatte. Sie holte ihn am Bahnhof ab, und sie setzten sich in ein Restaurant. Inge sah reizend aus, aber er wollte ihr nichts vormachen. Das Blut schoss ihr in die Wangen, als er von Edith und seiner bevorstehenden Verlobung erzählte. »Ach so«, sagte sie nur und vermied es, ihn anzusehen, holte eine Puderdose aus der Handtasche und puderte sich die Nase; Lippenstift war ja verpönt bei der deutschen Frau, aber er bemerkte, dass sie die Lippen doch ein wenig mit einem hellen, dezenten Rosa angemalt hatte. »Du bist sehr hübsch«, sagte er und nahm ihre Hand. »Ich mag dich sehr, aber da ist nun einmal Edith, und ich will dich nicht anlügen.« Sie nickte und sah angelegentlich in ihr Glas mit Berliner Weiße, als müsse am Boden des Glases gleich etwas Spannendes geschehen. Sie tat ihm leid. Auf keinen Fall wollte er, dass sie ihn zum Bahnhof brachte.

Er legte das Foto von Jans Hochzeit aus der Hand und begann, Inges Brief zu lesen. Die zwei Seiten waren dicht beschrieben. Ihre Handschrift war groß und etwas ungelenk, nicht viel anders als vor Jahren. Merkwürdig, dabei war sie eine so zierliche Person.

Jan sei heimgekehrt, schrieb sie, ob er sich erinnere – sie beide seien 1940 Trauzeugen von Jan und Annegret gewesen. »Jan hätte sich sicher direkt bei Dir gemeldet, aber es geht ihm schlecht. Er ist jetzt in einer psychiatrischen Anstalt, weil Annegret einfach nicht mehr mit ihm zurechtkommt.« Mein Gott, dachte Karl, das ist schlimmer als der Tod.

Vielleicht wolle er, schrieb Inge weiter, den alten Freund ja einmal besuchen. Karl könne gern bei Annegret oder ihr übernachten, wenn er käme. Annegret wohne allerdings sehr beengt, bei ihr, Inge, gebe es mehr Platz, und sie würde sich freuen, ihn wiederzusehen. Ob er glücklich sei mit Edith, ob sie Kinder hätten. Sie selbst habe geheiratet gegen Ende des Krieges, aber die Ehe sei gescheitert. Sie habe das Kriegsende in Berlin erlebt, unter den Russen, wie Annegret auch. »Irgendwie sind mein Mann und ich uns nicht mehr richtig nahegekommen, als er aus der Kriegsgefangenschaft heimkam, obwohl wir uns so freuten, wieder zusammen zu sein.«

Karl ließ den Brief sinken. Er wusste von den Vergewaltigungen durch die Russen. Ob Inge darauf anspielte? Edith hatte nie viel von der Flucht erzählt. Nur immer wieder von dem zerbrochenen Einmachglas und der Himbeermarmelade, die auf der Erde gelandet war. Wie sie die klebrigen dicken Spritzer von ihrem Mantel geleckt und mit dem Löffel die Reste aufgekratzt hatte. Und von der Kälte hatte sie gesprochen. Er wusste nicht einmal genau, auf welchem Weg sie in den Westen gelangt war.

Und Edith hatte auch nicht viel davon wissen wollen, was er im Krieg gemacht hatte. Sie redete von Tante Gertrud und der Wohnung, die sie wollte, dem Klavier, das sie nicht hatte, und dem Heimweh nach ihrer Familie, aber sie hatte nie gefragt, was er eigentlich in Russland erlebt hatte, in Polen, in der Slowakei. Er hatte kaum darüber gesprochen, weder mit ihr noch mit anderen. Aber die Bilder waren geblieben. Nein, man erzählte wenig und hatte Angst, welche Antworten man bekäme, wenn man selbst die anderen fragen würde. Jeder hatte mit seinen eigenen Erinnerungen zu tun. Verstehen konnten einen, wenn überhaupt, nur die Kameraden. Vielleicht erging es den Flüchtlingen genauso. Nur Flüchtlinge konnten Flüchtlinge verstehen. Und Verschüttete Verschüttete. Was machten sie nur alle mit ihren Erinnerungen?

Karl wollte Inges Brief gleich beantworten, ehe er es sich anders überlegen würde. Die Vorstellung, Jan in einer psychiatrischen Anstalt zu besuchen, erschreckte ihn mehr, als es der Tod des Kameraden getan hätte. Er holte ein Blatt Papier aus der Scheibtischschublade und kündigte Inge seinen Besuch an.

»Du wirst ja wissen, was du tust«, sagte Viola kurz angebunden.

»Was meinst du damit?«, fragte Karl verwundert. »Jan ist ein alter Kamerad. Ich will ihn wiedersehen. Auch wenn ich ihn lieber woanders als in einem Irrenhaus besuchen würde.«

»Wohnst du dann bei Inge?«, fragte Viola beiläufig. Sie band die Schürze um und wandte sich dem Herd zu. Karl nahm sie an den Schultern und drückte ihr einen Kuss auf die Wange, aber Viola schob ihn weg. »Holst du eine Flasche Selters aus dem Keller? Besser zwei oder drei, dann muss ich nicht gleich wieder runterrennen.«

»Ob ich bei Inge wohne? Ja. Sie hat mich so nett eingeladen.«

»Erzähltest du nicht, dass sie in dich verliebt war? Das passt doch, du bist gerade geschieden, und ihre Ehe ist auch gescheitert. Ich wünsch dir jedenfalls alles Gute.« Sie öffnete hastig das Küchenfenster.

»Stell doch mal die Kartoffeln kleiner«, sagte Karl, »das Wasser sprudelt ja wie verrückt.«

»Das sehe ich selbst. Holst du das Wasser? Theo muss gleich kommen, in zehn Minuten können wir essen.«

»Ja, mache ich gleich. Aber sage mir zuerst, warum ich nicht bei Inge wohnen soll? Das ist doch Jahre her, seit sie mal in mich verliebt war. Dreizehn Jahre.«

»Das hast du ja ganz genau ausgerechnet.«

»Ach, Viola … Soll ich sonst noch was aus dem Keller hochbringen?«

»Ich hatte einen anstrengenden Tag im Theater«, sagte Viola, »und einen Haufen Ärger. Aber das Müdesein nach der Arbeit ist ja den Männern vorbehalten. Die Frauen freuen sich stattdessen aufs Kochen.«

»Hmh«, feixte Karl, »wie Dr. Oetker sagt: ›Eine Frau hat im Leben zwei Probleme. Was ziehe ich an? Was koche ich?‹«

Aber Viola lachte nicht.

Es schellte zweimal kurz, einmal lang, die Tür ging auf, Theo kam herein, legte seinen Hut auf die Garderobe, stellte die Aktentasche gegen die Wand und wollte eben die Schuhe ausziehen.

»Dicker, lass mal die Schuhe an. Wir gehen heute auswärts essen. Ich lade euch zur Witwe Tönnemann ein, die macht wunderbare Speckpfannkuchen. Mit Böhnchensalat. Oder wollt ihr lieber in ein besseres Restaurant?« Entschieden stellte er das Gas unter den Kartoffeln ab.

»Da kannst du dann morgen Bratkartoffeln draus machen.« Er nahm Viola beim Arm und wollte sie sanft aus der Küche ziehen, aber sie schubste ihn weg, nahm schweigend die weißen, von Helene Matussek gehäkelten und veilchenblau umrandeten Topflappen und goss das Kartoffelwasser ab.

»Wenn du meinst«, sagte sie dann, und stellte den Quark mit Schnittlauch etwas zu heftig in den Kühlschrank, sodass die Gläser und Schüsseln darin klapperten.

»Was ist denn mit euch los?«, fragte Theo amüsiert.

»Überhaupt nichts«, gab Viola zur Antwort und hängte sich unten auf der Straße schweigend bei Theo ein.

38

Er gestand es sich nur ungern ein, aber insgeheim hoffte Karl, Inge würde ihm gefallen. Er hatte lange nicht mit einer Frau geschlafen, sie vielleicht auch nicht mit einem Mann. Zum anderen, glaubte er, würden seine Gedanken dann weniger um Viola kreisen. Denn das taten sie, und je mehr er versuchte, sie aus seinem Kopf zu verbannen, umso mehr trieben seine Fantasien ihr Spiel mit ihm.

Die Fotos, die er im Zug nach Würzburg von Viola gemacht hatte, schenkte er Theo. Aber das war eine halbherzige Anwandlung von Selbstbestrafung, da er die Negative besaß und keine Fotos brauchte, um die Bilder vor sich zu sehen. Viola, die sich weit aus dem Zugfenster lehnt, die Arme breit auf die heruntergezogene Scheibe gestützt, das kleine Kopftuch hat sie im Nacken geknotet. Jetzt wendet sie sich ihm lachend zu. Die helle Landschaft draußen, das Löwenzahngelb scheint Viola zu blenden, sie hat die Augen leicht zusammengekniffen und zieht die Nase kraus. Einmal hält sie die Hand schützend vor die Augen und winkt mit der anderen in die Kamera. Heitere Viola. In einer plötzlichen Anwandlung hatte er ein Porträt von ihren Füßen gemacht. Sie trägt weiße, flache Schuhe mit einem Schleifchen und balanciert auf den Zehenspitzen, die langen Beine verschwinden unter dem glockigen Rock mit Karomuster. In Gedanken folgte Karl Violas Beinen unter den Rock, ließ seine Hand über die glatten Nylonstrümpfe bis zu ihrem breiten Rand gleiten.

Karl wusste, dass er solche Gedanken nicht haben durfte. Theo war sein bester Freund, keiner war ihm wichtiger, keiner ihm näher, lieber, vertrauter. Mein Gott, Karl, sagte er sich, dir hat schon ein Freund die eigene Frau ausgespannt. Genügt das nicht, um dich zu kurieren? Und doch sah er Violas schmalen Körper, ihre Mandelaugen, undurchdringlich.

Inge. Wieder würde er mit einem Foto in der Jackentasche auf dem Bahnhof stehen. Und schon hörte er wieder Violas dunkles Lachen, ihr überraschtes, warmes, schnurrendes Lachen, damals auf dem Bahnhof, als er Edith erwartete. Seit jenem Moment, dachte er, habe ich mit beiden gelebt, Edith und Viola.

Die Wahrscheinlichkeit, dass er Inge nicht wiedererkannte, war groß. Sie war etwas älter als er, zweiunddreißig, dreiunddreißig musste sie jetzt sein. Die Kriegsjahre und mehr als ein Jahrzehnt waren seit der letzten Begegnung vergangen. Was aus ihr wohl geworden war? Wenn er sich recht erinnerte, arbeitete sie während des Krieges in Berlin als Schreibkraft in einem Büro. Über ihre jetzige Tätigkeit hatte sie nichts geschrieben, und offenbar hatte sie keine Kinder.

Sie wollte ihn in Hannover am Bahnhof abholen. Das war nett, und doch fühlte er sich unbehaglich. Er war ja schon damals nicht richtig in sie verliebt gewesen. Aber nach der Niederlage und dem Schmerz, den Edith ihm zugefügt hatte, war es doch ein schönes Kompliment, dass sie ihn nach so langer Zeit wiedersehen wollte. Eine edle

Motivation für ein Wiedersehen war das allerdings nicht, dachte er beschämt.

»Mein Gott, musst du denn immer edel sein«, meinte Theo, als Karl ihm unter vier Augen anvertraute, dass der bevorstehende Besuch bei Inge ihm im Magen lag. »Binde ihr ja nicht gleich auf die Nase, dass du Edith noch nicht verwunden hast«, sagte Theo streng. »Du musst die Geschichte nicht abwürgen, ehe sie überhaupt angefangen hat. Wie du mit der Scheidung fertig geworden bist, geht Inge erst mal gar nichts an. Du bist einfach zu korrekt. Wie dein Vater.«

»Hm«, machte Karl. Das hieß: Schon gut, brechen wir das Thema ab.

Aber Theo packte Karl beim Schlips. »Versprich mir, dass du euch wenigstens eine Chance gibst. Du brauchst ja nicht gleich verlobt heimzukommen. Und wenn ich dich daran erinnern darf: In erster Linie fährst du nach Hannover, um deinen Freund Jan wiederzusehen.« Da hatte er recht. »Komm noch eben mit«, fuhr Theo fort, »mir sind die Zigaretten ausgegangen. Weißt du«, setzte er noch einmal an, während er Karl über die Straße lotste, »in Würzburg, bei der Fortbildung, da war eine Kollegin dabei, nach der drehten sich alle um. Eine kesse Biene, sage ich dir. Ich habe es geschafft, beide Tage neben ihr zu sitzen. Die neidvollen Blicke hättest du sehen sollen. Weil ich direkt neben ihr saß, hatte ich natürlich Riesenvorteile, sie für den Abend zu belegen. Da habe ich auch nicht gleich als Erstes gesagt, dass ich verheiratet bin.«

Die Aussage verstimmte Karl. »Brauchst du ja auch nicht, trägst ja einen Ehering!«

»Ach komm, bei so einer Veranstaltung trägt doch niemand einen Ring.«

Da hatte der Dicke Viola bekommen, dachte Karl, und hatte sie gar nicht verdient! Hoffentlich machte ihm Theo gleich nicht noch weitere Geständnisse.

Aber Theo sagte nur: »Nun guck mich nicht so vernichtend an. Ich habe nur mit ihr geflirtet. Ein bisschen Backe an Backe tanzen, abends in der Bar, da ist doch nichts bei. Ich habe sie bis an ihre Zimmertür gebracht, damit sie kein anderer belästigt. Ich will dir doch nur Mut machen. Seit Edith gegangen ist, lebst du wie ein Mönch. Da fällt die Inge doch irgendwie vom Himmel.«

39

Jan war nicht verrückt. Er sagte nur fast nichts. Das hatte Annegret, seine Frau, nicht mehr ausgehalten.

»Immer hat er nur so dagesessen, teilnahmslos. Nachts ist er durch die kleine Wohnung gegeistert. Ich habe kein Auge zugetan. Die Nachbarn von unten beschwerten sich alle paar Tage, dass nachts einer über ihnen wie ein Tier im Käfig hin und her läuft.«

Inge, Karl und Annegret hatten gleich nach Karls Ankunft zusammen zu Abend gegessen. Es gab Brot und Aufschnitt, auch etwas Käse. Und jetzt saßen sie in Inges Wohnzimmer. Inge hatte Untersetzer aus Brokat, und auf dem Brokat standen die Weingläser. Karl hatte, auf seinen Wunsch hin, ein Bier bekommen, und dazu gab es Salzstängel, die leise krachten, wenn man darauf biss.

Am Anfang habe sie gedacht, erzählte Annegret, das würde sich schon geben. Es war ja kein Wunder, dass Jan sich nicht zurechtfand nach den langen Jahren in Sibirien. »Das Deutschland, in das er zurückkam, war ihm ganz fremd«, sagte sie. »Und ich ihm doch auch.« Warum die Russen ihn gerade Anfang dieses Jahres freigelassen hatten, wusste niemand, auch er selbst nicht. Andere behielten sie. Und natürlich war Jan auch ihr fremd geworden. Zehn Jahre hatten sie sich nicht mehr gesehen. »Und dann kam er zurück und war nur noch ein Schatten.«

Karl sagte nichts, was hätte er auch sagen sollen. Er kannte Annegret doch kaum, nur von der Hochzeit.

»Ich habe mich nach dem Krieg irgendwann in einen Bürokollegen verliebt. Aber was sollte ich tun? Mein Mann war in Kriegsgefangenschaft. Man konnte ihn ja nicht wie einen Vermissten nach einigen Jahren für tot erklären lassen! Ich wartete auf ihn.«

»Beruhig dich doch, Annegret«, flüsterte Inge. »Jetzt ist Karl doch grade mal angekommen.« Sie wandte sich ihm zu. »Der neue Freund hat sich dann irgendwann zurückgezogen und schließlich eine andere Kollegin geheiratet. Irgendwann hört man auf zu warten«, sagte Inge anstelle von Annegret, die sich vielleicht geschämt hätte, das zuzugeben.

Annegret nickte nur.

Inge goss Wein nach und tätschelte Annegret den Arm. »Karl, trink doch dein Glas aus, damit ich dir nachschenken kann«, sagte sie.

Aber Karl hörte sie nicht, er stellte sich vor, wie die zwei einander plötzlich gegenüberstanden, Jan und Annegret, zwei miteinander verheiratete Fremde, die sich zehn Jahre nicht mehr gesehen hatten. Und in den zehn Jahren war alles untergegangen, was sie kannten. Wahrscheinlich haben sie sich nicht angefasst, dachte er, so wie er und Edith, obwohl sie doch ausgehungert waren nach Liebe und einem Körper, mit dem sie zärtlich sein konnten.

»Als er nicht die geringsten Anstalten machte, sich für eine Ausbildung zu interessieren oder eine Arbeit anzunehmen, hat Annegrets Vater mit ihm gesprochen«, fuhr Inge fort. »Jan wollte ja nicht mal das Haus verlassen! Er hätte doch für Annegret die Einkäufe machen können, wenigstens kleine Erledigungen übernehmen. Am nächsten Morgen, nach dem Gespräch mit seinem Schwiegervater, ist er gar nicht mehr aus dem Bett aufgestanden.«

Karl nickte nur.

»So konnte es einfach nicht weitergehen«, sagte Annegret vorsichtig.

Karl hatte plötzlich das dringende Bedürfnis, allein zu sein. Er sehnte sich nach seiner Mansarde, nach dem zärtlich flüchtigen Duft der Blumen, die er immer im Wohnzimmer stehen hatte, nach seinem Bett, nach dem Radio, nach dem Klingeln des Kandiszuckers im rostbraunen Tee. Er sehnte sich danach, die Augen zu schließen und sie gar nicht mehr aufzumachen.

Als die Frauen ihn nach seiner Ehe fragten, wich er aus, sagte, er sei müde und wolle gern zu Bett gehen. Er sagte nicht, dass es ihm auf einmal schrecklich unangenehm war, auf dem Sofa im Wohnzimmer bei Inge zu übernachten. Gott sei Dank ging ihr Schlafzimmer vom Flur ab, wie das Wohnzimmer auch.

Nachdem Annegret sich verabschiedet hatte, brach Karl der Schweiß aus. Gleich würde Inge ihm das Bett auf dem Sofa einrichten, eine viel zu intime Handlung.

»Vielen Dank für die Einladung, Inge, und den Abend mit Annegret heute, nach all den Jahren. Sei nicht böse, aber ich würde gern bald schlafen gehen. Morgen früh will ich gleich zu Jan und mittags wieder auf den Zug. Ich konnte im Atelier nicht freinehmen und muss sehen, dass ich am Montagmorgen wieder bei der Arbeit bin«, log er.

Inge war sichtlich enttäuscht. »Wolltest du dir nicht

den Montag noch freinehmen, damit wir zwei noch ein bisschen Zeit füreinander haben? Das ist wirklich schade. Dann musst du eben wiederkommen«, lachte sie tapfer.

»Ja, sicher«, antwortete Karl, merkwürdig erschöpft. Er legte die Hände in den Nacken und bog den Kopf zurück.

»Möchtest du ein paar Hausschuhe?«, fragte Inge, die sich jetzt daranmachte, das Sofa für ihn herzurichten.

Karl schüttelte verneinend den Kopf.

»Ich habe noch Hausschuhe von Paul da«, erklärte sie. »Oder vielmehr, die hat er vergessen mitzunehmen, als er auszog. Wer weiß, dachte ich mir, vielleicht können sie es ja mal einem andern Mann bei mir gemütlich machen.«

»Danke, Inge, es ist alles wunderbar. Ich brauche gar nichts weiter. Du sorgst sehr gut für mich.«

Sie klopfte das Kopfkissen auf dem Sofa zurecht und freute sich über das Kompliment. »Das ist schön. Komm nur bald wieder. Das ist ja bloß ein Blitzbesuch. Aber es kommt mir vor, als hätten wir uns erst gestern das letzte Mal gesehen. Du hast dich gar nicht verändert.«

Er nahm aus seiner Reisetasche das kleine Päckchen, das er ihr mitgebracht hatte.

»Das habe ich dir noch gar nicht gegeben«, sagte er entschuldigend.

Sie strahlte und setzte sich auf das Sofa, um das Geschenk auszuwickeln. Dazu klopfte sie mit der Hand einladend neben sich auf die Decke. »Setz dich doch zu mir!«

Aber Karl blieb stehen und lächelte nur verlegen.

»›Die Rohrdommel ruft jeden Tag‹«, las Inge vor und drehte das Buch hin und her.

»Das sind Kurzgeschichten«, sagte Karl. »Mir gefallen sie sehr. Kennst du Wolfdietrich Schnurre? Ich dachte, sie könnten dir gefallen.«

»Ach, schön«, meinte Inge, »vielen Dank. So ein ganzer Roman wäre mir zu lang, aber mal eine Geschichte, wenn einem langweilig ist …«

Sie stand auf und bedankte sich mit einem Kuss. Karl wandte sich erschrocken weg, und ihr Mund streifte nur sein Ohr.

»Wann musst du denn morgen früh aus dem Haus?«, fragte er und schlug sich lächelnd an die Stirn, als sie ihn verdutzt ansah. »Entschuldige, wie dumm. Morgen ist ja Sonntag! Wann stehst du denn sonntags auf? Ich kann mich aber auch ganz leise aus dem Haus schleichen, wenn du gern ausschlafen willst. Du brauchst mir keinen Kaffee zu machen.«

»Kommt gar nicht in Frage«, sagte sie entschieden. »Es gibt ein schönes Frühstück mit Frühstücksei, damit du den Besuch im Krankenhaus auch gut überstehst.«

»Du bist wirklich sehr fürsorglich«, gab sich Karl geschlagen.

Karl erkannte Jan sofort. Er saß in einem mit braunem Kunstleder bezogenen Sessel neben dem geöffneten Fenster. Draußen schien die Sonne, und ein duftig blauer Maimorgen spannte sich über die Stadt. Aber bis hierher kam der Frühling nicht.

Die Betten des Zimmers waren alle belegt, aber außer Jan waren nur zwei Männer im Raum, als Karl hereintrat. Ein Mann lag angezogen auf dem Bett und starrte in die Luft, der andere blätterte lustlos in einer bunten Illustrierten, auf deren Seiten man die junge Königin Elizabeth von England huldvoll lächeln sah.

Jan wendete den Kopf zur Tür und betrachtete Karl, ohne dass sein Gesicht eine Regung zeigte, und er blieb auch bewegungslos sitzen, als Karl das Krankenzimmer durchschritt und auf ihn zukam. Karl war darauf vorbereitet, dass Jan mager war, trotzdem erschrak er, ihn so elend zu sehen. »Er isst nicht, und ich weiß nicht, was sie in der Klinik anstellen wollen, um ihn aufzupäppeln«, hatte Annegret ihn vorgewarnt.

Befangen streckte Karl dem Freund die Hand hin, aber der schien die Geste nicht einmal zu bemerken. Karl fuhr sich verlegen über die Haare, traurig und befremdet legte er dem Kameraden schließlich die Hand auf die Schulter. »Hallo, Jan, kennst du mich noch? Ich bin Karl. Karl, dein Kamerad und Zimmergenosse aus Neuhausen.«

Etwas wie eine Erinnerung glomm in Jans Augen auf. Karl stand unschlüssig vor ihm, zog dann einen Stuhl näher heran und setzte sich. Die beiden Männer schauten kurz herüber und gleichgültig wieder weg. Karl spürte, dass es ihn fror. »Eigentlich sollten wir bei dem Wetter im Park spazieren gehen«, sagte er zu Jan, »es ist ein wunderbarer Tag heute. Hast du Lust? Soll ich die Schwester fragen?«

Es schien Jan anzustrengen, aber er brachte ein vages Nicken zustande. Wenn ich ihn nur in Bewegung bringe, dachte Karl, dann wird alles einfacher. »Wo hast du deinen Mantel? Warte, ich sage der Schwester Bescheid. Ich bin gleich wieder da …« Er verließ das Zimmer und atmete tief durch. Jan war nicht verrückt. Und doch war Karl einen Moment lang danach, einfach fortzulaufen.

»Doch, ja«, sagte Jan, als sie auf einer Bank im Klinikgarten saßen, »manchmal besucht sie mich.«

»Und, möchtest du mit Annegret zusammenbleiben?«

Jan hob die Achseln.

»Kannst du dich noch an Edith erinnern? Wir haben uns damals in Neuhausen kennengelernt. Edith ist aus dem Osten geflohen. Wir haben nach dem Krieg geheiratet. Es ist nicht gut gegangen zwischen uns. Sie hat mich verlassen, schon vor einer Weile.«

Sie schwiegen. Wie der Flieder duftet, dachte Karl und erinnerte sich daran, wie er damals in Neuhausen zu Jans Erstaunen einen Strauß Wiesenblumen in ihre Stube gestellt hatte.

»Wie lange wirst du in der Klinik bleiben?«

Wieder hob Jan nur ungewiss die Schultern.

»Hast du denn das Gefühl, dass sie dir helfen können?«

»Ich weiß es nicht«, erwiderte Jan.

»Ich war nicht in Sibirien«, sagte Karl. »Ich kann mir nicht mal vorstellen, wie es da ist.« Er wartete nicht auf eine Antwort. »Aber der Krieg geht mir nach. Ich habe oft Albträume, die Erschießungen, weißt du. Auch Frauen, Kinder. Das waren doch keine Soldaten. Das waren Leute aus den Dörfern. Manchmal waren sie Partisanen.«

Jan nickte.

»In den ersten Jahren dachte ich, diese Bilder bringen mich um den Verstand.«

Sie schwiegen wieder.

»Es klingt komisch«, sagte Karl irgendwann, eigentlich

sprach er zu sich selbst, »aber manchmal sehne ich mich trotzdem nach Russland. Nach der großen Weite. Als ob das dort mein Zuhause wäre. Das gewaltige silberne Band des Dnjepr. So einen Strom habe ich noch nie gesehen.« Er sah in den Himmel hinauf. »Die Birken sind meine Lieblingsbäume geblieben. Die weißen, zarten Stämme. Das lichte Geäst, das Flirren der Blätter.«

Karl versank in Gedanken. Es störte ihn nicht mehr, dass Jan nicht antwortete. Er begriff, dass Jan in seinen Erinnerungen lebte wie er, Karl, in seinen. Nur dass er selbst zwischen der Gegenwart und der Vergangenheit hin- und herwechseln konnte, während Jan gefangen war in einer Vergangenheit, die nicht verging.

Da saßen sie und schwiegen.

»Jan«, sagte Karl, »sei nicht böse, ich werde bald aufbrechen. Ich will heute noch nach Hause zurück.« Er legte dem Freund den Arm auf die Schulter, so wie er es früher immer getan hatte. Ein Lächeln glitt über Jans Gesicht.

»Ich bin froh, dass ich dich wiedergefunden habe«, sagte Karl, als sie vor der Tür zum Krankenzimmer standen. »Wenn du hier wieder draußen bist, kommst du mich besuchen, ja?« Und als der andere nicht antwortete, fügte er hinzu: »Ich weiß auch nicht, wie man leben kann. Aber irgendwie geht es dann doch.«

Da lächelten sie beide.

Der Zug war fast leer, Karl hatte ein ganzes Sechserabteil für sich. Zuerst hatte er noch überlegt, ob er ein Hotel nehmen und doch eine Nacht länger bleiben sollte, aber es zog ihn nach Hause, und er verwarf den Gedanken wieder. Er sah aus dem Fenster und hörte dem monotonen Rattern des Zuges zu. Das Geräusch hatte etwas Einlullendes, und Karl merkte, wie müde er war. In den Falten der bräunlichen Vorhänge, die seitlich am Fensterrahmen festgemacht waren und offensichtlich selten zugezogen wurden, hatte sich kalter Zigarren- und Zigarettenrauch angesammelt. Die Falten waren scharfkantig wie bei einer Ziehharmonika. Als Karl sie auseinanderzog, sah man, wo die Sonne die Farbe ausgebleicht hatte.

Auf der Hinfahrt hatte Karl mehrmals Inges Bild hervorgeholt und sich vorzustellen versucht, wie sie jetzt wohl aussah. Er hatte sie sofort auf dem Bahnsteig erkannt, als der Zug auf dem Gleis einfuhr. Sie trug einen leichten Übergangsmantel in hellem Beige, der bei den Knien etwas enger zusammenlief. Oben hatte der Mantel einen Rundkragen. Man sah an den Beinen, die unter dem Mantel hervorschauten, dass Inge noch immer schlank war. Sie war wohl extra bei der Friseuse gewesen. Ihre Haare, die früher in natürlichen Locken auf die Schulter gefallen waren, waren jetzt mit einer Dauerwelle in Form gebracht. Die Wellen hatten etwas untadelig Starres. Sicher durfte da niemand hineingreifen. Dabei war ihr Gesicht erwartungsvoll, es war ein nettes Gesicht, das dem auf dem Foto immer noch sehr ähnlich sah. In Inges Armbeuge hing eine Handtasche mit einem festen Bügel. Die Tasche war weiß und steif mit einem Schnappverschluss, auch die Schuhe mit dem kleinen Absatz waren weiß.

Karl wusste, dass er ungerecht war, aber die Tasche gab den Ausschlag. Ehe er überhaupt ausgestiegen war, bevor er sie noch begrüßt und sie auch nur ein einziges Wort an ihn gerichtet hatte, war es ihm klar, dass er sich niemals in sie verlieben würde.

Karl öffnete die Zeitung vom gestrigen Samstag, die er vor wenigen Minuten auf dem Bahnhof für die Rückreise besorgt hatte, legte sie aber gleich wieder zur Seite. Er dachte an Jan. Und daran, dass er versucht gewesen war, Jan mehr von dem zu erzählen, was ihn selbst, Karl, so quälte. Jan hätte nichts darauf erwidert, und das wäre gut gewesen. Aber dann hatte er gefunden, man dürfe Jan nicht noch mehr aufbürden. Ob Jan davon wusste oder nicht, es änderte nichts. Niemand konnte ihm helfen. Karl würde für immer die ältere russische Frau vor sich sehen, wie sie langsam Fuß vor Fuß in den Fluss setzte, auf Befehl des Oberleutnants, der das die »Minenprobe« nannte. »Wenn sie hochgeht, wissen wir, dass die Stelle hier vermint ist«, hatte er gesagt, »dann suchen wir einen andern Übergang.«

40

Viola fragte nicht nach Inge, und Karl verlor nur wenige Worte über seine Reise nach Hannover. Er erwähnte, dass es nett von Inge gewesen sei, ihn aufzunehmen, und erzählte kurz von der Begegnung mit Jan. Ein Gegenbesuch Inges war offenbar, den Eindruck hatte Viola, nicht unmittelbar geplant.

Theo und Karl spielten nach dem Abendessen wieder Schach. »Im Asbach Uralt liegt der Geist des Weinens«, sagte Theo, wenn er verlor, und goss sich und Karl einen Weinbrand in die Cognacschwenker. Viola kniete auf dem Teppich und studierte Schnittmuster, oder sie las, die Beine auf dem Sofa, ein Buch, das Karl ihr empfohlen hatte. Wenn die »Insulaner« im Radio kamen, hörten sie alle drei zu. Sie waren auch schon ein paar Mal zum »Kom(m)ödchen« nach Düsseldorf gefahren.

Theos neueste Idee war es allerdings, auf einen Fernsehapparat zu sparen. Da sollten die »Insulaner«, so hieß es, demnächst nicht nur zu hören, sondern auch zu sehen sein, wie übrigens auch Werner Höfers »Frühschoppen«.

Karl fand die Anschaffung unnötig. Er liebte sein Radio. »Ich will gar nicht alles sehen!«, rief er. »Im Dunkeln liegen und den Stimmen zuhören, die durch den Äther schwirren und bis zu mir dringen, das ist wunderbar. Das Zirpen und

Sausen, wenn man einen Sender sucht und den riesigen weiten Raum abtastet …«

»Ja. Genau«, bekräftigte Viola, die gerade ihre Fußnägel lackiert hatte und mit den nackten Füßen sanft in der Luft herumwedelte.

»Ach, was«, sagte Theo, »ihr werdet sehen. Wenn der Fernsehapparat erst mal hier steht, werdet ihr begeistert sein.«

Er ging mit der Zeit. Und so schafften sie sich nicht nur das Gerät, sondern auch Schalensessel und Tütenlampen an. Während Karl ein Lampenschirm genügte, waren Theo drei verschiedenfarbige Schirme aus Ölpapier an schlangengleich sich biegenden Metallarmen gerade genug.

»Mensch, Theo«, sagte Karl eines Tages überrascht, als er den neuen Wohnzimmertisch sah, »wie asymmetrisch und bunt soll die Wohnung denn noch werden?«

»Zackige Formen haben wir genug gehabt«, entgegnete Theo gekränkt, »und reichlich von der Farbe Braun.«

Es wurde Mai, und Violas Geburtstag rückte näher. Der in Würzburg geborene Plan, dieses Jahr im Frühsommer eine Reise in den Süden zu machen, versetzte sie zunehmend in Hochstimmung. Ehe sie am Morgen noch richtig aufgewacht war, sah sie schon das blaue Meer vor sich. Sie stellte gut gelaunt das Radio an, sprang aus dem Bett und summte beim Aufstehen »Bella, bella, bella Marie«.

Als im Radio laut »bei Capri die rote Sonne im Meer« versank, reichte es Theo. »Viola, mach das Radio leiser!«, stöhnte er. »Die Sonne geht erst heute Abend unter, auch auf Capri. Welcher Heini hat denn da wieder das Programm zusammengestellt?«

Viola aber sah sich in einer von Weinlaub überrankten Loggia sitzen und fand, dann sei es eben ein Sonnenaufgang.

»Sei nicht so gut gelaunt«, erwiderte Theo und verschwand ungnädig im Bad.

Karl hatte viel Arbeit im Atelier und dachte wenig an die bevorstehende Reise. Eigentlich wäre er lieber an die Nordsee gefahren, aber Viola wollte nun mal unbedingt in den Süden. »Und wenn der Süden nun so kitschig ist, wie die Schlager ihn besingen?«, fragte er.

»Du hast doch nur Angst vor wahrer Romantik«, gab Viola zurück.

Als Karl und er eines Abends bei einem Bier in der Altstadtklause saßen, gab sich Theo geheimniskrämerisch. »Viola wird große Augen machen an ihrem Geburtstag. Du wirst schon sehen, lass mich mal machen«, wimmelte er Karls Fragen ab. »Wie war es denn überhaupt so mit Inge? Und Jan?«, fragte er. »Du hast noch gar nicht richtig davon erzählt.«

Karl ging auf das Ablenkungsmanöver ein und schilderte, wie er Jan angetroffen hatte.

»Ich verstehe Jan nicht«, sagte Theo. »Ich behaupte ja nicht, er hätte nicht Schreckliches durchgemacht. Aber er hat überlebt, ist wieder zu Hause, und seine Frau hat auf ihn gewartet. Das verpflichtet ihn. Die beiden sind jung, sie haben ein Leben vor sich. Dem muss er sich doch stellen. Er kann doch nicht sein Leben lang im Park von der Klapsmühle spazieren gehen.«

Das war Theo. Immer pragmatisch. Wer geboren wird, muss auch leben. »Und wenn man keinen Sinn mehr darin sieht?«, fragte Karl. »Wenn man nicht mehr glaubt, dass in Zukunft alles besser wird? Sieh dich doch um. Kaum haben wir wieder zu essen, wollen wir auch schon wieder aufrüsten.«

»Da wären wir wieder bei deinem Lieblingsthema.« Theo wurde ungeduldig. »Auch du wirst eines Tages begreifen, dass dein Pazifismus nirgendwo hinführt. Soll ich Viola kampflos den Russen überlassen, wenn es Stalin einfällt, den Westen anzugreifen?«

»Warum sollte Stalin den Westen angreifen?«

»Ist es nicht genug, was er mit dem Ostblock macht?«, konterte Theo.

Es hatte keinen Sinn, sie würden sich nicht gegenseitig überzeugen. Karl schüttelte den Kopf. »Lassen wir das Thema. Aber wenn du von Viola sprichst, findest du nicht, dass du dich ein bisschen mehr um sie kümmern solltest? Mensch, Dicker, manchmal denke ich, du hältst es für zu selbstverständlich, dass sie bei dir ist. Als müsstest du nicht dankbar sein, als müsstest du nichts weiter dafür tun.«

»Was soll das denn nun wieder?«, regte sich Theo auf. »Ich bin einverstanden, dass Viola arbeitet, ich bin es, der dafür gesorgt hat, dass sie die Arbeit kriegt, die ihr gefällt. Ich schufte wie ein Esel, ich verbringe die Abende zu Hause und nicht mit Kollegen in der Eckkneipe, ich schaffe alles an, was Viola den Haushalt erleichtert. Ich gehe nicht mal auf den Fußballplatz. Du hast Nerven!«

»Ich meine ja nur. Haushaltsgeräte sind ja nun auch nicht alles«, sagte Karl versöhnlich.

»Aber was Wichtiges. Glaub mir, das macht Frauen glücklich. Die Blumen bringst du ja mit. Ich finde das eine gute Arbeitsteilung.« Theo grinste und hob das Kinn. »Und, mit der Inge? Ist das was?«

»Nee«, sagte Karl, »das ist nichts.«

41

Viola setzte den Toast Hawai, sechs Stück, für jeden zwei Scheiben, in die ausgefettete Jenaer Glasform. Toast, Schinken, Ananas, Käsescheibe, das musste nur noch im Ofen backen, wenn sie vom Wandern kamen. Das perfekte Sonntagabendessen.

»Vor allem, wenn du noch eine rote Kirsche drauftust«, sagte Karl. »Und überhaupt, dein Essen ist wunderbar, du siehst ja, wie fett ich davon werde. Ab nächsten Monat möchte ich, bitte schön, meinen Beitrag ans Haushaltsgeld erhöhen.«

Am Abend, nach dem Essen, beugten sie sich alle drei über den Atlas.

»Capri ist zu weit«, sagte Theo. »Das schaffen wir nicht in knapp zwei Wochen. Wir müssen mehr im Norden bleiben.«

»Also Rimini! Oder Lido di Jesolo!«, rief Viola. »Obwohl, Capri wäre romantischer. Ich möchte es gern romantisch. Auf jeden Fall kaufe ich mir einen Bikini.«

»Einen was?«, fragte Theo.

»Einen zweiteiligen Badeanzug, wo man den Bauch sieht.«

»Oh«, machte Karl. »Das würde mir gefallen.«

»Nichts da«, sagte Theo streng, »das könnte dir so passen.«

»Was haltet ihr von der Riviera?«, fragte Viola.

»Die Strände sind breiter an der Adria«, warf Theo ein.

»Aber die Riviera soll landschaftlich schöner sein. Kleine, verträumte Buchten, Felsen, an denen Dörfer kleben wie Vogelnester, Olivenbäume ... Ästhetisch bist du ein Banause, Dicker.« Karl sah Viola in ihrem Bikini in einer stillen, menschenleeren Bucht im Sand liegen, und es war niemand da außer ihnen beiden. Theo war in einer Trattoria verloren gegangen.

»Ich habe drei Tütenlampenschirme. Du nur einen«, gab Theo zurück.

»Wo sind denn die Zugverbindungen besser?«, redete Viola dazwischen.

»Das ist nicht das Problem«, erwiderte Theo, »da kommt man überall hin.«

»Viola soll entscheiden«, fand Karl. »Adria oder Riviera?«

»Links«, antwortete sie.

»Von wo aus gesehen?«, fragte Karl.

»Na, so, wie man draufsieht natürlich«, rief Viola. »Jesus, Maria und Josef! Wir fahren an die Riviera!«

Karl war glücklich. Sie wollte, was auch er wollte, in die kleinen, versteckten Buchten, wo niemand sonst anzutreffen war. Theo würde sicher überall bei den Einheimischen seine Sprachkenntnisse aus Kriegszeiten auffrischen wollen. Er aber würde mit Viola ins Meer hinausschwimmen. Und danach würden sie auf dem Badetuch liegen, so nahe am Wasser, dass der Wellensaum mit jeder auslaufenden Welle weiß über ihre nackten Füße kroch. Wasserperlen würden aus ihren Haaren tropfen, Sand an ihren nassen Beinen kleben, und er würde Viola den Rücken mit Nivea eincremen, ehe sie die Augen schloss und in der Sonne eindöste.

Viola wollte gleich am nächsten Tag zum Bahnhof, um die Zugverbindungen zu klären. Theo aber sagte »Lentamente, cara Violetta. Vielleicht leiht mein Vater uns seinen Lloyd. Dann könnten wir mit dem Auto fahren. Lasst mich mal machen.«

»Schafft es der Leukoplastbomber denn über die Alpen?«, fragten Karl und Viola aus einem Mund.

»Selbstverständlich. Wenn ihr schiebt, schon«, antwortete Theo. Er hatte während des Krieges in Italien Autofahren gelernt und war der Einzige von den dreien, der einen Führerschein hatte.

Viola war entzückt von der Idee. »Da könnten wir ein paar Vorräte mitnehmen. Meine Freundin Karin, die war schon mal in Italien, mit dem Zelt. Alles wunderbar, hat sie gesagt, traumhaft, nur die Nudeln kochen sie nicht richtig in den italienischen Restaurants. Auch die Ravioli – alles halb gar!«

»Quatsch«, fuhr Theo dazwischen. »Ich war im Krieg lange genug in Italien. Die Karin hat keine Ahnung. Die Nudeln müssen so sein. Biss müssen sie haben.«

»Si, amore!«, sagte Viola und gab ihm einen Kuss. »Das werden wir in Italien überprüfen.«

42

»Das freut mich für dich, mein Junge«, sagte Karls Mutter, als er ihr von seinen Reiseplänen berichtete. Aber er war sich nicht sicher, ob sie das auch so meinte. Seit er geschieden war, war sie noch stiller geworden. Als ob für sie das große Glück sowieso nicht mehr vorgesehen wäre, nur das kleine des Sich-Abfindens und Zufriedengebens. Aber sie liebte ihn sehr, das wusste Karl.

Mit seinem Vater lag es anders. Der Respekt, den Karl für ihn empfand, war mit einem Unwohlsein vermischt, das in seiner Kindheit Angst gewesen war, und auch mit dem Gefühl, weit voneinander entfernt zu sein.

»Bevor du große Reisen planst, solltest du erst mal etwas Geld auf die hohe Kante legen«, sagte Karls Vater, »wenn du schon keine richtige Anstellung hast. So, wie du jetzt arbeitest, hängst du doch ungesichert in der Luft. Kein festes Gehalt, kein Pensionsanspruch. Wovon willst du denn im Alter mal leben?«

Karl schwieg. Das Alter, mein Gott, bei seinen Nieren! Der Vater würde niemals ins Ausland reisen. Karl dachte an Theo, der ziemlich offen gegen seinen Vater aufbegehrte, als hätte der Vater mit dem verlorenen Krieg auch sein Recht auf Autorität und Einflussnahme verwirkt. Eigentlich hatte Theo recht. Die Väter waren im Krieg gewesen. Aber die Söhne auch. Die Väter wussten nichts mehr besser, und die Söhne waren erwachsen geworden. »Vater, ich bin gerade mal zweiunddreißig.«

»Du bist nicht gerade mal zweiunddreißig, du bist schon zweiunddreißig.«

Karl sah in das ebenmäßige Gesicht seines Vaters mit den ausgeprägten Kieferknochen und dem sinnlichen Mund. Sie sahen sich ähnlich. Aber den Oberlippenbart könnte der Vater endlich mal abrasieren, dachte Karl, oder breiter stehen lassen.

»In dem Punkt hat Edith recht gehabt«, fuhr sein Vater fort, »du übernimmst zu wenig Verantwortung. Ein Mann hat Pflichten.«

Wie müde Karl da wurde. Was ein Mann alles musste! All die Pflichten, hätte er seinem Vater gern gesagt, die er akzeptiert und befolgt hatte als Sohn, als Pimpf, als Hitlerjunge, als Soldat, waren eine unerträgliche Bürde. »Ich habe nicht gesagt, dass Edith nicht recht hat«, gab er stattdessen zur Antwort. Er spürte den Drang zu flüchten, irgendeinem weiten Horizont entgegen, wo das Himmelsblau in den grünlich kühlen Ton des sich ankündigenden Abends überging. Sich auflösen, einfach auflösen. »Ich habe nur gesagt, dass ich mit Theo und Viola in die Ferien fahre.«

Sie waren beide stur.

Karl sah die Ader an der linken Schläfe seines Vaters anschwellen. Es war die gleiche Stelle, die bei ihm hervortrat, wenn er Kopfschmerzen hatte. Als Junge war er zusammengezuckt, wenn er das bemerkte. In der Schlosser-Lehrwerkstätte der Bahn, die Heinrich Osterloh leitete, hatte niemand je dem Vater widersprochen. Zu Hause auch nicht. Heute schlug sein Vater nicht mehr zu. Aber trotz aller Bemühungen war aus seinem Sohn kein Held geworden, dachte Karl.

Ja, er war begeistert gewesen von dem großen Fackelzug durch die Innenstadt zur Feier der Ernennung Adolf Hitlers zum Reichskanzler, zu dem der Vater ihn mitgenommen hatte. Er war überhaupt begeistert gewesen. Dass er aber Angst hatte vor den bewaffneten »nationalsozialistischen Kampfeinheiten«, die schon kurz nach dem Fackelzug in den Straßen patrouillierten, hatte er dem Vater lieber verschwiegen. Sein Vater war ja schon außer sich gewesen, als Karl sich mal den Arm gebrochen hatte. Sein Sohn! Bricht sich den Arm! Und nie stand sein Sohn auf den Klassenfotos stramm in der ersten Reihe, sondern immer weiter hinten, an der Seite. Stimmt, er war den anderen Jungen meistens aus dem Weg gegangen. Viele von ihnen erschienen ihm bedrohlich, wie der Vater auch.

»Ist schon gut, mein Junge«, sagte Selma Osterloh mit einem kaum hörbaren Seufzen, als Karl sie zum Abschied umarmte. »Vater macht sich nur Sorgen um deine Zukunft.«

Zukunft, dachte Karl. Was soll das denn für eine Zukunft werden, wenn sich keiner Sorgen wegen der Vergangenheit macht.

43

Der alte Schulze, Theos Vater, hatte tatsächlich einen Lloyd 300 angeschafft. Ein Volkswagen hätte ihm besser gefallen, aber einer seiner alten Freunde war in eine Lloyd-Vertretung eingestiegen, und Schulze bekam Prozente. Einen gebrauchten Olympia Rekord, den ein anderer Bekannter ihm andrehen wollte, hatte er ohne zu zögern abgelehnt. Opel und General Motors, nein danke. Mit den Amerikanern wollte er nichts zu tun haben, egal, wie ringsum jetzt die amerikanische »Kultur« nachgeäfft wurde. Aber Autos, das gab er zu, das war ein Geschäft mit Zukunft, auch wenn das Geld aus Amerika kam.

Ludwig Schulze war nicht mehr in den Schuldienst zurückgekehrt. Aber er hatte inzwischen eine recht gut bezahlte Stelle im Unternehmen eines Freundes gefunden. »Nach Italien willst du?«, fragte er seinen Sohn. »Alte Kriegserlebnisse auffrischen, was?« Er lachte abschätzig. »Da ist nicht viel Rühmenswertes zu holen. Die waren doch Schwächlinge, die Italiener. Ich habe sie hier erlebt, da muss ich nicht nach Italien für. Waren ja hier in der Stadt, als Arbeiter. Nach dem italienischen Waffenstillstand mit den Alliierten kamen sie zu den Kriegsgefangenen, da gehörten sie auch hin. Feine Verbündete waren das. Da war nichts Grades dabei, bei denen.« Er öffnete einen Knopf seiner grauen Strickweste.

»Ja«, antwortete Theo knapp, »wir wollen nach Italien, Karl, Viola und ich.«

»Und warum erzählst du das?«, fragte der alte Schulze argwöhnisch. »Doch nicht, weil du mich fragen willst, ob ich dir das Auto leihe?«

»Nein«, entgegnete Theo, »weil Mutter mich gebeten hat, mal wieder vorbeizukommen, und gefragt hat, was ich so mache.«

Käthe nickte. »Aber dass ihr immer so zu dritt unterwegs sein müsst«, sagte sie. »Ihr könntet lieber mal Siegfried mit in die Ferien nehmen.«

»Na, auf jeden Fall solltet ihr einen Dreisitzer haben, diese Heinkel Kabine zum Beispiel. Da können drei nebeneinandersitzen. Wie heißt noch der Werbespruch, Käthe?«

»Der dritte Mann sitzt nebenan«, soufflierte Theos Mutter.

44

Viola war müde. Sie hatte aufgehört, die Überstunden zu zählen, die sie für »Wie es euch gefällt« gemacht hatte. Aber morgen war Premiere, ihre Arbeit war getan. Sie gähnte, verließ das Theater, warf einem kriegsblinden Bettler ein paar Münzen in seine Blechdose und hörte dem Leierkasten nach, dessen »Ich weiß, es wird einmal ein Wunder geschehn« aus einem Hinterhof klang.

Vor dem Schaufenster von Meyers Wäscheladen blieb sie stehen. Drinnen stand ein korpulenter Mann und ließ sich beraten. Es sah aus, als ob die Verkäuferin Wäsche sortierte: links eine Garnitur Spitzenwäsche, rechts weniger frivole Stücke. Als sie fertig war, begann die Verkäuferin, beide Häufchen sorgsam zu verpacken. Einen der etwa gleich großen Geschenkkartons versah sie mit einer koketten rosa Schleife. Der Mann wischte sich mit einem weißen Taschentuch über die Glatze, bezahlte und verließ, die Päckchen unterm Arm, den Laden. Als er bemerkte, dass Viola ihn beobachtete, sah er sie herausfordernd an.

»Aha«, sagte Viola, als sie den Laden betrat, »so geht das also.«

Die Verkäuferin kicherte. »Ich habe das Schleifchen draufgeklebt, damit er sich nicht vertut.« Als sie Violas Gesicht sah, lachte sie hell heraus. »Ja, ja. So was kommt öfter vor. Hätten Sie nicht gedacht, woll, und das in unserer anständigen Stadt. Was darf ich Ihnen denn zeigen?«

Viola stand in der Umkleidekabine vor dem großen Spiegel. Sie strich sich über die Hüften, zog den Bauch ein, straffte den Rücken. Anders wollte sie sein, attraktiver, schöner, verführerischer.

»Ist bei Ihnen alles in Ordnung?«, rief die Verkäuferin.

»Ja, ja, ich bin gleich so weit«, antwortete Viola und wählte einen dezent mit Spitzen verzierten, tief ausgeschnittenen Büstenhalter, der sich weich um ihre kleinen Brüste schmiegte, ein passendes Höschen und einen Unterrock, der mit der gleichen Spitze gesäumt war.

»Die Farbe heißt Elfenbein«, sagte die Verkäuferin, als Viola ihr die Sachen reichte, »die schmeichelt jeder Haut.«

Sie hatte sich das verdient nach der Plackerei im Theater, dachte Viola, als sie das Portemonnaie aus der Tasche zog. Und zu ihrem Geburtstag kaufte sie sich die Sachen. Auch für die Ferien ... Sie nahm das Päckchen und trat auf die Straße hinaus. Atmete die frühlingswarme Luft, legte den Kopf in den Nacken, drehte eine Pirouette. Es war Mai, und sie wurde schöne runde dreißig. Und ein neues Parfum wollte sie auch. Schluss mit dem langweiligen Eau de Cologne.

»Kind, du wirst immer dünner«, sagte Helene Matussek, als Viola sie besuchte.

»Nein, ich bin immer gleich, Mama, das denkst du bloß, weil du selbst ein paar Pfündchen zugelegt hast.«

»Und überhaupt, Viola, wie siehst du denn aus? Wie ein gerupftes Huhn! Was ist denn bloß mit deinen schönen

Haaren passiert? Alles abgeschnitten, was für ein Jammer. Du siehst ja aus wie ein Junge!«

Viola lachte. »Aber Mama. Ich habe mir schon lange kurze Haare gewünscht, mich nur nicht getraut. Aber jetzt ... für den Sommer!«

Helene Matussek drückte Viola auf einen Stuhl und setzte sich zu ihr an den Küchentisch. »Ist ja schön, dass du vorbeikommst«, sagte sie. »Vater ist spazieren gegangen, aber er müsste in ein paar Minuten wieder hier sein. Dann trinken wir zusammen Kaffee, ja?«

Helene ächzte ein bisschen, als sie wieder aufstand und aus dem Küchenbuffet eine Kristallschale mit Keksen holte.

»Nun setz dich doch einfach zu mir«, sagte Viola. »Geht es dir gut? Ist irgendwas los?«

Die direkte Frage erlöste Helene Matussek. Sie strich mit den Händen über die mit Veilchensträußen bedruckte Wachstuchdecke. »Ich bin froh, dass ich dich wieder mal alleine sehe. Ich mache mir Gedanken. Wie du sagst, du nimmst so gar nicht zu. Ihr seid ja jetzt schon jahrelang zusammen, Theo und du, und nächste Woche wirst du dreißig.« Sie sah zur Küchenkredenz und den vier Sammeltassen mit Goldrand hinüber. Jedes Jahr schenkte ihr Willi eine solche Tasse zum Hochzeitstag. »Dein Vater, der macht sich auch Gedanken.«

»Was für Gedanken?«, fragte Viola.

»Ob du vielleicht nicht glücklich bist in deiner Ehe.«

Viola zog eine Grimasse, sagte aber nichts.

»Du führst ein so interessantes Leben«, setzte Helene nach. »Du hast einen Beruf, du arbeitest gern, du hast Theo, der es zu was bringt im Leben. Wer weiß, was aus dem noch alles wird. Und all die Leute, die du im Theater kennenlernst. Die Künstler alle! Vielleicht ist es da schwierig, an eine Familie zu denken.«

»Du meinst, du fragst, ob wir keine Kinder wollen? Oder keine kriegen?«, fragte Viola.

Helene nickte stumm.

Viola dachte nach. Sie dachte daran, wie leidenschaftlich sie sich in die Arbeit stürzte. Viele Frauen um sie herum hatten, anders als sie, aufgehört zu arbeiten. Sie bekamen Kinder und besorgten den Haushalt. Sie schoben weiß lackierte, aus Rohr geflochtene Kinderwagen vor sich her, in denen Babys mit Mützchen saßen. Manche ihrer früheren Freundinnen arbeiteten stundenweise, um sich all das anschaffen zu können, was die Versandkataloge anboten – einen Staubsauger, einen Kühlschrank, Fahrräder, ein Zelt. Einige der alten Bekannten begegneten ihr jetzt mit Zurückhaltung. Viola entsprach nicht dem Bild, das die neu gegründete Bundesrepublik anpries. Jetzt gab es doch wieder die alten, Sicherheit bietenden Rollen, nach dem Chaos die familiäre, politische und wirtschaftliche Stabilität. Die Zeiten, in denen Traditionen, Normen und Geschlechterrollen wie die Häuser der Städte zu Staub und Asche zerfallen waren, waren doch Gott sei Dank vorbei … Die Männer waren wieder da, lauter Vatis überall. Nur Viola wollte die Hosen nicht wieder ausziehen und weigerte sich, ihren eigentlichen Platz als Gattin an der Seite ihres Mannes einzunehmen. Viola wusste, dass auch Theo in manchen Augenblicken so dachte.

»Du musst nichts dazu sagen, Viola«, meinte Helene Matussek und tätschelte ihr begütigend die Hand. »Ich setze mal Kaffeewasser auf. Willst du eine Zeitschrift ansehen? Wir haben jetzt im Lesezirkel ein Abonnement!« Sie holte die in starkes, graubraun meliertes Papier eingebundenen Zeitschriften und legte sie Viola in den Schoß. »Die Hefte sind nicht mehr ganz neu, wenn wir sie bekommen«, sagte sie, als müsse sie sich für die Eselsohren entschuldigen, die sie mit dem Daumennagel glatt strich.

Viola hatte noch immer nichts gesagt. Wollte sie Kinder? Sie schlug eine der Zeitschriften auf. Vom Titelblatt sah ihr eine junge Frau mit einem Sonnenhut aus Bast entgegen. Die blond gelockte Frau strahlte in die Kamera, sie trug eine saubere dunkelgrüne Gartenschürze über ihrer gestärkten Bluse und goss den Garten. Die Gießkanne schien ganz leicht zu sein, obwohl sie ziemlich groß war, vorn war eine Tülle aufgesetzt, damit das Wasser wie ein sanfter Regen auf die Blumen niederging. Im Gras saß ein kleines Mädchen mit noch blonderen Locken. Es blickte zu seiner Mutter auf und streckte ihr ein Blumensträußchen entgegen.

Viola klappte die Mappe wieder zu und sagte: »Ich weiß nicht, ob ich ein Kind will, Mama. Es ist nicht so, dass Theo und ich partout keine Kinder wollen. Aber wir wünschen sie uns auch nicht sehnlich.«

Helene hielt ihr die Kristallschale mit den Keksen hin. Die Kekse sahen sandig aus.

Viola schüttelte den Kopf und versank wieder in Schweigen.

»Meistens fragen die Kinder nicht danach, ob die Eltern nun entschieden oder unentschieden sind«, meinte Helene sachlich. »Meistens kommen sie einfach, ob's nun gerade passt oder nicht. In deinem Alter wäre das ja jetzt wohl auch an der Zeit.«

Viola stand auf und stellte die Sammeltassen auf den Tisch.

»Nicht die«, sagte Helene. »Die sind nur für Festtage.«

Zu Hause fand Viola eine leere Wohnung vor. Theo hatte eine Sitzung, »die lange dauern könnte«. Das hatte er schon am Vorabend angekündigt. Daraufhin hatte sich auch Karl abgemeldet. Er vermied es seit einiger Zeit, mit ihr allein zu sein. Es war, als seien sie nur zu dritt vollzählig, oder aber jeder war für sich allein.

Viola drehte das Radio an, schmierte sich ein Leberwurstbrot, setzte sich aufs Sofa und kam sich einsam vor. Es war gemein, dass Karl wegblieb, wenn Theo nicht da war. Als käme er nur wegen Theo! Sie wollte Karl doch schließlich auch sehen. Es war nur richtig, wenn sie beide da waren. Das war vielleicht beunruhigend, aber so war es.

Sie ging in die Küche, öffnete den Kühlschrank und holte sich das Glas mit sauren Gürkchen heraus. Es war für Karl da, weil er sie so gerne aß. Sie steckte eine der Gurken in den Mund, leckte die nassen Finger ab, schraubte das Glas wieder zu. Je länger sie darüber nachdachte, umso wütender wurde sie, dass Karl sich so verdrückte. Dieser Blödmann, dachte sie. Für ihn hatte sie doch die neue Unterwäsche gekauft! Viola dachte nicht daran, dass er, so wie die Dinge lagen, keine Gelegenheit haben würde, sie an ihr zu sehen.

»Aber da kannst du lange rennen, mein Lieber«, sagte sie laut. »Du wirst schon merken, dass dir das nichts nützt.

Wenn du vor mir wegrennst, dann siehst du auch deinen besten Freund nicht mehr.«

Nach zwei Gläsern Riesling dachte sie, hast schon recht, Karl, das schöne Gleichgewicht nicht zu gefährden. Es gäbe ja ein schreckliches Durcheinander sonst. Aber ein Feigling bist du trotzdem.

45

Am 22. Mai 1953 war es schon fast sommerlich warm. Theo schwang sich ganz gegen seine Gewohnheit aus dem Bett, noch bevor der Wecker klingelte. Seine Überraschung für Viola! Er hatte seine Kollegen alle verrückt gemacht und die anberaumte Besprechung vom Nachmittag auf den Vormittag verlegt, weil er vor Dienstschluss aus dem Büro musste, wenn es mit dem Geburtstagsgeschenk klappen sollte.

Er drückte Viola einen Kuss auf den Mund. »Guten Morgen, mein Geburtstagsmädchen«, sagte er, »herzlichen Glückwunsch zum Geburtstag! Hast du gesehen, es ist ein herrlicher Morgen. Ich werde heute doppelt so schnell arbeiten, damit wir nachher doppelt so viel feiern können. Und ich verspreche, ich komme heute pünktlich nach Hause.«

Viola setzte sich verdutzt im Bett auf. Was war denn in Theo gefahren? »Morgen, Theo«, sagte sie und streckte gähnend die Arme nach ihm aus, um ihn noch einmal zurück ins Bett zu ziehen. Aber er war schon pfeifend im Bad verschwunden.

Viola besah, auf dem Bettrand sitzend, ihre Fußnägel. Viola, Viola, sagte sie zu sich selbst, jetzt bist du dreißig.

Das Kaffeewasser sickerte durch das Filterpapier und gluckerte in die Kanne, als Theo angezogen aus dem Bad kam. »Ich hole Brötchen, bin gleich wieder da«, rief er. Die Tür fiel ins Schloss, und weg war er.

»Mein Gott«, dachte Viola, da geschehen Zeichen und Wunder.

»Theo«, sagte sie, als er wiederkam, »stell dich mal hierher und lass dich küssen. Ich liebe dich. Aber ich muss jetzt trotzdem los zur Arbeit. Die Brötchen nehme ich mit.«

Karl verbrachte die Mittagspause in der Parfümerie Holte. Das Fräulein, das ihn bediente, duftete inzwischen schon von weitem wie eine Rose, weil Karl sie gebeten hatte, sich doch bitte für ihn mit den Düften zu besprühen, zwischen denen er sich nicht entscheiden konnte.

»Ein Parfum riecht auf jeder Haut anders«, hatte das Fräulein zu bedenken gegeben, aber Karl meinte nur mit seinem gewinnendsten Lächeln: »Auf Ihrer Haut duften sie alle gut.«

Und er beugte sich noch einmal über die zarte Innenseite ihres linken Handgelenks, das nach »L'Air du Temps« duftete, dann über die andere, wo sie »Femme« von Rochas aufgetragen hatte.

»›L'Air du Temps‹ ist lieblicher«, erklärte das Fräulein, »›Femme‹ ist sehr weiblich.« Sie sah ihn abwartend an, und als er noch immer unentschieden war, schlug sie vor, noch einen ganz anderen Duft auszuprobieren. Sie verrieb einen Tropfen auf ihrem Handrücken, Karl beugte sich darüber, als wolle er ihr einen Handkuss geben, und sog den Duft ein. Er schloss dabei die Augen, und das Fräulein genoss es offenbar, dass er verwirrt zu ihr aufschaute, als sei er erstaunt, in ein fremdes Gesicht zu blicken. Sie zog lachend ihre Hand zurück und sagte: »Ich glaube, das ist das Parfum, das Sie suchen. Sie sehen mich an, als seien Sie überrascht, dass Sie nicht in das Gesicht Ihrer Frau schauen. Also hat sich der Duft schon mit ihr verbunden.«

Karl nickte verwirrt. »Der Duft ist hinreißend, ganz wie die Frau, der ich ihn schenken möchte.«

Die Verkäuferin nickte. »Es ist ›Jicky‹ von Guerlain. Ein sehr eigener Duft, unverwechselbar. Eigentlich wurde er für einen Mann kreiert, aber Furore macht er bei den Damen in Paris.« Die Verkäuferin packte den Flakon ein, versah das Päckchen mit einer großen Schleife und sagte: »Sie werden sich neu ineinander verlieben.«

Theo hastete zur Straßenbahn, im Arm dreißig rote Rosen. Er hatte sich für sechzehn Uhr mit Herrn Niejahr verabredet, der hoch und heilig versprochen hatte, bis dahin sei alles bereit.

Die freudige Erregung, die ihn ergriff, als er Herrn Niejahr begrüßte, war fast so erhebend wie der Moment, als er das Examen an der Universität bestanden hatte.

»Ich wünsche Ihnen viel Freude mit Ihrer Neuerwerbung«, sagte Herr Niejahr und öffnete Theo die Tür. »Wenn Sie irgendwelche Schwierigkeiten haben, rufen Sie an. Wir sind immer für Sie da!«

Eine Viertelstunde später klingelte Theo zu Hause Sturm. Er nahm zwei Stufen auf einmal, drückte Viola, die in der Wohnungstür stand, den Rosenstrauß in die Arme, hob sie hoch und wirbelte sie heftig im Kreis herum.

»Au!«, schrie sie, »au, Theo, die Dornen!«

Da stellte er sie, leicht außer Puste, wieder auf den Boden. »Liebste Viola, teures Weib«, rief er »jetzt feiern wir dich! Bist du in Festlaune? Ist Karl schon da?« Viola schüttelte den Kopf.

»Warten wir noch fünf Minuten. Wenn er dann nicht da ist, hat er Pech gehabt«, meinte Theo vergnügt.

Viola stellte sich auf die Zehenspitzen vor ihrem Theo auf, nahm seinen Kopf in beide Hände, zog ihn zu sich herunter und küsste ihn. »Theo, du bist wunderbar.«

»Aber du weißt doch noch gar nicht, was du kriegst!«, protestierte er. »Komm jetzt, die Überraschung steht unten, wir holen sie zusammen rauf.«

Theo zog sie an der Hand die Treppen hinunter.

Draußen stand Karl, gerade rechtzeitig, um die Arme auszubreiten. »Komm her, du Schöne«, sagte er und küsste Viola links und rechts und sogar kurz auf den Mund. »Lass dich ansehen, ich kenne dich ja gar nicht wieder. Die kurzen Haare stehen dir großartig! Und wie elegant du bist!« Er hielt sie mit gestreckten Armen von sich weg. Sie trug ein eng anliegendes schwarzes Oberteil mit kurzen Ärmeln, und einen duftig weiten schwarzen Rock mit großen weißen Punkten. Sie sah wirklich bezaubernd aus. »Du siehst mit jedem Jahr schöner aus. Wenn das so weitergeht ...«

»So, Schluss jetzt«, rief Theo ungeduldig. »Kommt. Gib mal deine Krawatte«, er lockerte Karls Krawatte, zog sie ihm über den Kopf, entknotete sie und band sie Viola um die Augen. Dann drehte er Viola ein paar Mal um sich selbst, bis sie die Richtung verlor, und befahl: »Karl, hak sie unter, wir müssen hier lang.« Sie führten Viola am Arm die Straße hinunter, bis Theo »Stopp!« rief. Karl gab einen undefinierbaren Laut der Überraschung von sich, aber Theos Blick sagte strafend: Mund zu! Er löste Violas Augenbinde, und Viola starrte direkt auf die Nase eines hellblauen VW Käfers. Über die Windschutzscheibe zog sich, festgeklemmt unter dem Scheibenwischer, eine Papierbanderole, auf der zu lesen war: »Eine Violetta für Viola«.

Sie standen ehrfürchtig davor.

»Und damit fahren wir in die Ferien?«, piepste Viola endlich, der es die Sprache verschlagen hatte.

»Damit fahren wir in die Ferien!«, bestätigte Theo stolz. Er zog den Autoschlüssel aus der Hosentasche und hielt ihn in die Höhe.

Die beiden anderen schauten noch immer ergriffen auf das hellblaue Gefährt.

»Wann kommen die Gäste?«, fragte Theo.

»Um sieben«, antwortete Viola und streichelte ungläubig die glänzend polierte Kühlerhaube des Käfers.

Theo sah auf die Uhr. »Dann haben wir noch Zeit für eine Spritzfahrt. Steigt ein!« Er öffnete die Tür auf der Beifahrerseite, Karl schob sich auf den Rücksitz. Theo klappte den Vordersitz wieder in Position, und Viola stieg ein, ganz Anmut. Graziös strich sie ihren Rock glatt, seufzte: »Wo sind meine langen Handschuhe?« Theo schloss die Tür mit einem kleinen, triumphierenden Knall. Er stieg ein, stieß sich dabei den Kopf an, steckte bedeutungsvoll den Schlüssel ins Zündschloss und ließ den Motor an.

»Ah!«, machten Viola und Karl.

»Oh!«, hauchten sie, als der Motor absoff.

Beim zweiten Anlauf aber schrien sie: »Bravo! Hurra!«

46

Karl arbeitete gern, wenn das Radio lief. Es verband ihn mit der Welt, auch wenn er nicht immer hinhörte. Er stellte den Kofferapparat, den er sich für das Büro gekauft hatte, immer gleich an, wenn er morgens das Atelier betrat. Heute war er sehr früh zur Arbeit gekommen, und als die Zwölf-Uhr-Nachrichten angekündigt wurden, stellte er das Radio ab, ohne die Meldungen abzuwarten, wusch die Pinsel flüchtig unter fließendem Wasser aus, legte ein schützendes Pergamentpapier über den Entwurf, an dem er gerade arbeitete, und ging hinüber zur Metzgerei, wo die freundliche Frau Boll ihm mittags ein Brötchen machte. So kam es, dass er erst am späten Mittag die Nachrichten hörte.

Es war Dienstag, der 16. Juni 1953. Karl ging zum Waschbecken und wollte sich die Hände waschen, stellte aber augenblicklich das Wasser wieder ab, weil das Plätschern die Meldung übertönte, die der Sprecher gerade verlas. Karl wischte die nassen Hände hastig an seinem Kittel ab und drehte den Ton lauter.

»Im sowjetischen Sektor kam es heute zu Demonstrationen der Arbeiter des VEB Industriebau, die gegen die zehnprozentige Normenerhöhung protestierten. Den Demonstranten, die durch die Stalinallee zogen, schlossen sich zahlreiche Berliner an. Bereits gestern war es auf mehreren Baustellen dieses Betriebes zu Proteststreiks gekommen. Das Ausmaß der heutigen Protestaktionen ist zur Stunde noch nicht abzusehen.«

Streiks und Demonstrationen, ließ die Führung der SED das denn überhaupt zu? Das war doch eine gefährliche Situation. Karl begann wieder zu arbeiten, wartete aber ständig auf neue Meldungen. RIAS Berlin berichtete am Nachmittag über einen Demonstrationszug durch Ost-Berlin zum Haus der Ministerien. Die Lage schien sich zuzuspitzen. Karl war unruhig, obwohl er »drüben« niemanden kannte.

Theo und Viola waren am Abend eingeladen, Karl ging deshalb zu sich nach Hause. Er fuhr nicht mit der Straßenbahn, sondern nahm den Weg über den Friedhof. Er war nervös und wollte sich auslaufen.

Der WDR brachte kaum etwas zur Situation in Berlin, nur der RIAS: »Die Arbeiter werden von der Möglichkeit zu streiken jederzeit wieder Gebrauch machen, wenn die Organe des Staates und der SED nicht unverzüglich folgende Maßnahmen einleiten: erstens, Auszahlung der Löhne nach den alten Normen schon bei der nächsten Lohnzahlung, zweitens, sofortige Senkung der Lebenshaltungskosten, drittens, freie und geheime Wahlen, viertens, keine Maßregelung der Streikenden und ihrer Sprecher.«

Nach zehn Uhr begann der Sender auch über Widerstand in den »DDR«-Bezirken außerhalb Berlins zu berichten. Wieder brachte der WDR keine vergleichbaren Meldungen.

Karl schlief unruhig und träumte. Er trug ein ockerfarbenes Hemd, hatte das Fahrtenmesser umgeschnallt und sang marschierend »Wenn die bunten Fahnen wehen«. Bilder aus der »Wochenschau« von Jugendlichen in der »DDR« mischten sich in den Traum. Karl erwachte. FDJ hieß es drüben, Freie Deutsche Jugend.

»Haben Sie gehört, was in Ost-Berlin los ist?«, fragte er am nächsten Morgen seinen Chef, der am Tag zuvor auf Kundenbesuch gewesen war.

Der schüttelte den Kopf: »Ein Aufstand gegen das SED-Regime? Nein. Unvorstellbar. Das ist doch nur eine Provokation der Sowjets. Und jetzt ist ihnen die Sache vielleicht aus dem Ruder gelaufen.«

Der RIAS berichtete nun halbstündlich zur Situation, brachte erste Solidaritätsbekundungen bundesdeutscher Politiker und Gewerkschaftler, aber keine offizielle Äußerung der Bundesrepublik durch den Kanzler. In Ost-Berlin wurde der Ausnahmezustand verhängt. Dann fuhren sowjetische Panzer auf. Darauf mahnte der Bundesminister für gesamtdeutsche Fragen über die Sender die Bewohner der Sowjetzone, sie sollten sich nicht durch unbedachte Handlungen in Gefahr bringen. Die Meldung wurde mehrmals ausgestrahlt.

Das heißt doch mit anderen Worten, dass der Westen sich da raushält, dachte Karl. Er wusste nicht, ob er sich etwas anderes wünschen sollte. Er konnte nicht mehr arbeiten. Er hatte Angst. Es war eine alte Angst, die von seinem Körper Besitz nahm. Schweißflecken breiteten sich unter seinen Armen aus, und die Innenflächen seiner Hände wurden feucht. Karl rechnete jeden Moment mit der Mobilmachung, dabei gab es ja kein Heer mehr. Aber die Alliierten? Die Russen werden den Aufstand niederschlagen, dachte Karl, es ist klar, sie schlagen alles blutig nieder.

Am Abend war der Aufstand schon beendet.

Karl und Theo gerieten sich in die Haare.

»Mensch, war das ein Pulverfass«, sagte Theo. »Das war doch eine sowjetische Provokation. Gut, dass die Westmächte sich ruhig verhalten haben. Einen dritten Weltkrieg hätte das geben können!«

»Wieso glaubst du nicht, dass die Menschen von sich aus protestiert haben?«, widersprach Karl. »Hier behaupten sie, die Sowjets hätten provoziert, und die SED spricht von einem faschistischen Putschversuch von Provokateuren aus dem Westen. Ich glaube, die Menschen sind von sich aus auf die Straße gegangen. Weil sie freie und geheime Wahlen wollen. Die wollen die Wiedervereinigung.«

»Die Wiedervereinigung, vergiss es! Aber immerhin hat die SED die Normenerhöhungen zurückgenommen und eine bessere Versorgung zugesichert.«

»Man hätte mit Stalin verhandeln sollen«, sagte Karl. »Stalin hat letztes Jahr im März einen Friedensvertrag mit Deutschland gefordert, der ein wiedervereinigtes, unabhängiges, strikt neutrales Deutschland vorsieht. Und einen Monat später hat er angeboten, über freie gesamtdeutsche Wahlen zu verhandeln. Ein neutrales, wiedervereinigtes Deutschland in der Mitte Europas, das wäre eine Hoffnung gewesen …«

»Du bist ein pazifistischer Träumer«, rief Theo. »Stalin wollte damit nichts anderes, als die Integration der Bundesrepublik in das westliche Bündnis stören!«

»Sagen die Amerikaner. Churchill war für eine solche Gipfelkonferenz! Und du wirst von Churchill nicht behaupten, er sei kein kluger Politiker!«

»Karl! Churchill hat eigene Interessen. Eine Entspannungspolitik würde ihn von Amerika unabhängiger machen, dann könnte er wieder eine stärker auf England zentrierte Großmachtpolitik betreiben. Du bist einfach blauäugig. Die Amerikaner sehen das schon realistisch: Mao Tse Tung hat das riesige China kommunistisch gemacht, das kommunistische Nordkorea hat Südkorea angegriffen, die Russen haben in der Nuklearentwicklung aufgeholt, die werden bald Atomwaffen haben, und sie dehnen ihren Einflussbereich in Mitteleuropa aus. Mehr Gefahr geht nicht! Und Stalin über den Weg zu trauen wäre Dummheit, sonst nichts.«

Viola hatte sich in die Küche verdrückt. Sie war keine große Zeitungsleserin, neigte gefühlsmäßig Karls Position zu, wusste aber, dass sich Theo politisch genau informierte. Sie hatte nicht zum ersten Mal den Verdacht, dass Theo eines Tages in die Politik einsteigen würde, für die CDU versteht sich. Theo hielt Adenauer für einen genialen Realpolitiker.

»Deutschland braucht jetzt eine nüchterne Realpolitik ohne idealistischen Schmus«, sagte er denn auch. »Wir müssen uns einfügen in ein demokratisches westliches System, das uns Sicherheit und Stabilität gibt.«

»Du bist doch genauso blauäugig, du denkst einseitig«, hörte sie Karl aufgebracht ausrufen. »Die Amerikaner betreiben doch dieselbe eigensüchtige Politik, wie du sie Churchill unterstellst.«

»Und Frankreich?«, fragte Theo zurück. »Glaubst du im Ernst, dass Frankreich ein wiedervereinigtes Deutschland will? Die Franzosen fürchten auch ein neutrales Deutschland – nämlich wirtschaftlich gesehen. Die Amerikaner und Engländer brauchen aber die deutsch-französische Aussöhnung, um Konfliktrisiken im westlichen Teil Europas zu minimieren. Nein, es gibt keinen anderen Weg. Darum sind wir auch letztes Jahr der Europäischen Verteidigungsgemeinschaft beigetreten. Wir müssen in Europa wirtschaftlich stärker zusammenarbeiten.«

Theo sprach schon in der Wir-Form, als habe er den Vertrag mitunterzeichnet. »Stalin ist tot«, sagte Karl unbeirrt. »Das könnte die sowjetische Politik geneigter für eine Entspannung machen. Die Sowjets haben bei sich doch weiß Gott genug Feuer unter dem Dach. Entspannung in der Außenpolitik könnte ihnen sehr gelegen kommen. Eine neutrale Pufferzone im Zentrum Europas könnte die Situation zwischen den Blöcken beruhigen. Die Sowjetunion ist durch den Krieg völlig ausgeblutet, sie braucht Zeit und Kraft für die Entwicklung im Innern. Und ich begreife dich einfach nicht: Wir dürfen nach allem, was geschehen ist, nicht wieder zu den Waffen gehen! Die Amerikaner haben nur Angst vor dem sowjetischen Vorschlag. Ich bin sicher, die Frage nach der Neutralität würde bei einer Abstimmung eine Mehrheit finden, hier wie drüben. Und das wollen sie verhindern, darum treiben sie die Integrationspolitik so voran!«

Theo und Karl sahen sich böse an.

»Die Westmächte wollen nur eine Wiedervereinigung nach ihren Vorgaben und nach westlichem Muster«, meinte Karl schließlich, müde vom Streit. »Können wir uns auf diese Aussage einigen?«

»Können wir«, brummte Theo.

»Und ob wir das gut oder schlecht finden, behalten wir jetzt schön für uns, einverstanden?«

»Du bist einfach immer auf Harmonie aus, was?«, grinste Theo und holte zwei Cognacschwenker aus dem Schrank.

»Ganz recht«, antwortete Karl. »Ich bin eben ein Pazifist.«

47

Theo wienerte das Auto. Karl besorgte Filme für die Kamera. Viola kaufte einen Bikini. Sie fuhren in die Sommerferien. In den Süden. In ein neues Land. Am Sonntag, den 28. Juni sollte es losgehen.

»Wir fahren um sieben«, sagte Viola.

»Auf keinen Fall«, protestierte Theo, »vor zehn bin ich nicht so weit.«

Viola verdrehte die Augen. »Mensch, Theo …«

»Dann bin ich genau um halb neun abfahrbereit«, sagte Karl gelassen.

Am nächsten Tag um neun hupte es laut und anhaltend. Karl streckte den Kopf aus dem Mansardenfenster. Unten stand Viola. Sie trug schmale blaue Nietenhosen und sah aus wie ein Junge.

»Ich komme!«, rief Karl.

Der Kofferraum war kleiner, als gedacht. Theo hatte bis ins Kleinste ausgeklügelt, was er wo verstauen wollte, war aber an der Menge des Gepäcks, die Viola für unumgänglich hielt, gescheitert.

»Ich hoffe, du hast kein Gepäck«, murrte er, als Karl herunterkam, und warf einen schlecht gelaunten Blick auf Karls kleinen Koffer. »Der geht nicht rein.« Er war persönlich beleidigt, dass seine Berechnungen nicht aufgegangen waren. »Entweder du oder der Koffer, beides geht nicht.«

Karl warf einen Blick in den Wagen. Die eine Hälfte der Rückbank war mit Körben und Taschen vollgestellt. »Wollt ihr mich lieber dalassen?«, fragte er. Vielleicht wäre es wirklich besser, ich bliebe da, dachte er einen Moment. So viel Viola, Tag und Nacht.

»Da musst du Viola fragen«, sagte Theo grantig. »Sie hat gepackt.«

»Das Auto kann jedenfalls nichts dafür«, sagte Karl versöhnlich.

»Nun macht doch nicht so einen Zirkus!« Viola war ungehalten. »Das ist doch hauptsächlich Proviant auf dem Rücksitz. Da nimmst du den Koffer eben erst mal auf den Schoß. Vorn ist doch viel Platz! Mit der Zeit kriegen wir den Koffer schon hinten unter.« Sie drückte den Vordersitz nach vorn und verstaute sich auf der Rückbank. »Karl, du kannst auch den Proviantkorb auf den Schoß nehmen, wenn dir das lieber ist. Dann möbeln wir hier hinten um.«

Karl winkte ab. »Schon gut. Aber erst noch das Foto von unserer Abfahrt. Für die Ewigkeit.«

Er hatte einen Farbfilm in der Rollei, und da steht Theo hinter dem Auto, im kurzärmeligen weißen Hemd, und legt die Arme breit auf das hellblaue Wagendach. Sein Gesicht ist noch immer etwas mürrisch, obwohl Karl mit der Verteidigung des Autos den Bann der schlechten Laune gebrochen hat. Viola ist nicht mehr ausgestiegen. Sie hat die Lehne des Vordersitzes vorgeklappt und streckt den Kopf aus dem Auto. Sie lacht und schützt mit der Hand den Kopf, um sich nicht am Rahmen zu stoßen. Karls Koffer steht noch auf der Straße, klein und etwas verlassen.

Sie fuhren Richtung Köln. Karl hatte den Koffer auf den Knien und darauf die Straßenkarte. »Wir sind schon bald am Rhein«, sagte er. »Und dann immer dem Rhein nach, und schon sind wir in Basel.«

»Na, na«, machte Theo. »So schnell geht es nun auch wieder nicht.«

»Dazwischen machen wir aber mal Pause«, rief Viola von hinten.

»Selbstverständlich, Signora.« Theo war wieder bei Laune. Violetta lief wie geschmiert. »Ist der Wagen nicht großartig?«, wollte er wissen. »Wie neu. Ich kenne den Kollegen, von dem ich ihn gekauft habe. Der ist sorgfältig mit dem Auto umgegangen.«

Die andern sagten nichts.

»Und ich habe in der Garage bei Herrn Niejahr alles noch mal überprüfen lassen.«

Pause.

»Ich habe die Sonnenbrille vergessen!«, schrie Viola plötzlich. Sie blinzelte erschrocken, als blende sie schon die Wolkendecke am deutschen Himmel.

»Aber den Pass hast du?«, fragte Theo.

Viola wurde unruhig. »Kannst du mal anhalten? Ich muss nachsehen.«

»Wenn, dann hast du ihn in der Handtasche. Da kannst du doch nachsehen, ohne dass ich anhalte.«

»Ja, aber ich muss auch aufs Klo«, sagte Viola bestimmt.

Theo seufzte. Wenn die nun immerzu anhalten wollen! Er genoss das Gefühl des stetigen Rollens, des unaufhaltsamen Vorwärtskommens.

Bei der nächsten Gelegenheit betätigte er den Blinker.

Der Winker streckte rot sein Ärmchen aus der Karosserie, zeigte nach rechts.

»Gegessen wird erst auf der Höhe von Mainz«, sagte Theo entschieden. »Ich will erst einen Teil der Strecke geschafft haben, ehe ihr anfangt herumzutrödeln.«

Viola sang. »Geh aus mein Herz und su-u-uche Freud, in dieser schönen So-o-o-mmerzeit.«

»Nein«, sagte Theo, »nichts aus dem Kirchengesangbuch. Kannst du nicht was Italienisches? Aber nicht schon wieder die ›Capri-Fischer‹.«

Viola war beleidigt. »›Santa Lucia‹ kann ich nicht.«

»Wonach riecht es hier eigentlich so?«, fragte Theo nach einer Weile. »Puh, ich muss mal das Fenster aufdrehen.« Er kurbelte die Scheibe runter.

Das war Violas neues Parfum, vermischt mit der muffigen Motorenluft im VW.

Für das Picknick fuhren sie von der Straße ab und breiteten auf einer Wiese ihre Decke aus. Es gab kalte panierte Schnitzel und Kartoffelsalat. Die Mayonnaise war etwas glasig geworden. Als Viola am Ende die Keksschachtel herumreichte, begann es zu tröpfeln.

»Wir fahren!«, rief Theo. »Aber im Auto werden keine Kekse gegessen.«

Nach einigen Stunden grüßte der Turm des Basler Münsters.

»Und wo sind die Berge?«, fragte Viola.

»Das dauert noch«, antwortete Karl, der die Karte las.

»Theo, bist du müde? Wollen wir hier übernachten?« Viola konnte nicht mehr sitzen.

»Bis Zürich schaffen wir es noch.«

Die beiden anderen stöhnten. »Unsere Knochen, Theo! Wir sind ganz steif!«

»Still! Wer arbeitet denn hier?«, fragte Theo.

»Du«, antworteten Karl und Viola schwach.

»Ach, was«, korrigierte Theo stolz. »Bedankt euch bei dem wunderbaren, unübertrefflichen Auto.«

Die unscheinbare Pension »Rinderknecht« in Zürich hatte erstaunlich gute Betten. Viola wippte auf der Bettkante sitzend kurz auf und ab und nickte: »Hier bleiben wir.«

Theo bestand auf einem knappen Stadtrundgang.

»Mensch, das ist ja nicht zu glauben«, rief Viola, »hier ist ja alles ganz! Nichts kaputt. Lauter alte Häuser.«

»Und wie alt«, murmelte Theo dazwischen.

»Keine Ruinen. Überhaupt keine Lücken. Kein fehlender Zahn im Gebiss.« Viola war hin- und hergerissen zwischen Erstaunen und Entzücken. »Wie im Museum. Und der See!«, rief sie.

»Also immerhin gibt es bei uns Talsperren«, warf Theo ein.

Aber Viola wollte beim Bewundern nicht unterbrochen werden.

Kurz darauf aß Karl das erste Cordon bleu seines Lebens und wunderte sich über den hervorquellenden Käse, der wie eine gelbe Zunge aus dem panierten Schnitzel hing. Die beiden anderen wählten Bratwurst.

»Aber was ist denn das für eine braune Soße, in der die Wurst da schwimmt«, machte Theo und stocherte in der glibberigen Flüssigkeit mit den bräunlich-glasigen Einsprengseln.

Karl probierte mit seiner Gabel. »Zwiebeln«, sagte er, »das sind Zwiebeln, Dicker. Das kannst du ruhig essen.«

»Kinder, wir sind im Ausland«, bemerkte Viola. »Da kochen die Menschen eben anders. Nun stellt euch nicht so an. Wie soll das denn erst in Italien werden? Ihr wart doch im Krieg in anderen Ländern, nicht ich.«

Karl, der Frühaufsteher, trieb die anderen durch Klopfzeichen an die Wand des Nebenzimmers aus den Betten.

»Der Karl könnte auch mal das Morse-Alphabet lernen«, moserte Theo. »Verstehst du, was er uns sagen will?«

Viola kramte, nach einem kritischen Blick aus dem Fenster, einen Pullover aus dem Gepäck. Das Wetter war stürmisch, und kühl war es auch. Dramatische Wolkenkulissen schoben sich vor das Blau, das hier und da am Himmel aufschien, und der Wind trieb einzelne tiefhängende Wolkenfetzen wie eine Schafherde vor sich her. Theo, endlich rasiert und duftend, konnte sich nicht entscheiden, was er anziehen sollte. »Nun mach!«, sagte Viola. »So viel Auswahl hast du ja nun auch nicht«.

Karl öffnete das Fenster seines kleinen Zimmers und atmete tief ein. Er liebte dieses Wetter, das ihn an den großen Himmel Ostpreußens oder Russlands erinnerte. Dann klopfte er noch einmal. »Nun macht doch endlich«, murmelte er, »dass wir hier loskommen.«

Theo fuhr. Der Wind schob nicht nur die Wolken vor sich her, sondern rammte auch in böigen Stößen den Käfer von der Seite.

»Du musst Gegensteuer geben«, sagte Karl.

Viola räusperte sich. Sie kramte in ihrer Tasche, lehnte sich nach vorn und hielt Theo ein Stück Schokolade vor den Mund.

Der schüttelte hochkonzentriert den Kopf.

»Nun lenken Sie mal den Dicken nicht ab!« Karl verkündete mit dem Finger auf der Karte: »Links also der Zürichsee. Und dann, meine Herrschaften, sehen Sie schon bald rechter Hand den Zuger See ... und ... den Vierwaldstätter See.«

»Mein Gott, ist das schön«, rief Viola im Abstand von wenigen Minuten aus. »So viel Wasser und so viel Berge, ich fass es nicht. Theo, halt doch mal an, damit Karl ein Foto machen kann.«

Abgekämpft von der kurvenreichen Strecke, die er auf schmaler Straße zwischen überhängenden Felsen und See hinter sich hatte, brachte Theo den Wagen bei der Tellskapelle am Vierwaldstätter See, der hier Urner See hieß, zum Stehen. Er stieg aus dem Käfer, als habe er gerade ein Rodeo im Wilden Westen geritten.

»So was«, sagte Viola ehrfürchtig. »Dass ich den Bergen mal so nahe kommen würde. Die sind ja gleich hier.« Sie streckte die Hand aus und berührte den von Feuchtigkeit tropfenden Fels, in den kühn die Straße geschlagen war. Sie kratzte ein Stück Sternmoos vom Stein und hielt es an ihre Wange. Sie streichelte Theo damit über den Nacken, aber Theo schüttelte sich nur und beäugte mit unausgesprochener Sorge die Straße, die noch vor ihm lag.

Karl ging zum Wasser. Der See war vom unruhigen Wetter zu einem dunklen Grau aufgewühlt. Die Wellen schwappten ungeordnet hin und her.

»Und hier ist der Tell also von Geßlers Boot an Land gesprungen.« Theo betrachtete ausführlich die Getümmelbilder an den Innenwänden der Tellskapelle.

»Hängt mir zum Hals raus, seit wir Schillers ›Wilhelm Tell‹ gespielt haben letztes Jahr«, sagte Viola und versuchte, untergehakt bei Karl, eine einzelne Welle im Auge zu behalten, bis sie sich auflöste.

Theo drängte zur Weiterfahrt.

Altdorf, Erstfeld, Amsteg, Wassen. Göschenen. Und dann ging es erst richtig los. Sie wurden still. Mühsam kämpfte sich der Käfer den Pass aufwärts. Die Spitzkehren begannen.

»Da bereitet einen ja nichts drauf vor, wenn man vom südlichen Rand des Ruhrgebiets kommt.« Theo schnaufte leicht. »Violetta macht das toll«, erklärte er, »aber ich kann hier nicht über eine gewisse Geschwindigkeit.«

»Ganz klar«, sagte Karl beruhigend.

Die Passstraße war gepflastert, in Abständen waren Granitpoller auf der Seite zum Abgrund hin eingelassen. Was im Tal Regen gewesen war, war hier in den Bergen als Schnee niedergegangen. Die Straße war aber frei. Theo machte die Heizung an. Ein Geruch nach verbranntem Staub erfüllte den Käfer.

»Puh, das ist bullig warm«, machte Karl.

»Es geht nur so oder kalt«, sagte Theo.

»Dann lieber kalt, oder, Viola?«, meinte Karl und drehte sich zu ihr um.

»Mir ist schlecht«, sagte sie kläglich.

»Du, Theo, halt mal an. Viola sieht ganz grün aus«, sagte Karl. »Die muss mal raus an die frische Luft. Nachher«, er drehte sich wieder zu ihr um, »setzt du dich nach vorn. Vielleicht geht es dann besser.«

»Du Trottel, hier kann ich nicht halten«, schrie Theo aufgebracht.

»Ja-a«, besänftigte Karl, »wenn du halten kannst, natürlich.«

»Ich weiß nicht, wann und wo man hier halten kann«, schrie Theo wieder.

Viola presste sich das weiße Taschentuch, das Karl nach hinten gereicht hatte, ins Gesicht. Der schwache Geruch nach Karls After Shave beruhigte sie. Sie schnüffelte an dem Taschentuch, und das Würgen im Hals hörte für einen Moment auf.

In Andermatt konnte Theo anhalten. Viola krabbelte aus dem Käfer, eilte zum Straßenrand und wartete auf eine Eruption des Magens, aber nichts geschah. Sie stand, starrte auf die Berge, die unbeteiligt vor ihr aufragten, und atmete vorsichtig durch.

Theo prüfte den Ölstand und öffnete die Motorklappe, als müsse auch Violetta frische Luft schnappen. »Schweinekalt hier oben«, rief er, als er die Klappe wieder schloss. Er hatte nichts Auffälliges am Motor festgestellt und strich mit der flachen Hand über den hellblauen Lack. »Läuft wie eine Eins, das Mädchen. Wollen wir weiter?«

Endlich erreichten sie das Gotthard-Hospiz, und der Himmel klarte plötzlich auf. Einige Wagen standen vor dem Gebäude, aber Theo wollte keinen Kaffee in der Gaststube trinken, er wollte nichts wie hinunter von dem Pass.

Karl saß hinten und konzentrierte sich auf Violas Nacken. Noch nie hatte er ihn so lange ungestört betrachten können. Der flaumige Haaransatz, die seidenfeinen, fast farblosen Härchen rührten und erregten ihn. Er lehnte sich vor, sagte irgendwas, wollte, dass sein Atem Violas Hals streifte und die Härchen bewegte. Er lehnte sich wieder zurück, berührte, als er die Hand von der Vorderlehne nahm, Violas oberen Halswirbel, der sich unter der Haut abzeichnete. Viola sog Luft durch die Nase und sagte: »Es geht mir besser hier vorn.«

Karl überkam eine sonderbare Mattigkeit, ein Gefühl seliger Erschöpfung, über das sich wie eine verfilzte, schmutzige Decke die Übelkeit legte. Karl stellte sich vor, die Übelkeit verbinde ihn mit Viola und sei zugleich die gerechte Strafe für seine Fantasien.

Sie erreichten Airolo und waren auf der südlichen Seite der Alpen. Die Sonne wärmte das Autodach, der Himmel war blank gefegt, die Häuser glichen schon bald italienischen Palazzi. Auch die Kirchen in den hoch oben gelegenen Dörfern veränderten sich, die Türme waren alt und schlicht, aus Granit gefügt. Theo, der sich langsam entspannte, als er sah, dass die Straße überschaubarer wurde, hielt einen von Karl und Viola wenig beachteten Vortrag über den italienischen Baustil. Wasserfälle stürzten links und rechts über die Felsen, wie im Norden, und kurz darauf entlockten die ersten Palmen Viola einen Aufschrei und ließen Karl seine Übelkeit vergessen.

Als die drei Burgen von Bellinzona auftauchten, fuhr Theo bei der nächsten vertretbaren Gelegenheit an den Straßenrand, stellte den Motor ab und stieg aus. Karl machte endlich ein Foto.

Theo und Viola stehen vor dem Panorama von Bellinzona. Theo setzt sich gerade die Sonnenbrille auf, die Hemdsärmel hat er hochgekrempelt, die andere Hand baumelt – ach so selbstverständlich, dachte Karl – über Violas schmaler Schulter. Viola blinzelt mit zugekniffenen Augen ins Licht, winkt in die Kamera und dreht den rechten Fuß nach innen wie ein Kind. Neben Theo und Viola sieht man die hellblaue Wölbung des Käfers. Aber der Himmel ist blauer. Und in der Ferne, über der Stadt Bellinzona mit ihren tre castelli, liegt sommerlicher Dunst.

Die Zukunft ist verborgen, dachte Karl, von einem Schleier, den er Gott sei Dank nicht heben konnte.

Vor ihnen öffnete sich weit die Magadino-Ebene. Ruhig floss der Ticino dem Langensee zu. Noch heute würden sie das Land, wo die Zitronen blühn, sehen. Aber Theo war müde. Auch die beiden anderen wurden still.

»Das hast du wunderbar gemacht, Theo«, sagte Karl, »du hast uns in eine zauberhafte Welt gebracht.« Während Karl das sagte, merkte er, dass er damit ein Land meinte, das Viola und er in den letzten Stunden betreten hatten. Er wusste nicht, warum es so war, aber er wusste, zwischen Viola und ihm hatte etwas anderes, Neues begonnen. In der Ferne ließ noch immer der sommerliche Dunst den Horizont in rostigen Rosatönen verschwimmen, über ihnen wölbte sich klares Blau.

»Der südliche Himmel«, flüsterte Viola. »Schaut euch diesen südlichen Himmel an. Und den schönsten aller Seen. Ich konnte mir nicht vorstellen, dass es etwas so Schönes geben kann.«

Sie waren am Lago Maggiore.

48

Zimmer hatten sie nicht im Voraus gebucht. Viola hatte auf eine Abenteuerreise bestanden. Und noch war es hell.

Sie tranken Kaffee in Locarno, enttäuscht von den winzigen Tassen. Ein Puppenstubenkaffee war das, ein Witz, aber ihr Herz begann zu rasen, so bitter war der Kaffee, so stark. Der Kellner bemerkte ihre Gesichter und schob ihnen noch einmal den Zuckertopf zu. Jetzt wurde ein bittersüßer Likör daraus, der die ganze Welt süß und träge werden ließ. Theo schüttelte sich und blühte trotz seiner Erschöpfung auf, Viola leckte sich die Lippen. War das gut? Oder abscheulich? Und Karl fand verbotene Gedanken im geschmolzenen, dunkel durchtränkten Zucker auf dem Boden der Tasse. Er löffelte den Zucker aus bis auf den letzten Rest, aber die Gedanken an Violas vom Kaffee süß verklebte Lippen wuchsen immer wieder nach.

Eigentlich wäre es gut gewesen, in Locarno zu bleiben, es konnte ja nicht schöner werden. Aber Viola wollte doch nach Italien, und Theo und Karl hatten es ihr versprochen. Nach Italien mussten sie. Aber es musste ja nicht heute sein.

»Im nächsten Ort bleiben wir, wenn es uns da gefällt«, sagte Viola, des Schauens müde.

Und ob es ihnen da gefiel. In einer sonnigen Bucht, ganz dem Süden des Sees und Italien zugewandt, Locarno und die Alpen im Rücken, lag still und schläfrig das Städtchen Ascona in der Nachmittagssonne. An der Seepromenade waren ein paar buntgestreifte Sonnenschirme aufgestellt, auf dem Wasser lagen leise schaukelnd vier, fünf Boote. Nein, sie wollten keinen Schritt mehr weiter. Hier blieb der Käfer stehen.

Theo kratzte italienische Wörter im Kopf zusammen. »Gut, dass ihr mich habt«, murmelte er vor sich hin und betrat entschlossen einen kleinen Obst- und Gemüseladen.

»Buona sera«, sagte er, »cerchiamo due camere. Una pensione …«

Aber die Tessinerin verstand nicht und legte die Hand ans Ohr: »Come?« Als Theo die Frage wiederholte, nickte sie und rief ihren Mann herbei. Die beiden berieten sich, redeten lebhaft, dann nickte der Mann und machte den dreien ein Zeichen, ihm zu folgen. Er führte sie durch enge, gepflasterte Gässchen, merkwürdig hallten ihre Schritte nach, an blühenden und duftenden Hausgärten vorbei zu einem in sanftem Ockerton gestrichenen Haus, um dessen Balkon sich Glyzinien rankten. »Questa è la casa del mio fratello«, erklärte der Mann und drückte die Messingklingel. »Ci sono due camere …«

Ein Fenster öffnete sich. Das musste der Bruder sein. Die beiden Männer verhandelten ein bisschen, der Kopf oben verschwand. Der Mann trat vors Haus, gab jedem die Hand und führte sie eine steile Steintreppe hinauf in den zweiten Stock. Er öffnete die Türen zu zwei nebeneinanderliegenden Zimmern. Durch die hölzernen Läden fiel in Streifen das Sonnenlicht auf den Boden und die einfachen Bettgestelle.

»Ja«, sagten sie, »wir bleiben.«

Der Mann öffnete die Fenster und die Läden. Warmer Blumenduft aus dem Garten drang herein.

»Il bagno?«, fragte Theo besorgt. Doch, es gab auch ein Bad auf dem Flur. Theo prüfte, ob der Schlüssel auch schloss. Er schaute die anderen an. Die strahlten, und er nickte: »Va bene.«

Am Abend wollten sie essen gehen. Die Frau des Hauses stammte aus Airolo und konnte Deutsch. Sie wusste, wo die Gäste die beste Trattoria finden würden.

»Wenn Sie länger bleiben wollen«, sagte sie noch, »können Sie auch in unserem Rustico in der Nähe von Ronco, hoch über dem See wohnen. Wir sind nicht oft da oben, die meiste Zeit steht es leer. Es ist einfach, aber kochen kann man dort.«

»Was ist ein Rustico?«, flüsterte Viola Theo zu.

»Una piccola casa«, sagte die Frau, »ein kleines Haus aus Stein.«

Viola kniff Karl in den Arm, als müsse sie ihm und sich und Theo klarmachen, dass sie nicht träumten.

»Morgen«, sagte die Frau freundlich, »kann mein Mann sie hinführen. Wenn Sie sich das Häuschen mal ansehen möchten.«

Der Weg schlängelte sich den steilen Berghang hinauf. Unten lag der See in seinem tiefen Sommerblau, der einem nach jeder Kurve einen neuen Anblick bot. Viola saß neben dem Tessiner in einem dreirädrigen Lieferwägelchen, das bedenklich klapperte, Theo und Karl folgten im Käfer. Die Vegetation war ein wahrer Dschungel. Unter all die

Schattierungen von Grün mischten sich Blumenfarben von leuchtendem Orange und Karmesinrot bis zum überirdischen Blau der Glyzinien.

Viola hätte jubeln mögen, weil sie gar nicht wusste, wie sie mit der überwältigenden Fülle von Schönheit und Licht und Farben und mit dem Überschwang an Gefühlen fertigwerden sollte. Aber sie traute sich nicht vor dem Fremden, und so entfuhren ihr nur kleine, weiche Gluckser, die der Signore mit einem Lächeln quittierte. »E bello qui«, nickte er, »un paradiso, vero?« Viola hielt den Arm aus dem heruntergekurbelten Fenster in die weiche Luft da draußen. »Un paradiso. Vero.«

Da hatten sie Ronco erreicht. Der Mann, der Giovanni hieß, stellte den Motor ab und stieg aus. Viola folgte ihm benommen. Selbst im Paradies gab es noch besondere Aussichtspunkte. Von der Terrasse, auf der sich die Kirche von Ronco erhob, blickte man auf beide Seiten des Sees. Zur Linken lag Ascona in seiner Bucht, dahinter Locarno, die Magadino-Ebene, darüber stiegen die Alpen mit weißen Gipfeln auf. Unten im See schwammen grün und selig zwei Inseln. »Le Isole di Brissago«, erklärte Giovanni. Zur Rechten, soweit das Auge reichte, lag der See, eingebettet in das Panorama wechselvoller, dichtbewachsener Berghänge. Palmen, Bambus, großblättrige hellgrüne Bananenpflanzen, Feigenbäume, letzte, verblühende Azaleen in Weiß, Rosa und Rot breiteten sich unter ihnen aus. Edelkastanien wuchsen oben an den Hängen, ganze Wälder waren es, von wildem Lorbeer und Schlingpflanzen zusammengehalten.

Viola versuchte an zu Hause zu denken, aber die Heimat

war Welten entfernt, verblasst zu einem Bild in stumpfen Grautönen angesichts dieser Explosion von Farben.

Theo und Karl waren zu ihnen getreten. Theo fragte Giovanni nach dem Namen der Orte und Berge, und der zeigte hierhin und dorthin, und Theo folgte ihm über den Kirchplatz, strahlend vor Glück, weil es ihm gelang, mehr italienische Worte zusammenzukramen, als er gedacht hatte.

Viola war stehen geblieben. Sie legte schützend die Hand vor die Augen, weil die Sonne sie blendete. Karl bemerkte es und setzte ihr seine Sonnenbrille auf die Nase. Da lehnte sich Viola sachte an ihn. Sie sagten nichts, aber ihre Hand suchte seine und hielt sie fest. »Nein«, sagte er und ließ ihre Hand doch nicht los.

»Ihr Schlafmützen«, rief Theo da, »kommt! Signore Giovanni führt uns zu Fuß zu dem Haus hinauf.«

Giovanni ging voraus durch die engen Gassen des zusammengekauerten Dorfes mit seinen pittoresken Steinhäusern, seinen Loggien und Gärten und stieg auf einem schmalen Saumpfad weiter den Hang hinauf, hinein in die goldgrüne Dämmerung des Waldes. Nach etwa zehn Minuten blieb er auf einem natürlichen, terrassenartigen Vorsprung stehen. Ein Bach sprudelte neben ihnen den Berg hinunter, sammelte sich weiter unterhalb in einer Steinmulde wie in einem großen Wasserbecken und stürzte von dort aus in die Tiefe. Giovanni machte ein paar Schritte, und da stand, eingesponnen ins Grün der Märchenlandschaft, das Haus.

Zwischen den Steinplatten, die einen Vorplatz bildeten, wucherte blühendes Unkraut. Eine Außentreppe aus Granit führte halsbrecherisch geländerlos hinauf zum ersten Stock, vor dessen Fenstern ein weinumrankter Balkon zu schweben schien.

Sie standen und staunten, dass es so etwas gab.

Giovanni öffnete die alte Holztür. Sie knarrte und ächzte in den Angeln und gab den Blick frei auf eine Küche mit mannshohem steinernem Kamin. Giovanni stieß die Fensterläden auf. Spinnweben zerrissen, Holz seufzte. Sonnenstrahlen fielen, gefiltert durch das Grün, auf den steinernen Boden, den Holztisch in der Mitte des Raumes und ein paar Stühle mit hohen Lehnen und Sitzen aus Korbgeflecht. Über einem steinernen Schüttstein ein Brett, darauf einige Teller aus Steingut, ein paar Becher, zwei, drei Töpfe und Pfannen, angebrochene Flaschen Öl und Essig, gut verschlossene Gläser mit Zucker, Kaffee und Reis. Giovanni zog die Tischschublade auf und deutete auf die Bestecke, einige weiße Stearinkerzen und Streichhölzer.

Viola fröstelte fast. Das waren die dicken Steinmauern, die im Sommer die Hitze abhielten.

Sie folgten Giovanni über die Außentreppe hinauf in den oberen Stock, wo sich zwei Schlafkammern befanden. In der ersten standen nur ein Bett und eine Kommode, ein Stuhl und ein kleiner Tisch. Das war Karls Zimmer. Giovanni sah zur Decke hinauf, wiegte den Kopf und sagte, bei Regen könne es vielleicht ein wenig durchs Dach tropfen. Im Raum daneben drängten sich zwei Betten aneinander. An der Kopfseite der alten Bettgestelle blühten schwarzeiserne Rosen. Es gab einen Schrank, zwei Stühle und auch hier einen Tisch, auf dem ein verwelkter Blumenstrauß stand.

Karl setzte sich auf die Steintreppe vor seinem Zimmer, schaute auf die Tessiner Landschaft und glaubte, geradewegs aus dem Himmel auf die Welt hinunterzublicken. Nebenan öffnete Viola vorsichtig die Balkontür. Aufgeschreckt huschte eine braungrüne Eidechse über das Geländer und verschwand mit leisem Rascheln im rankenden Laub der Glyzinie, die am Haus hochwuchs. Viola befühlte den knorrigen, gewundenen Stamm und steckte die Nase in eine der schweren Blütendolden.

»Das ist unbeschreiblich schön«, sagte sie.

Nur Theo war nicht so richtig glücklich. Man musste sich nämlich in der Küche waschen, und das angebaute Toilettenhäuschen beherbergte ein Plumpsklo.

»Mensch, Theo«, sagte Karl, »gib dir einen Ruck. Nie wieder wirst du in einem Scheißhaus mit so göttlicher Aussicht sitzen. Und hinterher kannst du im Bach und in dem Steinbecken baden, ohne Badehose und ganz allein, so lange du willst.«

Lebensmittel und Wein konnte man in Ronco einkaufen, dort gab es einen kleinen Laden. Alles andere müsse man in Ascona besorgen, erklärte Giovanni, übergab ihnen die Bettwäsche, die seine Frau ihm für die Gäste eingepackt hatte, und machte sich an den Abstieg. Theo und Karl begleiteten ihn. Sie wollten das Gepäck aus dem Auto holen und den kleinen Laden inspizieren. Wein brauchten sie, Brot und Käse.

Viola blieb auf ihrem Balkon über dem Lago Maggiore und schaute und schaute und wollte ewig dort oben sitzen bleiben.

»Das Wasser könnt ihr ranschleppen«, grummelte Theo, »dafür habe ich euch hierhergefahren. Jetzt seid ihr mal dran.« Niemand protestierte. Während Karl mit zwei Eimern loszog, um Wasser vom Bach zu holen, schenkte sich Theo einen Becher Wein ein und ließ sich auf der Bank vor dem Haus nieder. Bei einem gewissen Pegel Rotwein im Blut machte es ihm vielleicht nicht mehr so viel aus, sich auf den Donnerbalken im Plumpsklo zu setzen, dachte er.

Viola pflückte einen Blumenstrauß aus blühendem Unkraut. Auspacken konnte sie irgendwann. Aber als der Strauß so schön auf dem Küchentisch stand, nahm sie den Reisigbesen aus der Ecke und kehrte den staubigen Küchenboden. Gekocht wurde heute nicht, es gab Brot, Tomaten, Käse und Wein. Karl und Viola trugen Tisch und Stühle vors Haus. Sie saßen und aßen und tranken und schwiegen. Langsam wurde auch Theos Schweigen friedlich. Die Insekten summten, hier und da hörte man das Klatschen einer Hand, die eine Mücke auf Arm oder Bein erwischte. Der zu ungewohnter Stunde reichlich genossene Wein machte alle Zungen schwer. Schläfrig wurden sie alle drei.

Schön kühl war es im Haus, sie sanken auf die Betten und schliefen ein und träumten und waren unendlich weit entfernt von der Welt, die sie kannten und in der sie aufgewachsen waren.

Es war schon später Nachmittag, als sie wieder aufwachten. Karl öffnete leise die Tür zum Nebenzimmer. Theo hatte seinen Arm über Viola gelegt, als wolle er sie am Weglaufen hindern. Viola, vom leichten Knarren der Tür aufgewacht, blinzelte mit den Augen, aber Karl schloss die Tür vorsichtig wieder und ging hinunter, schöpfte mit den Händen Wasser aus dem Eimer und wusch sich das Gesicht.

Seitlich des Hauses fand er zu seiner Überraschung einen alten, offensichtlich lange nicht mehr benutzten Sitzplatz. Eine Pergola, wild von Weinlaub überwachsen, gab Schatten, das silbrige Grau der Granitstelen schimmerte im Licht. Karl strich mit der Hand über den warmen Stein. Alles war hier aus Stein gefügt, das Haus, das Dach mit den übereinandergeschichteten Steinplatten, die Treppe, die Stützen der Pergola und der Tisch unter dem Schattendach. Karl hätte sich nicht gewundert, Kaiser Barbarossa hier sitzen zu sehen mit eingewachsenem Bart.

Karl fegte mit der Hand die Blätter beiseite, die sich auf der Granitplatte angehäuft hatten. Käfer krabbelten davon, Spinnen suchten eilig das Weite. Dann wieder bewegungslose Stille. Warum war er plötzlich so glücklich? Weil die Erde trotz allem noch immer existiert, dachte er mit einem Mal. Die Welt war immer noch da. Die Menschen konnten so barbarisch tun, wie sie wollten, die Gräser, die Bäume, die Quellen überdauerten jedes menschliche Treiben.

Viola stand gähnend auf der Treppe und dehnte und streckte sich wie eine Katze. Sie schaute sich suchend um. »Karl!«, rief sie. »Karl?« Theo erschien hinter ihr im Türrahmen, umfing sie von hinten und zog sie wieder ins Zimmer. »Schön dableiben«, flüsterte er. »Ich will noch was von dir.«

»Hier bin ich«, rief Karl, »hier, auf der Seite des Hauses. Wir haben eine Terrasse«, wollte er sagen, »schaut euch das an!« Aber von Viola und Theo war weit und breit nichts mehr zu sehen.

»Da drüben, das ist der Gambarogno«, erklärte Theo, der die Karte studierte und sich die Namen der Höhenzüge einprägte. »Ein ganz schöner Koloss. Eigentlich müssten wir auch mal rüber auf die andere Seite. Da haben sie um diese Zeit noch Sonne.«

»Aber nicht jetzt«, sagte Viola.

»Und auch nicht morgen«, sagte Karl.

Langsam wurde es Nacht. Die Sonne ging unter, der aprikosenfarbene Himmel verwandelte sich in ein glühendes Violett. Lichter flammten in den Ortschaften auf und spiegelten sich leise flimmernd im dunklen See. Mehr und mehr Sterne blinkten am nachtblauen Himmel, als sei auch er bewohnt.

Sie zündeten Kerzen an, tranken Wein, aßen Salami. Solange man noch irgendetwas sehen konnte, spielten sie am Steintisch draußen Canasta. Dann sahen sie nur noch der Nacht zu.

Karl wachte vom Mond auf, der über dem Rücken des Gambarogno stand und ins Fenster schien. Er setzte sich auf die Treppe und lauschte auf das Knistern und Rascheln im Tessiner Dschungel. Erschrak, als jemand plötzlich seine Schulter berührte.

Theo setzte sich zu ihm auf die Stufen.

»Viola schläft wie ein Stein«, sagte er leise.

Karl schwieg. Wollte Theo mit ihm über Viola reden? Über die flüchtigen Berührungen, die nicht mehr waren wie früher, die sich verändert hatten und nun etwas suchten und verhießen, andeuteten und verschwiegen.

Aber Theo sagte nichts. Die blasse Lichtschleppe des Mondes streifte die Brissago-Inseln.

»Weißt du, was ich vorhin gedacht habe?«, sagte Karl in die Nacht hinaus.

Theo regte sich nicht.

»Ich dachte, dass ich es für unmöglich gehalten habe, je wieder so glücklich zu sein wie heute. Das war, als ich die Pergola entdeckte. Da dachte ich plötzlich, alles, was die Welt schön macht, ist ja noch da. Alles war so friedlich in diesem Moment, so still. Das Leben atmete ohne Hast, ohne Gier, ohne Wut, ohne Neid, ohne Angst und Hass.« Karl hielt Theo die Zigarettenpackung hin und gab ihm Feuer. Im kurz aufzischenden Widerschein des Zündholzes sah er in das vertraute Gesicht.

»Du bist ein Träumer«, sagte Theo. »Aber mir gefällt es hier auch.« Er griff nach Karls Hand und hielt sie einige Sekunden lang fest. »Trotzdem, schon heute Nacht holen die Füchse sich wieder die Hühner aus den Ställen, jagt der Kauz die Mäuse, und morgen früh schnappen die Vögel sich wieder die Insekten, die hier herumbrummen.« Theo spitzte den Mund und blies Rauchringe in die Luft. »Aber die Welt braucht auch Träumer wie dich. Die Frauen lieben Träumer, das kennen wir ja. Nur im praktischen Leben und auf die Dauer greifen sie lieber auf die nüchternen Macher zurück.« Er zog an der Zigarette, die Asche glomm rot auf, aber sein Gesicht blieb im Dunkeln.

»Vielleicht bin ich ein Träumer«, sagte Karl. »Ich weiß, ich werde es nie zu mehr bringen. Aber damit ist mir wohl. Ich will nichts anderes, auch wenn ich es könnte. Es ist die einzige Abbitte, die ich leisten kann, die einzige Möglichkeit, mit mir ins Reine zu kommen. Wahrscheinlich passt es auch einfach zu mir.«

Theo schüttelte den Kopf, als hätte er noch nie so etwas Blödes gehört. »So ein Unsinn! Wofür willst du denn Abbitte leisten? Du bist doch kein Schlächter gewesen im Krieg. Du warst weder ein Offizier mit Befehlsgewalt, noch hast du irgendeine Position in der Partei gehabt. Du hast Bilder ausgewertet und das Glück gehabt, dass sie dich dafür dringender brauchten als fürs Schießen.« Er legte Karl die Hand auf die Schulter. »Das sind sinnlose Schuldgefühle.«

»Nein«, sagte Karl. »Du brauchst mich nicht zu trösten. Ich war jahrelang überzeugt, dass das alles richtig war, was wir machten. Ich wollte in den Krieg. Ich habe mich freiwillig gemeldet. Ich war stolz, dass ich ein guter Bildauswerter war. Das hat vielen Menschen das Leben gekostet. Ich habe gesehen, was unsere Leute mit denen gemacht haben, die sie aufgrund meiner guten, ehrgeizigen Arbeit aufgespürt haben. Und mit andern. Und mit eigenen Kameraden.« Er zögerte kurz und fuhr dann fort: »Für dich ist es vielleicht anders. Du hast an einer andern Front gekämpft. Rommel hat Krieg geführt nach militärischen Grundsätzen und Regeln. Ich war an der Ostfront. Da gab es keine Regeln, auch keine militärischen, nur eine grausame, erbärmliche, menschenverachtende Abschlachterei. Wir waren in verschiedenen Kriegen, du und ich. Und wir haben auch einen unterschiedlichen Frieden.«

»Ist Krieg nicht überall Krieg?«, erwiderte Theo. »Und ist der Tod nicht überall der Tod?«

Karl nahm Theo die Zigarette aus der Hand, zog daran und gab sie Theo zurück. »Wenn du mich fragst, ich freue mich immer, wenn die Deutschen im Fußball verlieren.«

Er lachte. »Aber du weißt ja, ich habe mir nie was aus Fußball gemacht.«

»Aber aus Frauen schon«, sagte Theo und schlug Karl auf die Schulter.

»Ich bin kein Frauenheld.«

»Nein. Du bist kein Eroberer. Aber lieben lässt du dich schon.«

49

Die Zeit blieb süß und bleiern stehen. Die Wärme drang in alle Glieder, die Hitze machte die Gedanken still. Die meisten Worte mussten nicht gesagt werden.

Am Anfang moserte Theo noch wegen der Zeitung, die ihm fehlte. Aber so, wie er vergaß, dass sie kein Radio hatten, vergaß er schließlich auch die Zeitung und sogar, dass er sich beschweren wollte. Dafür entdeckte er sein ganz privates morgendliches Bad. Das steinerne Becken, das der zu Tal stürzende Bach im Laufe von Jahrhunderten ausgehöhlt hatte, war groß genug, um darin unterzutauchen. Das Wasser war kalt, und man hörte Theo, wenn er hineinstieg, bis zum Haus hinauf zetern.

Wenn Theo von der Morgentoilette kam, war Karl schon von seinem Morgenspaziergang nach Ronco zurück, mit Brot, Milch, Obst und Käse und allem, was sie sonst brauchten. Er liebte diese Spaziergänge, auf denen er durch die nähere Umgebung streifte. Manchmal fand er schon die ersten, noch unreifen Brombeeren. Sie glänzten feucht und hellrot, aber ihre Dornen rissen ihm die Hände auf, wenn er sie pflücken und probieren wollte.

Einmal war Giovanni von Ascona heraufgekommen, um zu schauen, wie sie zurechtkamen. Viola fragte ihn, was es mit dem länglichen Paket auf sich habe, das sie bei den Essensvorräten gefunden hatte. »Sono i spaghetti!«, lachte Giovanni aus vollem Hals und erklärte Theo auf Italienisch, wie man sie kochte. Seitdem widmete sich Viola mit Hingabe dem Spaghettikochen, auch wenn das nicht immer Karls und Theos Begeisterung hervorrief. »Ihr Spießbürger und Langweiler«, schimpfte sie.

Eines Tages machte es »plupp«, und die Gas-Bombola, die den kleinen Kocher speiste, war leer.

Karl begann wieder zu zeichnen, seit seiner Jugend hatte er das nicht mehr getan. Er saß mit dem Zeichenblock auf den Granitstufen der Treppe oder unter dem Schattendach der Pergola und machte Bleistiftskizzen. Manchmal setzte sich Viola zu ihm und las. Dann zeichnete er sie, ohne es sie merken zu lassen.

Die Zeit rieselte wie Sand in einer Sanduhr, lautlos, und zuerst unmerklich.

Das Glück war eine Libelle mit blaugrünen Flügeln, die sirrend in der Luft stand, war die reife Tomate, die Viola in Achtel schnitt und Stück für Stück sich und den anderen in den Mund schob, waren die von Saft tropfenden Pfirsiche, die Karls Hemd verkleckerten. Das Schatten spendende Weinlaub der Pergola war Glück, das Brummen der dicken, vor Hitze taumelnden Fliegen, das Sonnenbad der Eidechsen und die Kühle im alten Steinhaus. Das Glück schwamm im Wein, war eingebacken in die Kruste des frischen Brotes und wartete schon in den Betten, die zum Mittagsschlaf einluden.

Theo liebte Viola besser, zärtlicher und öfter als zu Hause, denn er vergaß, an seine Arbeit zu denken. Und Viola liebte Theo, weil er gegenwärtiger und entspannter, weil er ihr näher war als sonst. Und weil Karl ganz nahe war und seine Hand mit im Spiel hatte. Theo und Viola liebten sich, wenn Karl auf seinen Spaziergängen nach Ronco war oder im Bach badete, aber Viola spürte seine Anwesenheit wie einen süßen Hauch. Sein zerwühltes Laken im Nebenzimmer duftete nach ihm, sein Lachen hing in den Mauern des Hauses, der rotglühende Oleander, den er gepflückt hatte, stand auf ihrem Tisch. Und immer war die Tür zum Balkon auf den Lago Maggiore weit offen.

Von Zeit zu Zeit stieg Theo nach dem ausgiebigen Mittagsschlaf, wenn die ärgste Hitze gewichen war, nach Ronco hinunter, um die Kirche zu besichtigen, wie er sagte, eher aber, um sich zu vergewissern, dass der Käfer noch da war, obwohl Karl jeden Morgen beteuerte, die hellblaue Violetta sei unversehrt. Theo brachte Kerzen, neuen Wein und einmal auch frischen Fisch mit, die ein fliegender Fischhändler in Ronco verkauft hatte. Da machten sie Feuer im Kamin und grillten den Fisch, so gut sie konnten. Es war das erste Mal, dass Karl und Viola Fisch aßen.

Theo liebte das Dorf und schwatzte mit den alten Männern, die vor der Kirche saßen. Er verstand nur halb, was sie sagten, und sie verstanden ihn vielleicht noch weniger, aber das machte nichts.

An einem dieser Nachmittage nahm Viola Karl an der Hand und zog ihn zum Bach. Sie streifte die Sandalen ab, streckte die Zehen in das sprudelnde Wasser. Ihre nackten Füße suchten vorsichtig und geschickt zwischen den vom Wasser glatt und rund geschliffenen Steinen Halt, sie breitete beide Arme aus und stieg vorsichtig im Bach der wunderbaren Wassermulde zu. Sie trug Shorts und ein weißes

Hemd von Theo, dessen Ärmel sie aufgekrempelt und dessen Enden sie in der Taille zusammengeknotet hatte. Über dem Lago Maggiore hing tief eine Hitzewolke, in der sich Regen sammeln wollte, schwüler Dunst lag über dem Tal.

Sie war bei dem steinernen Becken angekommen, stand, wartete eine Sekunde, zwei Sekunden und ließ sich mit einem kindlichen Jauchzen in die kühle Wanne gleiten. Sie paddelte mit den Beinen, lag dann still. Schloss die Augen.

»Komm!«, rief sie. »Komm schon, Karl. So kalt ist es gar nicht. Nun komm schon und nimm ein Bad mit mir!«

Er lachte, seine Zähne blitzten im braungebrannten Gesicht, und tatsächlich tauchte er ein, in Kleidern wie sie, prustete, schnaubte und paddelte.

Mit klappernden Zähnen kamen sie ins Haus zurück. Shorts und Hemd klebten an Violas Körper, Wasser troff ihr aus dem kurzen, hellbraunen Haar, lief ihren Nacken hinab. Tropfen zogen in mäandernden Rinnsalen ihre braunen Beinen entlang. Sie schüttelte sich wie ein nasser Hund und lachte mit vor Kälte zitternden Lippen. Ihre Brüste zeichneten sich deutlich unter dem Hemd ab, sie war begehrenswert zum Verrücktwerden.

Viola machte es ihm wirklich schwer. Ob sie das wusste? Natürlich wusste sie es. Aber sie war wie ein Kind, das alles ausprobierte. Neugierig, ungebärdig, ungeniert. Karl hielt es nicht länger aus. Er sprang hoch in sein Zimmer, zog sich um, nahm ein Handtuch mit und legte es ihr zärtlich um die Schultern. Sie zog das Tuch fest um sich zusammen und sah ihn lange an.

»Wie schön du bist«, sagte Karl. »Zum Verrücktwerden schön.«

Sie schloss die Augen und wartete, dass er sie küsste. Aber er sagte nur: »Zieh dich um, du erkältest dich sonst.«

Am Abend gingen sie im Dorf essen. Ein Festmahl war das, mit goldgelber Polenta und Lammfleisch. Das hatte auch Theo noch nie gegessen. Viel Wein hatten sie getrunken, vino della casa.

Mit einer Taschenlampe leuchtete Theo den Weg zurück. Er ging voraus, in einer Hand das Licht, mit der anderen hielt er Violas Hand, damit sie auf dem unebenen Weg nicht über die Steine stolperte. »Nimm Karl mit der anderen Hand«, sagte er. »Lasst uns eine Kette machen, sonst verlieren wir uns noch in dieser mondlosen Nacht.« Viola griff nach Karls Hand. Ihre Hand war warm und weich und hielt seine ganz fest.

So gingen sie Hand in Hand hintereinander her, und keiner wusste, was der andere dachte. Und sie waren alle drei damit einverstanden. Oben angekommen, fielen sie in ihre Betten, trunken und beglückt vom Wein, trunken auch vom Glück, am Leben zu sein.

In der Nacht entlud sich der Himmel in einem heftigen Gewitter. Blitze irrlichterten geisterhaft gleißend über den See, in trockenen Schlägen folgte der Donner. In einem ungeheuren Wolkenbruch ging das Wasser nieder, das sich in schwülen Tagen und Nächten in der Atmosphäre gesammelt hatte. Der Regen dröhnte und rauschte. Sie waren alle drei aufgewacht und lauschten.

Auf einmal fielen Karl Tropfen auf den Kopf, einer, zwei. Es tröpfelte auf sein Bett. Das Wasser hatte tatsächlich über eine lecke Stelle im Dach in seine Kammer gefunden. Da schob er, so gut es ging, das Bett zur Seite, holte einen

Topf und stellte ihn unter das Leck. Öffnete vorsichtig die Tür zum Zimmer nebenan, stand im Dunkeln, lachte leise und sagte: »Es regnet mir auf den Kopf.«

»Komm schon her«, sagte Theo, »kriech hier mit unter.«

Ein Blitz erleuchtete das Zimmer. Viola streckte die Hand nach ihm aus, da legte sich Karl zu den beiden. Sie zogen das Laken über sich. Karls Fuß stieß an Theos Fuß – sie waren ja gleich groß wie damals schon, als sie sich, halbe Kinder noch, halb schon erwachsen, balgten und liebevoll rauften –, und alle Hände fanden jetzt Viola. Viola, die ihre Angst vor dem Gewitter vergaß und leise und dunkel und gurrend lachte. Nach einer Weile wurde es ganz still, ein müdes Seufzen verklang im nächtlich dunklen Zimmer. Alle drei schliefen ein, das Gewitter zog vorbei, und der Regen tröpfelte sich langsam aus.

Am anderen Morgen brannte die Sonne vom sauber gefegten Himmel. Es sah aus, als hätte jemand Staub gewischt und jeden Stein und jedes Blatt einzeln nachpoliert. Karl erwachte in seinem Bett, Laken und Kissen waren trocken. Er reckte und streckte sich und blieb liegen, wollte weiterdösen und träumen und gar nicht aufstehen. Neben ihm auf dem Boden stand ein Kochtopf, halbvoll mit Wasser, schräg das Bett, in dem er lag. Welch ein Gewitter war das gewesen! Er lächelte. Heute wurde gefrühstückt, was im Haus war.

»Heute wird was unternommen«, sagte Viola und streckte das Kinn in die Luft. »Wisst ihr eigentlich, was es bedeutet, dass ich mir einen Bikini gekauft habe? Kein Mensch traut sich damit ins Strandbad, ohne vor Scham rot zu werden. Aber einmal möchte ich ihn anziehen. Heute gehen wir an den See!«

»Aber du kannst den Bikini doch auch hier in unserem Privatbad anziehen«, maulte Theo, der keine Lust hatte, die vielen Kurven hinunter zum See zu fahren.

»Das ist doch unter Ausschluss der Öffentlichkeit! Das gilt nicht. Ich will den Bikini im See taufen.«

Karl sagte nichts, aber es zog ihm etwas durch die Brust, was er nicht deuten konnte, ein Schmerz, der fein und schneidend begann und langsam anschwoll, als sammle sich das Blut in seiner Brust, wie es sich sonst in seinem Kopf anstaute, wenn er Kopfschmerzen bekam.

»Wir könnten Porto Ronco bei der Gelegenheit ansehen«, meinte Viola, »und noch nach Brissago weiterfahren. Eigentlich wollten wir ja nach Italien, auch wenn wir das ganz vergessen haben. In Brissago ist die Grenze, wir könnten wenigstens nach Cannobio fahren. Einmal in Italien Eis essen!«

Aber Theo, der die Verfügungsgewalt über Auto und Autoschlüssel hatte, weigerte sich. »Es gibt einen Treppenweg von Ronco nach Porto Ronco, den werden wir Stufe um Stufe hinuntersteigen und nach dem Baden wieder hinauf. Ist das nicht eine gute Idee?«

»Wie viele Stufen sind das denn?«, fragte Viola arglos.

»So an die achthundert«, überschlug Theo und hoffte damit, den Tag in seinem Sinn gerettet zu haben.

»Also gut«, sagte Viola. »Machen wir. Aber nehmt die Sonnenhüte mit. Und Italien? Wann fahren wir nach Italien?«

»Ein andermal«, sagte Theo.

Keine Treppenstufe war wie die andere, und achthundert Stufen waren eine Menge. Sie ächzten und jammerten schon beim Abstieg und schworen sich, auf dem Rückweg das Postauto zu nehmen.

Viola führte der Welt ihren Bikini vor, und tatsächlich starrten alle ihr nach. Das Höschen ging bis zum Bauchnabel, aber ein bisschen nackte Haut sah man doch, und Viola stürzte sich bald in den See. Der war wärmer als das Badewasser aus dem Bach oben am Berg. Karl machte ein Foto, als Viola den Fluten wieder entstieg, Theo hielt ihr das Handtuch entgegen, als sei sie der Stier und er der Torero. Dabei hatte sie eher etwas von einer Aphrodite, fand Karl, wie sie da mit schimmernder Haut dem Wasser entstieg.

Später schwamm Karl weit in den See hinaus. Er machte lange, gleichmäßige Züge, und er hatte das Gefühl, dass es gut wäre, weit und immer weiter in das Blau des Sees hinauszuschwimmen und nie mehr zurückzukehren. Nichts bleibt, wie es ist. Nur in dieser Sekunde war es noch da, das köstliche, vollkommen schwebende Gleichgewicht von Freundschaft und Liebe.

Schon weit vom Seeufer entfernt, sah Karl Viola und Theo, winzige Figürchen, die am See saßen und nun nicht einmal mehr sein Winken in den blauen Wellen würden ausmachen können.

Während er mit geschmeidigen Zügen in das Wasser eintauchte, fragte er sich, was es bewirkt hatte, dass die Zeit nicht mehr stillstand, sondern wieder sichtbar und spürbar verging.

Es war Viola, die den Bann gebrochen hatte. Sie war es

gewesen, die zum See hinunterwollte, in die Welt zurück, in der die anderen lebten. Sie waren wieder da, wo Liebe und Freundschaft zwei verschiedene Dinge sind.

Karl bemerkte, wie er mehr und mehr ermüdete. Wenn er weiter hinausschwamm, käme er nicht mehr zurück. Da machte sein Körper kehrt und strebte wieder dem Ufer zu. Karl bemerkte es mit Erstaunen.

»Da bist du ja endlich wieder«, sagte Theo vorwurfsvoll. »Ich habe schon gedacht, du empfiehlst dich einfach so. Mensch, wir haben uns Sorgen gemacht!«

Viola schwieg und hatte ihr undurchdringliches Gesicht aufgesetzt.

Karl hatte blaue Lippen und zitterte vor Kälte.

Theo hielt ihm das Handtuch hin. »Sieh zu, dass du in deine Klamotten kommst«, sagte er ernst.

50

Von nun an zählten sie die Ferientage, die ihnen noch blieben. Sie teilten die Zeit wieder ein und sahen auf die Uhr. Mit dem Schiff fuhren sie auf die Inseln von Brissago und sahen sich die Pflanzen und Blumen an, die dort wuchsen. Die meisten hatten sie noch nie gesehen. Mit dem Auto machten sie einen Ausflug nach Brissago, wo Karl und Theo sich ein paar von den krummen Brissago-Zigarren kauften, für die Abende nach der Arbeit, die auf einmal wieder in absehbare Nähe gerückt waren. Und sie fuhren über die Grenze nach Canobbio, damit Viola auch wirklich in Italien gewesen war. Sie aßen Eis und planten, während der See leise ans Ufer platschte, eine Wanderung auf den Pizzo Leone, auf die sie dann aber doch verzichteten. Sie begnügten sich damit, in Locarno zum Kloster Madonna del Sasso hinaufzusteigen.

»Mein Gott, welch ein Ort!«, sagte Viola, »ich glaube, ich trete in dieses Kloster ein.«

»Das ist ein Männerkloster«, antwortete Theo. »Wer von uns beiden soll denn eintreten? Karl oder ich?«

Der Monte Verità in Ascona war leicht zu ersteigen, er war nicht hoch. Karl wollte unbedingt im Park spazieren gehen, wo zu Beginn des Jahrhunderts weltentrückte Fantasten, Verkünder eines gesunden Lebens, Freigeister und Anarchisten, Künstler und Literaten gelebt hatten.

Aber da hatten sie schon angefangen zu packen, Signore Giovanni vom Leck im Dach erzählt, ihm wenigstens einen lächerlichen Betrag für die Tage in seinem Haus aufgedrängt und den festen Vorsatz gefasst, am anderen Tag bis zur Nordseite der Alpen zu fahren. Die Ferien waren vorbei, obwohl sie die Heimreise noch nicht einmal angetreten hatten.

Theo hatte plötzlich genug vom Plumpsklo. Viola kaufte einige Packungen Spaghetti, mit denen sie zu Hause ihre Freundinnen beschenken wollte. Karl dachte an das überraschende Angebot, das sein Chef ihm vor der Abreise gemacht hatte. Er hatte ihn gefragt, ob er sich fest anstellen lassen wolle.

»Das machst du doch, oder?«, fragte Viola, als Karl die Möglichkeit erwähnte, an die er die ganzen Ferien über nicht gedacht hatte.

»Ich weiß nicht. Ich muss noch darüber nachdenken.«

»Was gibt es denn da nachzudenken?«, sagte Viola heftig. »Man kann auch zu viel Freiheit wollen.«

»Was ist denn mit dir los?«, fragte Theo und sah sie ebenso entgeistert an wie Karl. »Hast du einen Sonnenstich?«

Viola schwieg trotzig.

Am letzten Morgen fand Viola in ihrem Schuh einen Skorpion und erschrak fürchterlich. Theo und Karl mussten das ganze Haus nach Skorpionen absuchen.

»Wir fahren doch jetzt! Das macht doch gar keinen Sinn«, ärgerte sich Theo.

Karl fand bei der Suche nach Skorpionen einige fette Spinnen, auf die zuvor niemand geachtet hatte, meldete sie aber nicht, sondern traf mit ihnen die Übereinkunft, dass sie still in ihren Netzen sitzen blieben, bis Viola aus dem Haus war.

»Sei froh, dass wir keine Schlangen gesehen haben«, sagte Karl, der das Bedürfnis hatte, sich an Viola zu rächen, ohne genau zu wissen, wofür.

»Was, Schlangen gibt es hier auch?«, rief sie prompt.

»Wusstest du das nicht?«, erwiderte er. »Ziemlich giftige sogar.«

Sie sah ihn böse an.

»Nun ist aber gut«, sagte Theo. »Sonst kommt gleich ein Löwe um die Ecke und frisst euch beide auf. Wenigstens habe ich dann meine Ruhe.«

Da fuhren sie im hellblauen Käfer fort und sagten Ronco ade. Es war ihnen wehmütig ums Herz.

Sie hatten alle drei sonnenverbrannte Haut. Viola trug die neue Sonnenbrille, die sie in Ascona gekauft hatten. Das äußerst modische Souvenir sollte sie an den Süden erinnern. Karl hatte etwas von dem blühenden Unkraut gepflückt, das »dort oben im Himmel«, wie er den Ort nannte, zwischen den Steinplatten wuchs. Natürlich wusste er, dass es bis nach Hause kaum überleben würde. Aber einen Stein hatte er auch eingepackt, dessen silbriger Glanz ihn an die Spur des Mondes im Lago Maggiore und das der Zeit entrückte Glück erinnern sollte, das sie zu dritt im Tessiner Urwald erlebt hatten.

51

Zu Hause war alles noch so, wie sie es verlassen hatten. Das Wetter war schön. Auch hier im Norden war es Sommer.

Helene Matussek hatte Violas Blumen gegossen, die Post aus dem Briefkasten genommen und sogar Staub gewischt.

Karl hatte keine Pflanzen, doch hatte Mrs. Richard für ihn den Briefkasten geleert.

Theo war zufrieden. Als er gut erholt wieder ins Büro kam, freuten sich alle. Täuschte er sich oder hatte seine Sekretärin sich zu seinem Empfang extra hübsch gemacht? Sie hatte ihm zur Begrüßung sogar Blumen auf den Schreibtisch gestellt.

Der Büroalltag ließ sich hervorragend an. Theo hatte vor dem Urlaub in einer kniffligen Rechtssache bezüglich sich überschneidender Kompetenzen einen Lösungsvorschlag zu einer besser definierten und gerechteren Kompetenzverteilung entwickelt, und dieser Vorschlag war von allen Seiten angenommen worden. Man beauftragte ihn mit der Ausarbeitung seiner Vorschläge. Diese Nachricht versetzte ihn in so gute Laune, dass er seine Sekretärin, Fräulein Winterhannes, zum Mittagessen einlud. Sie strahlte, und weil sie sich so freute, sagte er: »Ich kenne ein nettes Lokal, nicht weit von hier, wo man draußen sitzen kann.«

Viola hatte Mühe, sich wieder an die alte Umgebung zu gewöhnen. Die Heimat gefiel ihr plötzlich nicht mehr. Überall sah man noch die Verwüstungen des Krieges, und die neu errichteten Häuser waren grau und einfallslos. Klar, es hatte an Material, Geld und Zeit gefehlt, die Menschen brauchten ein Dach über dem Kopf. Aber trotzdem. Auch das alte Steinhaus in Ronco war grau, aber wie anders lebte und liebte es sich dort. Viola erschrak. Das Wort »Liebe« hatte auf einmal etwas Verwirrendes bekommen.

»Hallo«, ein Kollege streckte den Kopf in ihre Werkstatt. »Gut wieder aus den Ferien nach Hause gekommen?«

Viola stand schlecht gelaunt auf und schloss die Tür.

Karl hatte sich nicht gerührt, seit sie zurück waren. Wahrscheinlich war er seelenruhig in sein Atelier gegangen. Viola trat mit dem Fuß gegen die gusseiserne Flanke der Nähmaschine und tat sich weh. Aber worüber war sie eigentlich wütend? Sie waren ja erst eine Nacht zurück. Hätte Karl denn bei Theo und ihr übernachten sollen? Oder gleich bei ihnen einziehen mit seinem lächerlichen kleinen Koffer?

Seit der Rückkehr hatte sie auch einen ihr selbst unverständlichen Groll gegen Theo. Dabei war Theo nun wirklich nicht vorzuwerfen, dass sie Karl liebte. Er schien es doch sogar zu ahnen und zu dulden – bis zu einem gewissen, nein ungewissen Grad. Vielleicht hatte Theo ja eine andere? Daran hatte sie noch gar nicht gedacht, so beschäftigt war sie in Gedanken mit Karl gewesen. Wie seit eh und je.

Ach, Karl, dachte Viola, wie soll ich denn plötzlich nicht mehr an dich denken, nur weil du mich endlich auch liebst.

Als Theo bester Stimmung von seinem ersten Arbeitstag nach Hause kam, stand Viola im Bad, sortierte die schmutzige Ferienwäsche nach bunt und weiß und weinte vor Ratlosigkeit.

»Was hast du denn?« Theo nahm sie in den Arm und gab ihr einen Kuss auf die Stirn.

»Ich will eine Waschmaschine!«, sagte sie schluchzend und stampfte mit dem Fuß auf.

»Ist ja gut«, sagte Theo, der noch nie viel nachgefragt hatte.

Sie hatten nichts für die nächsten Tage vereinbart, als Theo Karl am Ende der langen Rückreise aus dem Tessin zu Hause abgesetzt hatte. Sie nahmen nicht groß Abschied, denn darüber, dass sie sich wiedersehen würden, brauchten sie kein Wort zu verlieren. Aber ebenso spürten alle drei, dass sie Zeit brauchten, um sich wieder in den Alltag einzufinden, nicht nur in den eigenen, auch in den gemeinsamen. Bis die alten Regeln wieder selbstverständlich waren.

Karl sah die Post durch. Es war ein Brief von Inge aus Hannover darunter. Jan, schrieb sie, sei aus der Klinik entlassen worden. Man wisse noch nicht, ob die Besserung von Dauer sei, aber Jan und Annegret wollten es noch einmal miteinander versuchen. Alle würden sich freuen, wenn er bald wieder zu Besuch käme.

Karl las den Brief nicht zu Ende. Er legte sich ins Bett und fand es sonderbar, dass im Nebenzimmer niemand schlief. Er stellte das Radio an und stellte es wieder ab. Im Tessin hatten sie kein Radio gebraucht. Da waren sie ja zusammen gewesen. Er stand auf und nahm eine Kopfschmerztablette. Zu essen war nichts im Haus außer einer großen Packung Zwieback. Notration. Seit Edith ihn verlassen hatte, hatte er sich nicht mehr so elend einsam gefühlt.

Karl machte Licht und setzte sich ins Wohnzimmer. Er könnte das kommende Wochenende mit Simon verbringen. Wenn der da war. Eine Weile beschäftigte er sich mit dem Gedanken, wie es wäre, eine neue Frau kennenzulernen. Zum Beispiel konnte er das Fräulein in der Parfümerie Holte ansprechen. Oder Frau Schulte im Eckladen, die flirtete ganz unverhohlen mit ihm. Vermutlich würde auch Lynn, die Sängerin vom Stadttheater, die bei der Faschingsparty in seiner Badewanne geschlafen hatte, die Einladung zu einem Essen annehmen. Und Simon hatte ihm schon lange angeboten, ihn zu verkuppeln, »wenn du willst, mit drei Mädchen gleichzeitig«. Simon kannte sehr viele Mädchen. Was Viola dazu sagen würde? »Vor der Liebe kann man nicht davonlaufen, das bildet man sich nur ein«, hatte sie mal behauptet, »man weiß nur nicht, wie es ausgeht, wenn man sich auf sie einlässt.«

Vor dem Krieg hatte Viola ihn mal gefragt, als er nach Hause kam und sie mit Marie am Tisch Schulaufgaben machte: »Kommst du am Sonntag mit uns schwimmen, mit Marie und mir?« – »Nein«, hatte er geantwortet und den Kopf geschüttelt, »Theo und ich wollen schon eine Radtour machen.« Sie war rot geworden. »Aber du kannst doch so gut schwimmen. Du könntest uns retten, wenn wir ertrinken.« Da hatte er sie verwundert angesehen.

Karl lag die ganze Nacht wach. Irgendwann musste er den Schlafanzug wechseln, weil er immer wieder kalte

Schweißausbrüche hatte. Als es endlich hell wurde, zog er sich an, aß einen Zwieback und ging zu Fuß ins Atelier. Er war viel zu früh dort und machte noch eine Runde durch den angrenzenden Wald, weil er hoffte, die frische Luft und das Laufen würden ihm guttun. Aber er fühlte sich schlapp, und die Vögel pfiffen seine Sehnsucht nach Viola von den Bäumen.

»Haben Sie es sich überlegt wegen einer festen Anstellung?«, fragte ihn sein Chef später.

»Ich habe noch gar nicht darüber nachgedacht«, antwortete Karl.

Sie gingen die anstehenden Aufträge durch. Vieles davon war eilig. Karl würde sich für Wochen in Arbeit vergraben können, das konnte ihn vielleicht von dem fixen Gedanken ablenken, Viola augenblicklich sehen zu müssen. Er hatte Schmerzen im Rücken. Das war die lange Fahrerei im Käfer. Er lachte leise, als er daran dachte, wie stolz der Dicke auf sein Auto war.

Karl hatte eine Arbeit für die Gutehoffnungshütte vor sich liegen, aber er war fahrig und unkonzentriert und brachte nichts aufs Papier. Edith hatte ihn nie so durcheinandergebracht, nicht so. Keine Frau auf der Welt. Unsinn, dachte er, was kenne ich schon von der Welt. In meinem ganzen Leben, sagte er sich. Ja, so stimmte es. In meinem ganzen Leben habe ich mich nicht so nach einer Frau gesehnt.

Am Mittag gab er auf. Er zog den weißen Arbeitskittel aus, sagte, ihm sei nicht gut, verließ das Atelier und rannte mehr, als dass er ging, in Richtung Theater. Bei der ersten Telefonzelle, die er sah, machte er Halt.

»Ja«, sagte Viola. Ihre Freundin, die Sopranistin Sibylle, erzählte seit einer halben Stunde ausführlich von ihren Ferien.

»Ja«, wiederholte Viola. Sie sagte es nicht zu Sibylle, sondern in die Muschel des schwarzen Telefonhörers, den sie beim ersten Klingeln von der Gabel genommen hatte. »Ja, ist gut. Ich warte draußen vor dem Theater.« Sie wandte sich wieder Sibylle zu.

»Ist was?«, fragte Sibylle, »du siehst so komisch aus.«

»Nein«, erwiderte Viola, »aber ich muss schnell weg.«

»Alles in Ordnung? Ist was passiert?«

»Nein, nein«, sagte Viola, »alles in Ordnung.«

52

»Es war nicht nur der Lago Maggiore«, sagte Karl.

»Nein«, sagte Viola.

»Willst du Brombeeren? Ich habe vorhin auf dem Weg zu dir Brombeeren gekauft.«

»Mehr hast du nicht im Haus?«

Er lachte und stand auf, um die Brombeeren zu holen. »Nein, ich wollte dich eigentlich zum Mittagessen in ein Restaurant einladen. Vielleicht hätten wir irgendwo draußen sitzen können. Bei der Hitze. Es ist einfach zu heiß zum Arbeiten.«

Die Fenster der Mansarde standen weit offen, es regte sich kein Lüftchen.

Viola öffnete den Mund, und Karl legte eine Brombeere auf ihre Zunge. Eine andere legte er in ihren Bauchnabel und sah zu, wie Viola, die Arme unter dem Kopf verschränkt, die Beere am Gaumen zerdrückte.

»Zeig deine Zunge«, sagte er. Die Zunge war dunkelrot vom Brombeersaft.

Viola lag auf seinem Bett, als läge sie auf einem Floß, das auf blauem Wasser treibt, so entspannt war sie, so sehr ruhte sie, dass Karl sie nicht einmal zu berühren wagte.

»Ich werde nie an ein Ende damit kommen, dich zu betrachten«, sagte er.

»Seh ich so aus, wie du's dir vorgestellt hast?«, fragte Viola.

»Ja«, antwortete Karl, »und viel schöner.« Da musste er sie wieder berühren, denn sagen konnte er nicht, was so entrückend schön an ihr war.

»Leg dich auf den Bauch«, flüsterte er, »ich habe deinen Rücken noch nicht angesehen.« Er küsste den rührend zarten Halswirbel, den er auf der Fahrt über den Gotthard an ihr entdeckt hatte. Ihr Rücken war schmal und glatt, und es sah aus, als trüge sie Strümpfe, weil die Storchenbeine so sonnengebräunt waren.

Wie hatten seine Handflächen so lange ohne ihre Haut leben können? Unter seinen Händen spannte sich ihr Körper, er spürte die Muskeln unter ihrer Haut. Es war ganz heiß, ganz still.

Karl drehte Viola wieder auf den Rücken, legte sein Ohr auf ihre Brust, spürte ihren Atem, wie er den Bauchraum füllte und dann die Lungen. Ihre Haut war verschmiert vom Brombeersaft. Sie schaute an sich herunter und sagte: »Das kommt davon, wenn du die Brombeeren nicht aus meinem Nabel pflückst!« Er leckte ihren Bauch und glitt dann wieder in sie hinein, viel selbstverständlicher und ruhiger als beim ersten Mal, als alles sofort und gleichzeitig sein musste und noch und noch. Aber nun war es ganz gewiss, dass alles so sein musste, weil es seit Jahren so gedacht war. Violas Herz pochte gegen seine Brust. Sie lagen ineinander. Auch sein Geschlecht fühlte den leichten, schnellen Schlag ihres Pulses.

»Beweg dich nicht«, flüsterte er. So lagen sie. Die Pendeluhr im anderen Zimmer schlug zwei. Schlug drei. Sie dösten miteinander ein. Da schlug es vier und fünf. Und nun kam die Zeit zurück, die alles begrenzte.

Viola zog sich an und sagte: »Ich liebe dich. Weißt du das eigentlich? Seit ich ein kleines Mädchen war, liebe ich dich.«

»Und Theo?«, fragte Karl.

»Den liebe ich auch. Auf eine andere Weise.«

»Du liebst uns beide?«

»Ja«, sagte Viola und weinte.

»Was ist wichtiger«, fragte Karl. »Die Freundschaft oder die Liebe?«

»Dumme Frage. Beides. Die Liebe«, antwortete Viola.

Karl lag auf dem Bett, noch immer nackt. Er dachte nach. »Ich liebe dich«, sagte er dann. »Ich liebe dich sehr.« Viola saß angezogen auf dem Bettrand. »Und Theo liebe ich auch«, fuhr er fort. »Er ist der Freund, den ich mein ganzes Leben lang brauchen werde.«

Sie schwiegen.

»Was willst du damit sagen?«, fragte Viola endlich.

Karl zog sie an sich und küsste sie voller Zärtlichkeit. »Dass ich euch beide liebe, dich und Theo. So wie du uns beide liebst.«

»Wie soll ich das verstehen?«

»Die Freundschaft«, sagte Karl, »ist mir wichtiger. Damit ich euch beide lieben kann. Wenn ich nur dich liebe, verliere ich ihn.«

Viola machte sich heftig von ihm los, sagte: »Ich muss nach Hause.« Sie stand auf, nahm ihre Tasche. »Es ist besser, du kommst eine Weile nicht mehr bei uns vorbei«, sagte sie und ging.

Viola weinte vor Zorn. Sie war ganz allein mit ihrer Wut und Enttäuschung. Er hat recht, dachte sie böse. Aber er entscheidet sich nicht für mich. Er hat sich auch nicht wirklich für Edith entschieden.

»Würdest du Theo denn verlassen?«, fragte Karl, als sie am nächsten Abend überraschend bei ihm vorbeikam. »Obwohl du ihn liebst?«

»Vielleicht.«

»Vielleicht, vielleicht. Vielleicht heißt, du willst uns beide lieben. Das geht nur heimlich. Theo ist nicht der Mann, der seine Frau auf Dauer teilt, das weißt du.«

»Ich hasse Heimlichkeiten. Das passt nicht zu mir.«

»Deshalb schlage ich ja die Freundschaft vor, damit wir uns alle drei lieben können«, sagte Karl.

»Das ist doch auch gelogen«, zürnte Viola.

»Nein. Wir leben nur einen Teil der Liebe nicht aus.«

»Das ist zu schwer.«

»Kann sein.«

»Lässt du dich im Atelier fest anstellen?«

Er schüttelte den Kopf. »Nein, mir ist nicht wohl dabei.«

Da begann Viola zu weinen. »Es ist einem nicht immer wohl, wenn man sich für etwas entscheidet. Auch mit Verantwortung fühlt man sich nicht immer wohl. Dass du dich nicht hast anstellen lassen, das ist auch ein Grund, warum du Edith verloren hast. Du bist ihr keinen Schritt entgegengekommen. Du hast keine Verantwortung übernommen für euch beide. Du hast sie allein gelassen. Manche ihrer Forderungen waren sehr berechtigt.« Das musste mal raus. Viola fühlte sich so allein gelassen wie Edith.

»Vielleicht bin ich einfach so«, sagte Karl.

»Die Liebe gibt dem Menschen die Möglichkeit, sich zu verändern«, sagte Viola eindringlich und voller Überzeugung. Als Karl hilflos schwieg, nahm sie seine Hand und legte sie auf ihre Brust. »Sag was, Karl, bitte!«

Aber Karl blieb stumm. Zum ersten Mal, seit sie sich kannten, sah sie Tränen in seinen Augen.

»Hast du eigentlich mit Karl was fürs Wochenende abgemacht?«, fragte Theo. »Oder wie ist der Plan?«

»Karl kommt ein paar Tage nicht«, antwortete Viola. Das hatte sie beschlossen.

Theo sah sie aufmerksam an und wartete, dass sie weitersprach.

Aber Viola schwieg.

»Aha«, machte Theo deshalb nur. In der Juristerei gab es nichts Ungefähres und nichts, was sich von allein regelte, ohne dass es ausgesprochen und thematisch behandelt wurde. Aber in Beziehungssachen war das anders, dachte er. Das war ein weites Feld. Man kannte sich ja nicht mal selbst.

53

Karl hatte immer noch Schweißausbrüche, Rückenschmerzen und eines Tages auch Blut im Urin. Obwohl er den Schmerz und die Zeichen kannte, ging er nicht zu Hermann Gronau.

Er war kein Held. Er hatte Viola enttäuscht.

Karl ging zur Arbeit, schaffte es aber kaum mehr bis zum Nachmittag, musste vorzeitig nach Hause und sich gleich hinlegen. Diese Schwäche kannte er gut. Er hatte noch einen Vorrat an Schmerztabletten, aber die würden bald nicht mehr genügen, das wusste er.

Eines Abends klingelte es. Es dauerte eine Weile, bis Karl sich zur Tür geschleppt und den Drücker betätigt hatte. Er ließ die Wohnungstür einen Spaltbreit offen. Ihm schwindelte, er musste ins Bett zurück.

Theo betrat die Wohnung. Er fand Karl vor seinem Bett liegen. »Mensch, Karl!«, rief er erschrocken, »bist du jetzt dein eigener Bettvorleger?« Er wuchtete Karl ins Bett und holte sich verwirrt einen Stuhl aus dem Wohnzimmer.

»Wo bleibt der Karl denn immer?«, hatte er vor einer Stunde Viola gefragt, »der ist ja schon ewig nicht mehr zum Abendessen da gewesen.«

»Noch keine Woche«, hatte Viola geantwortet. »Nun tu doch nicht, als sei das noch nie vorgekommen.«

Aber Theo fand es doch komisch und wollte lieber selbst nachsehen.

»Was machst du denn! Du hättest längst bei Hermann Gronau vorbeigehen sollen, du weißt doch, dass du krank bist. Ich gehe runter zur Telefonzelle und rufe ihn an. Wenn er auf Visite ist, kann es dauern. Aber er muss heute noch nach dir sehen.«

Karl brachte nur ein kleines, schiefes Lächeln zustande.

»Mensch, Mensch, Karlemann, du machst Sachen!«, sagte Theo hilflos. »So was tut man seinen Freunden doch nicht an!«

Und endlich sagte Karl auch ein Wort: »Ich weiß. Es tut mir leid.«

Dann wurde er wieder still.

Theo hatte ein ungutes Gefühl. Er musste schnell handeln, das sah er. »Also, ich mache mich auf und suche Hermann. Der kennt deine Krankheit aus dem effeff. Viola, die lässt dich lieb grüßen. Sie macht sich Sorgen um dich.« Theo wusste nicht, warum er das sagte. »Ich hol sie. Wir kommen nachher beide nach dir sehen.«

»Dicker«, sagte Karl mühsam, »pass gut auf sie auf, ja?«

»Nun is aber gut«, machte Theo. »Du wirst schon auch wieder auf sie aufpassen, das seh ich doch, so schnell gibst du den Löffel nicht ab. Da zähl ich drauf. Du weißt doch, wie wenig Zeit ich immer habe.«

»Ich und Viola ...«

»Ich weiß, dass wir dieselbe Frau lieben«, unterbrach ihn Theo. »Ich bin ja nicht blöd. Hoffentlich findest du irgendwann mal eine andere, die dir gefällt. Und nun sei still.«

Theo und Viola sahen Karl nicht lebend wieder. Theo hatte Karls Haustüre offen gelassen und die Nachbarin gebeten, den Arzt ins Haus zu lassen, wenn er klingelte. Er selbst wollte Viola Bescheid sagen und mit ihr wiederkommen.

Hermann Gronau hatte nichts mehr für Karl tun können. »Ich weiß nicht, ob er es gewusst hat«, sagte Hermann, »aber es war klar, dass er an seiner Nierensache sterben würde, und zwar relativ bald. Das war nicht reparabel. Das hat er aus dem Krieg mitgebracht. Die Nieren waren beide schwer angegriffen, die funktionierten schon seit Jahren nicht, wie sie sollten. Und die vielen Medikamente, die er immer nehmen musste« – er schüttelte den Kopf – »waren für die Nieren auch nicht das Wahre. Ich habe ihn sofort ins Marien-Hospital gebracht, aber es war schon zu spät. Bei einem Nierenversagen muss man schnell handeln. Die Giftstoffe gehen ins Blut und vergiften den ganzen Körper. Er hätte eher kommen müssen.« Hermann drückte Theo und Viola die Hand. »Ich mochte ihn, den Karl.«

54

Nach Karls Beerdigung sprachen Viola und Theo eine ganze Weile nicht über Karl. Sie waren dankbar, dass sie ihn so betrauern konnten, wie jeder von ihnen es für sich brauchte, ohne sich dem andern erklären zu müssen.

Viola entdeckte zu ihrem Erstaunen eine ihr selbst fremde, neue Zärtlichkeit für Theo. Sie liebte ihn dafür, dass er auf Fragen und Klärungen jeglicher Art verzichtete. Theo wusste, dass sie es mit ihrer Trauer schwerer hatte als er.

Viola quälte sich sehr, dass sie Karl verboten hatte, wie gewohnt zum Abendessen zu kommen, und vor allem, dass sie ihn vor seinem Tod nicht mehr gesehen hatte. Sie verzieh es sich nicht, dass sie ihn liebte, seit sie denken konnte, und im entscheidenden Moment nicht an seiner Seite gewesen war. Aus Kleinmut und Ärger. Aber sie wusste auch, dass das unnütze Selbstbeschuldigungen waren.

Theo seinerseits fragte sich, ob er über den Verlust seiner Eltern eines Tages so trauern würde wie jetzt über den des Freundes. Nein, dachte er und war froh, dass er einigermaßen mit sich im Reinen war, wenn er an Karl dachte. Fräulein Winterhannes, seine Sekretärin, lud er nicht mehr zum Mittagessen ein, auch wenn sie offensichtlich darauf hoffte. Theo musste schmunzeln, wenn er an den Trinkspruch dachte, den Karl und er manchmal in leicht abgewandelter Form auf ihre Freundschaft ausgebracht hatten, vor allem, wenn sie sich mal wieder über Politik gestritten hatten. »Wenn sich zwei Freunde aus verfloss'nen Tagen nach Jahren wieder auf die Schulter schlagen, wenn einem also Gutes widerfährt …« Und dann hatten sie manchmal Tränen gelacht.

Eines Tages, nachdem sie beide lange genug über Karl geschwiegen hatten, sagte Theo zu Viola: »Aber schön war es mit Karl im Tessin.«

Viola nickte und sagte: »Theo, setz dich mal hier hin. Auf diesen Stuhl hier.«

»Wieso? Willst du auf meinem Schoß sitzen?«, erwiderte Theo. »Oder was ist los?«

Viola war aber nicht nach Herumalbern zumute. »Ich muss mit dir reden«, sagte sie.

»Ja, schon gut. Also? Ich höre?«

»Theo, ich war beim Arzt.«

»Du? Hast du dich denn krank gefühlt?«

»Ich bin schwanger.«

»Puh«, sagte Theo und schwieg. Das Schweigen dauerte. Dann zog er Viola auf seinen Schoß. »Also ein ganz großes Wunder ist es ja nun nicht, eine jungfräuliche Empfängnis oder so was. Freust du dich denn?«

Viola war still. »Mmh«, machte sie schließlich und lächelte zögernd. »Ja. Komischerweise freue ich mich.«

»Na dann!«, sagte Theo burschikoser, als ihm zumute war. »Und wieso komischerweise?«

»Och«, machte Viola und sagte nur vage: »Ich habe irgendwie gar nicht mehr geglaubt, dass ich überhaupt noch mal schwanger werde.«